le travail du furet à l'intérieur du poulailler

J'AI LU

JEAN-PIERRE ANDREVON | *ŒUVRES*

LES HOMMES-MACHINES CONTRE GANDAHAR
AUJOURD'HUI, DEMAIN ET APRÈS
CELA SE PRODUIRA BIENTÔT
LE TEMPS DES GRANDES CHASSES
RETOUR À LA TERRE - 1
REPÈRES DANS L'INFINI
RETOUR À LA TERRE - 2
LE DÉSERT DU MONDE
RETOUR À LA TERRE - 3
PAYSAGES DE MORT
DANS LES DÉCORS TRUQUÉS
COMPAGNONS EN TERRE ÉTRANGÈRE - 1
COMPAGNONS EN TERRE ÉTRANGÈRE - 2
L'OREILLE CONTRE LES MURS
NEUTRON
IL FAUDRA BIEN SE RÉSOUDRE À MOURIR SEUL
C'EST TOUS LES JOURS PAREIL
LA MÉMOIRE TRANSPARENTE
AVENIRS EN DÉRIVE
LE REFLUX DE LA NUIT
LA FÉE ET LE GÉOMÈTRE
DES ÎLES DANS LA TÊTE
LES REVENANTS DE L'OMBRE
CAUCHEMAR... CAUCHEMARS ! — *J'ai Lu* 1281**
LE TRAVAIL DU FURET À L'INTÉRIEUR DU POULAILLER — *J'ai Lu* 1549***

JEAN-PIERRE ANDREVON

le travail du furet à l'intérieur du poulailler

Éditions J'ai Lu

L'idée de départ de ce roman se trouve dans une nouvelle de quinze pages, *Salut Wolinski!*, incluse dans l'anthologie de Daniel Walther, *les Soleils noirs d'Arcadie,* Éditions Opta, 1975.

Pour Daniel WALTHER, donc
pour Georges WOLINSKI et
Jean-Patrick MANCHETTE,
autres frères en fantasmes,
et pour JOS, bien sûr.

1

Le panneau de propagande du ministère Pop proclamait :

CONDITIONS DE VIE SAINES
MORTALITÉ EN RECUL!

Au cours de la dernière décennie,
grâce aux efforts du ministère de la Population :
● 5,8% de décès par cancers en moins
● 9,1% de décès par maladies cardio-vasculaires en moins
● 7,8% de décès par maladies virales en moins

Le baratin se poursuivait, grandiose, sur une dizaine d'autres lignes, mais je n'ai pas lu jusqu'au bout. J'étais bien content pour ceux qui n'étaient pas décédés de tout ça, mais pour l'instant ce n'était pas vraiment mon problème.

Mon problème était même plutôt inverse.

J'ai tourné le dos au panneau, qui couvrait jusqu'au premier étage la façade d'une maison sans doute inoccupée, sinon ses habitants auraient découpé ledit panneau à l'endroit des fenêtres pour avoir de la lumière le jour et de l'air en toute saison. Mais peut-être aussi qu'ils trouvaient l'air et la lumière si craignosses qu'ils avaient préféré rester à l'abri du panneau. Allez savoir!

Et de toute façon, je m'en tapais.

– Tu peux pas me filer deux nickels? Deux nickels... ou trois. C'est pour m'acheter un morceau de pain. Juste un morceau de pain. J'ai rien mangé depuis hier, mon camarade!

La flotte tombait si dru que le bord de mon Borsalino ondulait devant mes yeux. Autour de ma tête, ça faisait comme une fontaine à plusieurs niveaux. J'avais eu beau relever le col de mon Bogart et le serrer autour de mon cou, il y avait toujours une goutte qui arrivait à passer, une goutte, dix gouttes, cent. Chiotte de temps. J'étais mouillé jusqu'aux omoplates, jusqu'aux aisselles, jusqu'aux tétons.

– Dis, mon camarade, c'est pas pour t'embêter, mais deux nickels, tu peux pas me refuser ça?

Le clodard s'accrochait. Jusqu'à présent, il n'avait été qu'une ombre à gauche de mon champ de vision dégoulinant, mais maintenant il me tirait par la manche, il s'imposait, il me déconcentrait. J'ai levé le bras droit et je me suis essuyé la joue et le menton avec le poignet. Le canon de mon Magnum 44 a froissé le bord du Borsa et j'ai reçu un *Niagara* sur le nez.

Marilyn avait tourné un film de ce titre, en 1953, dirigé par Henry Hathaway. Mais elle n'était pas dans celui que je venais de prendre dans la gueule, même en transparence, et d'ailleurs parler de transparence à propos de cette flotte chiasseuse aurait relevé du gag et pas de l'esthétique. J'ai passé la langue sur mes lèvres, le goût de chlore et de charbon est venu dans mes papilles, agrémenté d'autres saveurs indéfinissables qui font partie de la dégueulasserie urbaine ambiante. Mon bras est retombé de tout son poids d'acier nickelé. J'ai fixé pour la première fois le clodard, mais ce regard ne m'a rien appris de lui que je ne pouvais savoir déjà : c'était un loquedu couvert de peaux de rats râpées cousues sur des morceaux de vinyle ou de skaï qui lui faisaient une broigne bariolée, il portait un protège-glaouis découpé dans un cendrier en tôle GITANES APHRO, il était chaussé de bottes en mousse de polyamide de deux couleurs différentes, il était coiffé d'une perruque violacée qu'une folle à quatre nickels la pipe n'aurait pas voulue, d'où dépassaient de longues mèches sans couleur collées par la pluie grasse.

Sa gueule, je ne l'ai pas regardée, ou alors elle ne s'est pas enregistrée dans mes circuits. Lui en entier, je l'avais soupesé deux secondes peut-être, et ça faisait déjà deux secondes de trop. C'était un clodard, un vanu, un bavacool, c'était un rien du tout, c'était un pauvre.

Ça n'avait rien d'étonnant : j'étais dans la ceinture Ouest, dans la nécrozone, j'étais dans les quartiers pauvres. Les quartiers pauvres, on ne peut pas y échapper, c'est plein de pauvres. Les pauvres, ça grouille comme des morps dans le cresson d'une éponge-à-Kurdes, et ça se multiplie aussi vite.

– Alors, quoi, ces deux nickels, mon camarade... J' peux pas croire qu' tu vas m' laisser m' faire saucer sans m' donner d' quoi aller sucer un p'tit verre de bière. Qu'est-ce que c'est, pour un type comme toi, deux pauvres petits nickels? Tu vas pas m' la faire! On voit bien qu' t'es pas d'ici... On voit bien qu' t'as du crédit plein tes cartes. C'est pas bien, ça, d' venir mater ceux qu'ont rien et d' les laisser crever...

Crever? Le mot familier m'a fait sortir de mes réflexions, en les écornant au passage. Il me les cassait vraiment, ce loquedu. Je lui ai lancé un coup d'œil méchant noyé dans la flotte qui dégoulinait de mon Borsa. J'ai même pensé à y ajouter une bonne mandale, pour faire l'appoint. Mais je ne suis pas un violent. Et juste à ce moment, ma puce a commencé à me piquer le poignet.

C'était manière de me rappeler pourquoi j'étais là, en plein milieu des quartiers pauvres, à me faire saucer comme un gigot-haricot des quartiers riches. C'était manière de me dire : *Au boulot, frérot!* Et quand c'est l'heure d'y aller au pluto, rien d'autre ne compte. De ma main armée, j'ai fait glisser la manche gauche de mon Bogart sur mon poignet. Le spot rouge de la puce pulsait à la cadence des piqûres et l'écran verdâtre du bioser, un centimètre carré, montrait comme des ronds dans l'eau. Le gibier n'était pas loin, il bougeait, la bête sortait de son terrier puant, elle allait sous très peu me montrer son sale museau.

A travers le grésillement épais de la pluie, j'ai vu la porte du bistrot d'en face s'ouvrir et un loquedu anonyme en sortir, humer l'air dégueulasse, secouer ses épaules de pauvre sous la pluie et avancer un pied nu marron de crasse dans les détritus spongieux qui encombraient le trottoir. Bien sûr il y avait d'autres clodards qui circulaient sous les trombes, autour de lui et autour de moi : les pauvres, ça n'a rien d'autre à faire qu'à se pousser sur le macadam en toute saison, et il pleuvrait de la merde que ça n'y changerait rien. Mais je ne les voyais pas. Je ne voyais que lui : lui, mon gibier, mon boulot.

C'était pour lui que je faisais le pet depuis dix minutes sous la flotte, dans cette rue craignosseuse, les orteils dansant la gigue de l'eau dans mes cosmoboots PÉCHINEY-MATRA, devant ce troquet mocheteux où la puce l'avait reniflé. Pauvre connard. Quand il s'est mis à marcher vraiment, la puce s'est agitée avec un rien d'affolement à mon poignet, tic-tic les piqûres, *biz-biz* le spot rouge. Je l'ai calmée du mouvement habituel de la main, et seul l'écran vert a continué à réceptionner les biorythmes du gibier qui maintenant traversait la rue dans ma direction approximativement. Pauvre clébard. J'ai rabattu ma manche et j'ai levé le bras droit dans l'axe de la marche du pantin mouillé qui venait vers moi. Chargé, mon Magnum 44 Sauer & Sohn WSF Spécial pèse 1 778 grammes. J'ai menotté mon poignet droit avec ma main gauche. A côté de moi une voix a bredouillé quelque chose, mais je n'y ai pas pris garde. Le gibier avançait, la mire du 44 est venue s'aligner d'elle-même au milieu du front boutonneux, à deux centimètres au-dessus de la ligne fermée des sourcils. L'autre avait la tête baissée, il ne me voyait même pas. Pauvre crevard. J'ai gonflé mes poumons, chlore, oxydes, acides, j'ai relâché doucement un litre d'air salopé, j'ai retenu ma respiration, mon index a pressé la virgule froide de la queue de détente jusqu'à l'arrêt de la première butée. Le gibier arrivait sur moi, il a senti ma présence au dernier moment, au dernier moment, le canon du 44 était à moins de deux mètres de son front blanc parcouru de traînées grises. Ses yeux se sont relevés sur moi, mais il n'est rien passé de spécial dans leur eau boueuse. C'est sa bouche seule qui a pris peur, qui a commencé à s'ouvrir, réflexe. J'ai ramené l'index en arrière, le 44 a sauté dans ma main, mes deux avant-bras ont suivi, et puis le bruit, et puis l'odeur de cordite, mais tout ça j'ai l'habitude. La seule chose qui m'emmerde, c'est les taches de sang sur mon Bogart, ou sur quoi que ce soit que je porte quand je travaille. J'aime rester propre.

J'ai jeté un coup d'œil vite fait, mais cette fois je n'avais rien reçu, et puis avec les cordes qui tombaient ça aurait été tout de suite délayé.

– Ben shit, alors... a soufflé le mancheur à côté de moi.

C'était un rapide : le gibier était déjà raide sur la chaussée, enfin pas vraiment raide, plutôt ramolli, en vrac, en paquet, un assemblage de vêtements usagés abandonnés sous la pluie. Sous l'impact de la balle à fragmentation, il avait commencé par bondir en arrière, en arc de cercle, comme si une main invisible et géante l'avait tiré dans son dos par les cheveux. Sa cabriole avait été courte, il avait atterri sur la nuque et le reste du corps avait suivi. Mais en fait il n'avait plus de nuque, sa nuque était éparpillée en longueur sur trois ou quatre mètres de rue, avec le sang qui se mélangeait à l'eau irisée de dépôts d'huile, avec les morceaux de cervelle qui allaient faire le bonheur des clebs, avec les bouts d'os pleins de cheveux sur lesquels des semelles négligentes passaient déjà, cric crac. Pauvre crevard. Pauvre crevé.

Une seconde ou deux après le coup de pistolet, la foule presque dense des cloducs qui erraient sous la pluie aux alentours du gibier s'était éparpillée, grouillante, comme dans cette séquence fameuse de la fusillade à l'angle de la Sadovaïa et de la Nevski, dans le film de Sergueï Mikhaïlovitch Eisenstein, *Octobre*, 1927. Mais maintenant les fuyards revenaient, ils s'assemblaient autour de l'allongé, ils l'inspectaient sur toutes les coutures, des mains se tendaient, on commençait à le palper, ces charognes allaient lui faire les poches. Qui sait? On y trouverait peut-être quelques nickels, un ou deux tickets de Jaune, un surin, une boîte d'Eupho, d'Aphro, d'Oniro, et ça serait toujours ça de pris sur l'adversité.

Une bonne manière pour l'allongé de terminer sa chienne de vie en rendant un dernier service à la société. Pauvre pauvre. Pauvre con.

J'ai reculé, tout ça ne me concernait plus, un grand type chauve et barbu boudiné dans une pneuma DUNLOP moitié gonflée moitié percée m'a bousculé sans me voir, tout ça ne me concernait plus, je n'avais même pas envie de mater la gueule froide du gibier, ce n'était qu'une cible au rancart, j'ai reculé, un abo d'une dizaine d'années, intégralement nu et peint des pieds à la tête d'une laque cancérigène qui le ferait crever avant la majorité, m'a donné un coup de talon sous le genou en me faisant au passage un signe bizarre, sa main flottant devant son visage rose et vert, ils ne savent plus quoi inventer.

La pluie pissait dru, je l'avais oubliée pendant une minute, mais pas elle : les bords de mon Borsa pendouillaient comme une serpillière, le Bogart collait à mon Superfecto qui collait à ma camise qui collait à ma peau, mes doigts de pied faisaient la brasse dans mes cosmoboots. J'ai sifflé une mesure ou deux, mais je ne suis pas allé jusqu'à chanter sous la pluie, salut Gene Kelly. Mon Sauer & Sohn pendait toujours au bout de ma main, c'est une présence si familière que j'ai parfois tendance à l'oublier. J'ai écarté le revers de mon Bogart et j'ai remisé l'outil au chaud, dans le holster intégré au Superfecto. Quinze litres de flotte sont entrés avec, mais tant pis, c'est la vie.

– Pourquoi... Pourquoi qu' t'as fait ça, mon camarade? a soufflé mon emmanché de mancheur.

Celui-là, il n'arrivait pas à s'arracher. Je lui ai filé un regard en biais, et j'ai plongé la main dans la poche intérieure de mon Bogart. Il a sauté en arrière et a tendu les bras vers moi, paumes frémissantes. Devenir plus blanc, ça, il ne pouvait pas. Je crois bien que j'ai souri, et j'ai sorti de ma poche deux nickels que je lui ai fourrés directo dans une déchirure de sa broigne plastique-rat, en disant :

– Ben quoi, tu oublies ta monnaie?

Les deux nickels l'ont traversé de haut en bas et sont tombés sur le trottoir où ils ont roulé un moment, avant de disparaître au creux d'une main vagabonde.

Le clodard n'a pas fait un geste pour disputer son bien à autrui. Il a fermé à demi les yeux et a levé un index noir vers moi.

– Mais dis donc... tu en serais pas un? C'est ça, hein? Tu en es *un*!

J'avais déjà tourné le dos pour remonter la rue, où la foule primesautière s'était remise en mouvement et piétinait gaiement le cadavre. La rue s'appelait allée Mireille-Mathieu, un bien beau nom. Dans les rumeurs, la voix du clodard m'a suivi.

– T'en es un, mon camarade! Waouh! C'en est un!

Sûr qu'il avait fait une grande découverte, le camarade.

Moi, je suis reparti dans la pluie et, en grimpant la volée de marches pourries qui permettent d'accéder à la splendide desserte Louis-de-Funès, j'ai esquissé quelques pas de claquettes dans les éclaboussures.

Bonjour quand même, tonton Gene.

2

Je me suis senti une petite faim et une petite soif. Après le premier, ça arrive souvent. C'est histoire de me remonter, ou alors histoire de rien, au choix. Mais il faut dire que je me lève tôt les jours de boulot, et en comptant le trajet prolo il n'est pas étonnant que je ressente le besoin de me remplir les intérieurs avec quelque chose.

Quand je suis dans la nécrozone, où le boulot m'appelle souvent – il y a beaucoup plus de pauvres que de riches, alors forcément – j'aime bien aller m'accouder en plein air à la tablette d'un *brique-fast,* où on peut manger des frites, des merguez de chien aux algues, des crêpes aux moules piscicultureés, des galettes de soja filé, des tas de trucs grillés au charbon de bois qui portent des noms coréens, japonais, pakistanais, et qui vous sont servis par des types venant des pays dont ces mêmes trucs grillés sont en principe la spécialité.

Mais pour ça, il faut que le temps soit sec. Et le temps n'est pas souvent sec, dans les quartiers pauvres. Il est même humide avec une constance remarquable, à croire que tous les autres quartiers repoussent leurs foutus nuages au-dessus des quartiers pauvres. Et c'est peut-être bien ce qui se passe.

De toute façon, même quand il ne pleut pas, l'atmosphère de la nécrozone est perpétuellement empéguée par des odeurs de mauvaise graisse recyclée et autres saloperies qui brûlent, elle est perpétuellement enfumassée par des matières non cramables qui crament dans toutes les cours et même en pleine rue, par les rejets de ceux qui essayent de synthétiser de l'alcool à boire pour en faire du carburant à bagnoles et du carburant à bagnoles pour en faire de l'alcool à boire, elle est noire des vapeurs qui montent des cuves à gaz de merde ou à biomasse de déchets.

La nécrozone a atteint le point crucial de la ménopause.

Et ce jour-là il pleuvait. Je n'avais pas envie de traîner plus longtemps dans les rues, où la pluie dépose des tas de viscosités organiques ou végétales traîtresses dont le seul but dans la vie est de vous faire vous péter la gueule par terre. Il fallait que je me gare pendant un moment au moins, un long de préférence, hors de ces rues qui ont toujours l'air en pente, même quand on est à jeun, même quand votre altimètre vous jure le contraire.

Il fallait que je me gare au sec, le temps de l'essorage. Ça urgeait.

Je me suis dirigé vers un *buve-in* BIÈRE 33 EXPORT situé au milieu de la desserte, et dont l'enseigne rouge clignotait de manière sympathique. Mais avec la flotte qui pissait, n'importe quelle enseigne l'aurait été, sympathique. Lorsque j'ai été près de la vitre où des bouchons de glu homéostatique destinés à masquer les perforations par balles dessinaient une carte céleste en négatif, j'ai pu constater qu'il n'y avait pas la foule des grands jours à l'intérieur : au bas mot quarante glandus sur vingt mètres carrés. Compte tenu de l'heure matinale (8 h 37, venait de me souffler l'araignée tic-tac) et des précipitations extérieures, c'était une moyenne plus qu'honnête.

Mais il est vrai que les pauvres, ça vit aussi bien sous la pluie. Et ça dort sous la pluie, et ça baise sous la pluie, flouic-flouic, et ça naît sous la pluie, et ça crève sous la pluie, la preuve l'autre.

Quand j'ai poussé la porte, une lointaine sirène de police perçait la surface des bruits stagnants. Ce devait être une I.B.M. (Intercepteur Blindé Mobile) qui était peut-être allée fourrer son groin épais dans l'allée Mireille-Mathieu. Mais quand la porte doublée zinc s'est rabattue dans mon dos, la sirène a été étouffée par les vociférations ambiantes, dont une partie venait des consommateurs ou de ceux qui étaient trop râpés pour consommer, et une autre des différents audivis en fonctionnement, lesquels envoyaient dans l'œil et le tympan, pour un nickel les trois minutes, des sons aveuglants et des couleurs bruyantes, ou inversement.

J'ai joué du coude et du pied pour avancer au milieu de la populace avachie autour des distributeurs, en panne pour la plupart, du moins je l'aurais parié. Les clodards réfugiés au sein du 33 EXPORT comprenaient leur proportion normale de tapineuses défraîchies à 10 nickels la pipe édentée, de fourgueurs de dope dure ou censément telle, de loqueteux intégraux plus vrais que les vrais, parmi lesquels devaient sûrement se trouver un ou deux blazes de la police privée de la nécrozone, je l'aurais parié aussi, et ça ne me faisait ni sec ni humide.

Je me suis dérobé aux offres diverses et j'ai pu enfin m'accouder à trente centimètres de tablette libérés musculairement. J'ai fait glisser trois nickels dans la fente du distributeur après avoir appuyé sur le bouton du CAFÉ. Miracle, un jet noir a giclé dans un gobelet en carton.

– Tu peux pas m'en faire goûter une gorgée, camarade? m'a soufflé devant le nez un globuleux dont les intérieurs n'avaient pas dû être ramonés depuis le pacte franco-soviétique.

J'ai bu une gorgée. Ça avait la couleur du café, la chaleur du café, et presque l'arôme du café, mais ce n'était pas du café, seulement un breuvage pauvre pour les pauvres. J'ai tendu mon gobelet au globuleux, qui a tout avalé en une seule fois, et en s'étouffant. Il m'a dit merci merci merci mon camarade, et autres conneries que je n'ai pas écoutées. J'ai glissé un cinq nickels dans la fente réservée à cet effet, et j'ai reçu dans la main la friandise indiquée sur l'écran : une saucisse en croûte, tiède, que j'ai mordue sauvagement. La saucisse avait le goût de saucisse et la croûte avait le goût de pain. J'ai bouffé le total jusqu'à la lie, malgré quelques autres demandes plus ou moins menaçantes. Deux mares symétriques s'étalaient sous les manches de mon Bogart et, à mes pieds, une flaque où voguaient allégrement des mégots et un préservatif.

Je commençais à me sentir bien. Dans le *buve-in,* la masse humaine ondulait pesamment dans les éclairs syncopés venus des audivis, qui déversaient presque tous une musique exo discordante jouée par des instruments délibérément primitifs, fabriqués à la chaîne à Téhéran. Dans un coin de la pièce, une tapineuse s'acharnait sur un membre qui ne répondait pas, si j'en jugeais par la durée de l'opération. Autour d'une tablette débarrassée de son distributeur sans doute hors d'usage, cinq glandus jouaient au chasseur avec des figurines en pâte à modeler, ce qui favorise l'arnaque. Un type maigre et jaune cognait sur un distributeur en répétant salope, salope, ça en était sans doute une, et derrière lui deux autres types lançaient des fléchettes sur le mur, en visant une cible dessinée au feutre représentant un sexe de femme idéalisé.

Derrière la vitre maculée et constellée, la pluie tombait toujours, verticale, vaguement verte maintenant, à cause d'un complément de saloperie ramassé dans la stratosphère de la ceinture. Mais mon Bogart avait cessé de dégorger, et mon Borsa me paraissait un peu moins être une éponge posée sur mon crâne. J'étais en train de me demander si je n'allais pas dépenser quelques nickels supplémentaires pour un petit quelque chose d'un peu fort, un alcool de maïs par exemple, lorsque la puce a recommencé à me piquer le poignet, pique pique pique, méchante, agressive, acharnée.

Je n'ai pas été vraiment surpris. Mon boulot est toujours circonscrit dans un périmètre bien précis, c'est affaire de rendement. Et avec le temps qu'il faisait, je n'avais pas la moindre envie de me taper des kilomètres à pince pour trouver mes gibiers.

Quand même, j'aurais bien soufflé encore quelques

minutes. Mais quand faut y aller, faut. Le spot rougeoyait et l'écran verdoyait. Les microprocesseurs ne chômaient pas, ils venaient de me draguer un gibier. Je l'ai presque tout de suite repéré. Je ne sais pas s'il venait d'entrer dans le 33 EXPORT, ou s'il avait tout le temps été là et que ma puce avait volontairement fermé sa gueule un moment pour me permettre de resserrer mon cul. Mais qu'est-ce que ça pouvait bien faire? Qu'est-ce que ça pouvait bien faire, hein? La flèche sur l'écran me désignait un grand maigre avec une grande barbe et un crâne dégarni, assis devant la tablette du fond, un vieux monoécran coincé sur l'œil gauche. L'appareil devait marcher, peut-être même qu'il recevait une chaîne porno, parce que le gibier semblait tout à fait concentré, courbé sur le bar et les joues dans les poings. Je me suis avancé et j'ai pu me faufiler à sa droite devant la tablette, contre les gros seins mous d'une clodarde qui ne s'est même pas poussée d'un nœud. L'œil droit du gibier était fermé, preuve qu'il ne voulait pas décrocher des images qu'il recevait dans l'œil gauche.

J'ai porté machinalement la main droite vers le revers de mon Bogart, mais je me suis dit aussitôt que ce n'était pas une bonne idée d'envoyer la purée dans un endroit aussi rempli. Je me suis baissé, j'ai relevé le bas de mon pantalon, et j'ai tiré de son étui le couteau glissé dans ma cosmoboot. Je me suis relevé et j'ai essayé le tranchant sur mon pouce, une connerie, le tranchant était évidemment effilé impec, et je me suis légèrement entaillé le gras du pouce. Mon couteau est un *Bowie Knife*, comme celui d'Alan Ladd qui joue le personnage, rien à voir avec le chanteur, dans *The Iron Mistress* de Gordon Douglas, 1952.

Je suis repassé juste derrière le gibier, je me suis collé à lui, il n'a même pas bougé. Je me suis cramponné de la main gauche à son épaule et je l'ai ouvert par-devant, en remontant en arc de cercle depuis l'aine droite jusqu'au plexus. Comme ça, on tranche sur sa lancée le foie, l'estomac et le cœur, c'est radical, et moins salopant que la gorge, où le sang de la trachée gicle tout de suite.

Le gibier a sursauté, puis il s'est cabré en arrière. J'ai lâché son épaule et je me suis reculé vite fait. La lame du Bowie était rouge avec des traînées blanchâtres et marron, et j'ai constaté que le bord de la manche de mon Bogart avait aussi été sali. J'ai essuyé la lame sur le dos du gilet en peau de chat d'un glandu qui aspirait sa fumée de came, et j'ai remisé le couteau dans sa gaine. Pour la manche, il n'y avait rien à faire.

Il y a eu un fracas de moyenne importance quand le gibier a fini par se décoller du bar pour tomber sur le dos. Il s'était balancé deux ou trois fois d'avant en arrière, en faisant un bruit de gorge genre évier qui se débouche. Il était temps qu'il se décide. Le boîtier oblong du monoécran s'était barré de son front dans sa chute et grésillait sur le carrelage empégué. La grosse fille aux seins comme deux tas de merde regardait le gibier allongé, ses paupières sur lesquelles étaient peints de faux yeux dorés battant à un rythme rapide. Le gibier se vidait de toute sa bidoche tailladée, son foie était d'un vilain rouge violacé, il était tout ratatiné, sûrement un cirrhosé de première. Un chasseur d'organes n'en aurait pas voulu. Je me suis dirigé vers la porte en disant pardon, pardon, quand un dos me barrait trop agressivement le chemin. Personne n'avait rien vu, ou alors tout le monde faisait semblant, ou tout le monde s'en foutait.

Un audivi a claqué juste comme je passais à côté, au lieu du monolithe immatériel et scintillant à l'intérieur duquel une poignée de basanés se démenaient avec leurs bongos et leurs congas, il n'y a plus eu que le mur crasseux et un filet de fumée bleue s'élevant du socle THOMSON-BRANDT. Tout autour ça s'est mis à gueuler qu'on allait tout casser, ce qui m'a paru superfétatoire parce que cassé, tout l'était déjà, ou presque.

Au dos de la porte, sur le doublage en zinc, une affiche était placardée invitant les citoyens sans emploi à postuler pour une place de vigile mobile ou fixe à l'AGENCE PO-LYS, et un petit malin avait ajouté dessous, à la minibombe, *au cul*. Les traditions ne se perdent pas.

Je me suis retrouvé dans la rue, sous la pluie qui n'avait pas varié d'intensité. Dans l'épaisseur de l'air, le goût d'acidité chlorée avait été remplacé par un goût fade genre cyanure de potassium. Heureusement mes filtres Nez-Gorge étaient des UNIVOX-PETIT-BATEAU tri-absorbants, chers mais les meilleurs, il y a des trucs avec lesquels il ne s'agit pas de déconner.

J'ai continué à remonter la Mireille-Mathieu, me fiant uniquement à mon flair. A peine avais-je tourné à l'angle de la rue Gérard-Oury qu'un gros rat luisant est sorti d'un égout presque à mes pieds. Il a couru d'un trottoir à l'autre, un clodard à cyclo a fait une embardée pour ne pas l'embugner et s'est ramassé en hurlant des douceurs en arabe. Le rat s'est arrêté devant la bouche d'égout opposée et il est resté un moment là, à humer l'atmosphère, je voyais ses grandes moustaches remuer, il avait l'air de la trouver à son goût, l'atmosphère. Puis il a filé vers les profondeurs, sa queue annelée et rosâtre serpentant derrière lui dans la gadoue.

Je ne me suis rendu compte que je m'étais arrêté pour regarder le trajet du rat qu'une fois ce dernier avalé par l'égout. J'aime bien les rats. Bien sûr je n'aimerais pas en toucher un, et encore moins qu'ils me touchent. Mais je les aime bien. Dans les quartiers pauvres, on en voit de plus en plus, ce qui n'est pas étonnant puisqu'il y a de moins en moins de chats. Les chats, on les bouffe et on s'en fait des vêtements. Les rats, pas encore. Mais ça viendra, ou alors ça ne viendra pas si, comme je le crois, les rats sont plus malins que les chats. Oui, j'aime bien les rats, mais je crois que j'en ai un peu peur aussi. On dit qu'ils constituent une véritable société, parallèle à celle des humains, juste sous nos pieds, à l'envers de la chaussée. Notre reflet inversé, en quelque sorte. On prétend même qu'un jour, si ça se trouve... Mais c'est dans les bouquins, qu'on prétend ça.

Basta.

D'ailleurs je ne lis jamais de bouquins.

3

Avant le manger de midi, j'en ai fait encore deux.

Il y en a un qui habitait rue Claude-François, dans un clapier à chomedus assistés auquel il est loisible de donner le nom d'immeuble, puisque des gens y bouffent et y dorment, autant dire y habitent. Mais comme ces gens sont des pauvres, il ne faut s'étonner de rien.

Je passais rue Claude-François par hasard, quadrillage de routine dans le périmètre aux gibiers de la journée, quand mon assistant de poitrine, que j'appelle Jules à cause du grand Jules (Berry, qui clamse d'une balle dans l'estomac habillé en prêtre, et qui demande un prêtre, dans *le Crime de M. Lange,* de M. Renoir), a fait tut-tut-tut, ce qui est sa manière à lui de me signaler un gibier au gîte. J'ai demandé à Jules ses références, il m'a dit de sa voix de vieille bique enrhumée :

– Emmanuel Lantier, entrée C, quatrième étage sans ascenseur, au domicile avec son épouse.

Je n'aime pas qu'un gibier en instance soit accompagné. Ça crée des interférences, autant dire des embrouilles, et ça demande du doigté, ce qui ne me manque pas, mais quand même. Précisément, c'est l'épouse Lantier qui est venue m'ouvrir, après un parcours pénible dans des escaliers et des couloirs pisseux, où des hordes de minos pourtant scolarisables se poursuivaient et se battaient munis d'instruments piquants et contondants que j'ai failli goûter plus d'une fois. On se demande ce que font les parents, les éducateurs, les vigiles et tout le merdier. L'épouse Lantier avait, comme je m'y étais attendu, le genre femme de chomedu qui compte sur la libido du travailleur immigré pour améliorer le Secours Populaire : la tignasse flamboyante, les lèvres itou, la mamelle redressée par des artifices et la jupe fendue jusqu'à la motte. J'ai vu à son coup d'œil que je devais lui sembler trop clean pour un ressortissant du bassin méditerranéen en goguette.

– C'est pour un contrôle?

A cette seule idée, elle en blêmissait sous son fard, du moins j'ai pu me l'imaginer littérairement. Je l'ai tout de suite rassurée en lui disant que non, je voulais seulement voir son mari, Lantier Emmanuel. Elle m'a désigné du doigt, par-dessus son épaule, le fond de son gourbi où stagnaient, comme toujours chez les pauvres, d'épaisses fumées âcres provenant d'un recyclage de recyclage de recyclage que je n'ai pas cherché à identifier, mais où un alchimiste de la grande époque aurait sûrement perdu son grec et son abyssin. Lantier Emmanuel était penché sur un thermostère, il était torse nu, son dos était maigre et tavelé. Je me suis raclé la gorge, il s'est retourné mais je n'ai pas vraiment vu son visage, j'enregistre rarement le visage des gibiers. Il est tombé tout de suite sur le côté après avoir reçu dans les narines une bouffée d'agent ATT 20, de chez Péchiney-Ugine-Kuhlmann, et il n'a plus bougé, comme de bien entendu. Dans un intérieur, j'utilise chaque fois que possible un moyen propre. La veuve Lantier s'est avancée dans mon dos comme je remettais la bombe dans le logement idoine de mon Superfecto. A cause de la fumée, elle n'a pas vu tout de suite et a répété :

– C'est bien vrai que c'est pas pour un contrôle?

Ensuite elle a vu, elle a poussé un petit cri, et elle m'a dit :

– Qu'est-ce qu'il a, le vieux?

Pour couper court aux explications, j'ai sorti ma carte de la poche intérieure de mon Bogart et je l'ai maintenue deux ou trois secondes devant ses yeux, comme le veut le règlement. Alors que je franchissais la porte du logement, un miard est venu se foutre dans mes jambes. Je lui ai demandé ce qu'il voulait. Il voulait extorquer à son père deux nickels pour une partie de cramps. Je lui ai conseillé de s'adresser plutôt à sa mère et je l'ai laissé entrer. Un peu avant que je sorte du clapier, une espèce de flèche lourde et trapue, tirée de je n'ai pas su où, est venue se planter dans le mur à moins d'un mètre de mon Borsa, donc de ma tête. Je me suis dépêché de filer : les maisons pauvres, c'est pire que les rues pauvres, c'est coupe-gorge, perce-crâne et compagnie.

Dehors, il avait presque cessé de pleuvoir.

Le deuxième gibier d'avant déjeuner, je me le suis fait dans une file d'attente, devant un *Gagnant du jour.* La file mesurait bien soixante-dix ou quatre-vingts mètres et, à trois individus le mètre en moyenne, ça faisait vu de loin, dans la rue luisante, un gros scoubidou bigarré qui parfois se tordait ou se défaisait au hasard des bousculades et des bastons.

Le deuxième, c'était *une* deuxième. Un gibier femme, c'est toujours quelque chose de particulier, moitié excitation, moitié répugnance, surtout quand, comme c'était le cas ici, elle est plutôt jeune et plutôt bien. Un sentiment de nature sexuelle, ou sexiste, je ne sais pas trop, l'impression peut-être de gâcher cinquante ou soixante kilos de viande fraîche qui pourraient servir autrement.

Je me suis glissé derrière elle, en passant devant la panse d'un obèse rendu plus obèse encore par une pneuma vermillon couverte d'autocollants du genre SAUVONS CE QUI RESTE À SAUVER, ou ALLEZ LES BLEUS, ou CANAL 112, L'AMOUR COMME SI VOUS LE FAISIEZ VOUS-MÊME, ou SYNTHO-DENTS JIRA, LA MÂCHOIRE QUI MÂCHE POUR VOUS, bref tous les genres. L'obèse a commencé à ouvrir la bouche et à lever le poing, alors je lui ai tendu un dix nickels qui lui a fait fermer l'une et baisser l'autre.

La file avançait tout doucement, j'étais collé contre le gibier, et comme à cause du temps j'avais déboutonné mon Bogart, mon triangle pelvien s'appuyait fréquemment contre les fesses rondes et protubérantes de la fille désignée par la puce. Ses fesses étaient moulées dans une longue jupe de laine, en patchwork, avec des dominantes bleu sombre, rose langue et orange jus d'orange. Elle était grande, autour d'un mètre soixante-dix, ses cheveux étaient blanc-blond, longs, fins, crêpés. Deux ou trois fois j'ai vu son profil, elle avait les yeux très noirs, ou alors c'étaient des pastilles, et le nez impérieux de Barbara Stanwick. Mais sa peau était pâle et portait des marbrures, un genre de dermite qui finit toujours par se transformer en cancer. J'ai fini par en avoir assez de sentir ses fesses se promener sur mon ventre, et puis mon sexe commençait à me faire mal. Je l'ai piquée à la base de la nuque, entre deux mèches de cheveux pas très propres et qui sentaient l'encens, la myrrhe et le benjoin de chez Guerlain. Elle s'est frotté la nuque avec sa main, comme on fait quand on vient d'être piqué par un insecte, et puis elle a toussé, elle s'est raidie, et elle est tombée en travers de mes jambes. Le pan-strychno est aussi très rapide comme méthode, en plus ça ne fait pas de vagues.

La file a ondulé autour d'elle, mais pas plus que pour un incident minime, par exemple une insulte raciste ou un coup de dent arrachant le lobe d'une oreille. Essayer de sortir le ticket vert à un *Gagnant du jour* et se voir octroyer une semaine de vacances gratos à la mer, à la campagne ou à la montagne dans un C.A.I. de l'Etat, c'est quand même plus important que de s'arrêter pour pincer une viande afin de voir si elle est tout à fait froide ou encore tiède. Ce doit en tout cas être une idée de pauvre. Les pauvres, c'est facile à comprendre, même si, dans ce cas précis, tout le monde sait bien que la pipe est aussi truquée que n'importe quelle élection et autre jeu électronique.

Je suis resté peut-être une minute debout près du

corps, à me faire bousculer par la horde qui m'arrivait dans le dos. Le gibier était tombé face contre terre, et ses cheveux éparpillés cachaient son visage. Ses jambes s'étaient un peu repliées sous elle, et la jupe évasée formait une sorte de corolle, comme une fleur, avec des pétales carrés, bleu sombre, roses et orange. Hitch avait obtenu le même effet pour la mort de Karin Dor, dans *l'Etau*. Mais lui, il avait fallu qu'il fasse attacher au bas de la robe des fils en nylon transparent, que ses assistants tiraient au moment où l'actrice tombait. Là, ça s'était produit tout naturellement.

J'ai cessé de contempler le corps à l'approche d'un couple de vigiles qui remontaient la file, jouant en frimeurs de leur bidule neuro. Je n'avais pas envie de déguster une décharge alpha, et puis j'avais assez perdu de temps pour rien, et puis il recommençait à pleuvoir, et puis j'avais faim, mon araignée tic-tac me donnait raison, il était plus de midi.

J'ai trouvé un *Fou Food* rue Alain-Delon, on ne peut pas avoir mieux dans la nécrozone. Devant la porte homéostatique, qui représentait classiquement une bouche rouge et molle qui s'ouvrait au passage des clients, un agglomérat d'une dizaine de pelus aux yeux chassieux attendaient l'aubaine.

– Quand t'auras bouffé, tu nous files ta carte? disait en chœur la moitié d'entre eux.

– Tu nous ramènes un p'tit bout d'qu'éque chose en sortant... geignait le restant des choristes.

Le rideau homéostatique s'est troublé lorsque j'ai enfilé l'objet des convoitises dans la fente qui faisait une gerçure au coin des lèvres géantes. Nous vivons au sein d'une civilisation de fentes où l'on ne cesse d'enfiler des machins. Je suis passé, j'ai senti mes cheveux crépiter sous mon Borsa quand j'ai traversé le champ mal réglé. Un clodard a tenté de me suivre, mais bien sûr il a été repoussé au milieu d'une nuée d'étincelles quand la bouche s'est refermée.

L'intérieur du *Fou Food* était hideusement rouge et blanc, et divisé en petits boxes genre pub, ce qui n'a rien d'étonnant puisque c'est la firme anglaise Courtaulds qui est à la base de l'entreprise. Une petite demi-douzaine de pauvres moins pauvres que le commun des pauvres mastiquaient à l'abri des cloisons, qui leur permettaient de cacher aux frères de misère l'étendue de leur goinfrerie et de leur fortune. Je me suis installé dans un box, sans quitter mon Borsa ni mon Bogart, mais en murmurant à l'oreille de la puce le code qui l'obligerait à m'oublier le temps que je bouffe en paix.

Quand je me suis assis l'écran s'est allumé et le vocodeur m'a sorti une longue phrase, de bienvenue j'imagine, en anglais. Ils n'ont même pas été foutus de programmer une traduction, Courtaulds, ou alors ils font exprès, pour bien montrer qu'il n'y a pas que les Russes, les Japonais, les Pakistanais, les Sud-Américains, les Arabes, et les Sud-Africains qui nous colonialisent, mais quand même aussi les Anglais, encore un peu.

Ensuite les mets délicieux fabriqués par la maison à partir de leur stock de protéines filées ont commencé à défiler sur l'écran. J'ai choisi au hasard un bol de légumes verts avec de la sauce beige, des bâtonnets de poisson grillé avec de la sauce rouge, un flan orangé avec de la crème rose, et pour boire, de la bière. J'ai mangé le tout jusqu'à la lie, les kesps sont souvent meilleurs que la plupart des aliments dits naturels, si on veut bien oublier ce qu'il y a dedans pour leur donner du goût et de la couleur.

Après je suis allé dans les chiottes pour pisser, me redonner un coup de peigne et changer mes filtres. Les chiottes baignaient dans une accueillante lumière rouge et j'y ai été soumis aux demandes croisées de divers distributeurs proposant des trucs pour la virilité, l'intestin, l'estomac et autres organes en péril. Dans le miroir, ma tête avait son aspect habituel. Sur un mur, quelqu'un avait écrit *JE SUIS FOUTU,* et en dessous, quelqu'un d'autre avait écrit *ça en fera toujours un de moins*, commentaire dont je partageais la sagesse.

Pour sortir du *Fou Food*, j'ai dû faire sucer ma carte de la CHAÎNE NATIONALE MULTICRÉDIT par la fente adéquate, qui a secrètement débité mon compte d'une somme que je n'ai pas cherché à vérifier. Après seulement les lèvres se sont écartées et j'ai pu passer. Je me suis vite éloigné de la masse amibienne des loquedus, dont les doigts ont laissé des traces poisseuses sur les manches et les revers de mon Bogart.

Il avait à nouveau cessé de pleuvoir. A un certain endroit du ciel, la crasse était pochée d'un ovale jaunâtre, qui laissait même filtrer un rayon pisseux dont le jet malingre allait se perdre quelque part derrière la haute façade grise d'un immeuble. Un hélico de la police ou d'une chaîne TV rôdait au loin dans la mélasse. La rumeur sourde qui montait de la nécrozone m'a fait l'effet d'être le souffle d'un métastasé au dernier degré prolongé avec une trachée en inox, un larynx en kevlar et des poumons en teflon. Des fumées plus nombreuses encore que celles du matin montaient des diverses fenêtres aux carreaux brisés, et ça puait massivement le dégagement d'oxydes et la crémation de déchets polysaturés non recyclables.

Dans la rue la foule pouilleuse était dense, on aurait pu dire que c'était une heure de pointe si toutes les heures en quartier pauvre n'avaient pas mérité ce qualificatif. J'ai commencé à jouer des coudes en douceur en remontant la rue Alain-Delon, et avec moins de douceur après avoir tourné dans la radiale Line-Renaud, qui théoriquement joint la nécrozone à l'opzone de Nogent, impropre à l'habitation pour 240 ans à cause de la colique de la centrale, mais habitée quand même par ceux qui ne peuvent pas aller ailleurs et par ceux qui font des relevés expérimentaux sur les précédents. Je n'avais pas l'intention d'aller bien loin dans cette direction, c'était juste quelques pas pour le coup d'œil. Le coup d'œil en valait la peine, et si j'avais payé j'en aurais eu pour mon argent. Toute la largeur de la radiale était barrée par une foultitude de passerelles en matériaux récupérés dans diverses cabines publiques démontées, qui servaient de ponts entre les façades, du rez-de-chaussée aux étages ultimes. La dernière fois que mon boulot m'avait dropé dans ces lieux hirsutes et surréalistes, il n'y avait guère plus d'une passerelle par bloc. Depuis elles avaient fait des petits, au point qu'on ne voyait plus l'horizon et ses panaches plombés. Comme les ponts au Moyen Age, les passerelles étaient surchargées de greffons habitables en polystyrène et autres matières fibreuses, qui leur poussaient dessus comme de gros furoncles mous. Sous ce poids rédhibitoire les passerelles ployaient dangereusement. Je m'attendais à en voir craquer une d'une seconde à l'autre, d'autant que les intenses et néanmoins mystérieux échanges conviviaux ou autres qui s'y poursuivaient les faisaient ployer selon une flèche digne d'un quelconque pont de singe.

C'est pour ça que je suis resté si longtemps au milieu de la Line-Renaud, à regarder en l'air. Aucune passerelle n'est tombée, il y avait seulement une pluie d'objets continue sur la tête des passants, des restes de mangeaille immangeable, des nickels tordus, des fragments de paroi en fibre à l'obsolescence éphémère, des boîtes de conserve et de boisson vides ou pleines, des bouts d'homéojournaux fraîchement imprimés et déchirés parce qu'annonçant des mauvaises nouvelles uniquement, des tracts en tout genre appelant à la révolution, à l'euthanasie, au don de sa personne à la science ou à l'affiliation à des sectes, des morceaux de peau, des dents, des cheveux en touffe, du dégueulis, de la merde, tout ce qu'on voudra.

J'ai quand même réussi à voir tomber un clodard, du troisième en gros, mais je n'ai pas vu où ni comment il a atterri parce que, juste à ce moment-là, une main professionnelle m'a soulevé mon Borsalino de la tête, et je n'ai eu que le temps de me retourner, de faire deux pas et d'allonger le tireur d'un shuto pas méchant, sinon il se serait cassé dans la foule et mon galure avec, que j'ai remis sur mon crâne en l'enfonçant d'une demi-torsion. Le boulot en quartier pauvre, c'est le risque mineur tous les cent mètres. Je me suis reculé jusque sur un trottoir, où des braseros crépitaient dans la fumée gerbante des merguez aux abats félins, et où des malins manchaient de manière variée au centre de cercles serrés de glandus goguenards. En revenant vers le départ de la radiale, j'ai pu voir, outre les chanteurs, les conteurs, les prédicateurs et les joueurs d'instruments prétendus musicaux, une assez belle abo peinte en rouge s'enfilant partout et même à l'endroit auquel on pense en premier des aiguilles à tricoter rouillées, une autre femme, emballonnée celle-là et étendue jambes ouvertes sur un matelas, qui affirmait qu'avec quelques nickels supplémentaires elle accouchait dans l'instant, et un type maigre et jaune tenant un couteau, qui se disait prêt à se trancher la main gauche et la donner immédiatement au plus offrant.

– Garde au moins l'autre pour demain! a crié une petite noiraude, ce qui m'a amusé.

J'aurais voulu rester jusqu'à ce que le mancheur au couteau fasse son numéro ou soit lynché s'il ne se décidait pas assez vite, mais Jules a choisi ce moment-là pour me susurrer avec sa voix de châtré qu'il n'était plus temps de glander et que je devais réactiver la puce. Jules ne me laisse jamais en paix trop longtemps, mais je ne peux pas lui en vouloir parce que c'est son boulot à lui. Quant à ses grossièretés, je les admets d'autant mieux que c'est moi qui le programme. J'ai donc remis la puce en route et immédiatement le spot et l'avertisseur se sont mis en branle. Il y avait un gibier dans le champ rapproché du bioser, c'était du hasard grand style, ou alors mon merdier électronique intégré Honeywell-Bull-Fujitsu est plus subtil encore que c'est dit dans la notice.

J'ai fendu la foule en écartant des mains qui essayaient de me faire les poches, guidé par la flèche scintillante de l'écran. Comme prévu, je n'ai pas eu à aller bien loin : le gibier était juste à l'angle de l'Alain-Delon et de la Line-Renaud, adossé à une affiche qui vantait les comprimés SI-ROSE de chez RHÔNE-POULENC, lesquels vous permettaient de voir la vie dans la couleur indiquée, et même dans tout le spectre de l'arc-en-ciel si on y mettait le paquet.

Je ne sais pas comment le gibier l'avait vue, la vie. Désormais, en tout cas, ce n'était plus un problème pour lui : la fixité soudaine du diagramme du bioser m'avait déjà averti depuis quelques pas que le client n'aurait pas besoin de mes services, et la vision directe du clampin me l'a confirmé. C'était un vieux type, au moins quarante ans, ses jambes faisaient un V aigu sur le trottoir, ses doigts étaient crispés dans la charpie gadouilleuse, sa tête faisait un angle pas net sur son épaule, son teint était cyanosé au dernier degré, ses yeux étaient réduits à une fente blanc-jaunâtre.

Bref il était mort, mort depuis moins de trente secondes, et peut-être moins de vingt, encore un hasard grand style, mais qui ne m'a pas étonné : dans les quartiers pauvres on meurt comme des mouches, c'est-à-dire avec bien plus de facilité qu'elles, et ce n'était pas la première fois qu'un gibier me faisait la politesse de tomber avant que je le pousse.

Je n'avais plus rien à faire à ce carrefour (... *de la mort*, Henry Hathaway, 1947) et j'ai rebroussé chemin vers l'est, me fiant au nez fin de la puce pour m'aiguiller vers les derniers gibiers de la journée, qui restaient trois. Avant de tourner derrière la façade noire du polissariat incendié de la rue Alain-Delon, j'ai regardé une dernière fois les passerelles et leur humanité fourmillante, surmontées vers la gauche de la radiale par un énorme panneau incandescent qui annonçait aux amateurs :

VENEZ EN CHINE POP
IL Y A DE LA PLACE POUR VOUS!

J'ai trouvé le sixième gibier à son domicile, ou plutôt la puce l'a trouvé pour moi. C'était encore une femme, mais vieille cette fois, elle était couchée sur son lit dans son espapt d'un C.C.H., je lui ai évité la peine d'avoir à se relever.

Le septième gibier était à nouveau un mâle, moins de vingt ans sûrement, il jouait au smash dans un Espace Ludique ALIGARINE, je l'ai tiré avec mon 44 depuis l'entrée, pour ne pas perdre la main, mais le coup de feu s'est confondu avec les explosions en chaîne de tous les jeux guerriers en action.

Après il a plu encore un peu, je me suis réfugié dans une cabine audivi GAUMONT de la descente Dalida, mais la sélection n'allait pas plus avant que les années 80, évidemment, et je n'ai pu me payer que dix minutes d'un Altman merdeux, rayé en plus, une V.F. avec un son désynchrone, c'était *Popeye*, que je déteste encore plus que les autres Altman, alors je suis vite sorti, et peu après il a cessé de pleuvoir.

4

Mon dernier gibier créchait rue Ronald-Reagan. La rue Ronald-Reagan n'est pas une rue, c'est tout au plus un étroit passage entre deux rangées de baraques en récupération, surtout du bois, de l'agglo, du carton, du papier, plein de trucs qui crament facilement. Toutes ces baraques ont été construites dans un grand espace démoli qui devait être autrefois une gare, ou des abattoirs, ou un marché, ou n'importe quoi d'autre dans le genre grandiose et inutile. Il y a encore des pans de mur, avec des lettres au goudron appelant à VOTEZ *machin* et à LIBÉREZ *trucmuche*, des inscriptions indélébiles, qui datent de la préhistoire.

J'ai longtemps hésité à pénétrer dans ce souk, qui schlinguait l'ordinaire des quartiers pauvres, mais en plus concentré. L'idée qu'un pauvre ait été assez malade dans sa tête pour baptiser vingt mètres de labyrinthe craignosseux Ronald-Reagan ne me plaisait pas. Les pauvres aiment bien donner à leurs rues des noms qui pètent plus haut que leur cul. Ronald Reagan avait été un bon second rôle, dans les années 40 et 50. On peut le voir dans *Santa-Fe Trail,* de Michael Curtiz, au côté d'Errol, et dans *Cattle Queen of Montana,* d'Alan Dwan, un de ses rares premiers rôles, avec la Stanwick. Curtiz et Dwan sont parmi les plus grands des grands, même si ce ne sont pas là leurs meilleurs films. Bien sûr, cette rue pouilleuse n'avait pas été appelée ainsi à cause de la carrière de l'acteur, mais parce que celui-ci avait été bien plus tard président des Etats-Unis, un peu avant le grand crash. Mais à cette époque Errol Flynn était mort, et John Wayne, et tous les autres, et on ne faisait plus que des films merdeux.

J'ai rôdé longtemps autour de cette verrue inflammable, en pensant à je ne sais trop quoi. Le quartier était particulièrement fourni en vendeurs de remonte-pente et en rasdeps tapineurs, avec une proportion de dix contre un en faveur de l'offre, ou bien plus. Il était difficile de faire cinq pas sans qu'on vous propose des amphés, du Benzphé, de la coco, du Diethyl, du Diméthyl, de l'Ethyl, du Fencamfamine, du Phendimétrazine, du Prolintane, du Tonédron, des Amiphénazoles, de l'héro, de la morphine, du Méthadone et du Dipipanone, des anabols, du Stanozolol, de l'Oxyméthölone, du Nandronole, et vingt autres panacées à la vie chieuse, qui n'étaient si ça se trouve que du sucre avec un peu de mort-aux-rats dedans.

Il était difficile encore plus de faire cinq autres pas sans qu'un petit rasdep bronzé nature, aux cheveux parfumés et au cul moulé dans du Skaï, vienne se coller en vous proposant des choses, des plus inouïes aux plus classiques, en essayant déjà de vous palper les bijoux. Mais moi, avec mon Bogart et mon harnais de ceinture plus tout le matériel Honeywell-Bull-Fujitsu qui y pend, ce n'était pas facile de me les attraper.

L'un d'eux m'a filé le train pendant longtemps, un

vrai petit morpion, une vraie petite teigne, il me disait :

– Je t'emmène pour 50 nickels, si tu veux. On peut aller dans un coin tranquille, chez moi, mes vieux y sont pas, d'ailleurs ils sont morts, enfin ils sont loin... Pour 50 nickels, on reste une heure ensemble, on fait ce que tu veux. Mais ce qui serait mieux, c'est que tu m'emmènes chez toi. On y serait encore mieux, on resterait toute la nuit au page, je te demanderais qu'un ticket, ou alors tu me filerais ta carte pour juste une heure... Ou alors ton imper... Tu me filerais ton imper si je te donnais mon cul pour toute la semaine? Je pourrais rester chez toi une semaine, si tu veux. En plus tu me filerais ta carte, j'irais acheter de la bouffe, et même je te ferais des plats. Je te gênerais pas, quand tu voudrais plus de mon cul, je dormirais, moi j'aime bien dormir, je tiens pas de place, et puis je sens bon, je suis propre, je salirais pas tes draps... Mais si tu peux pas ça serait juste cinquante nicks ici, ou si vraiment t'as pas le temps, pour 20 nicks je te...

Il pouvait avoir douze ans, il avait un petit visage fripé de petit vieux, et des cheveux tressés, et des grands yeux noirs soulignés au bleu, il était maigre sous son bustier doré et ses futes noirs, et sa bouche s'ouvrait grand quand il s'imaginait sourire. Il m'a collé longtemps, je l'écoutais, je n'avais pas vraiment envie de le rembarrer, au début, ni de le faire taire. On aurait dit un petit clown triste, un petit lutin qui faisait son numéro au milieu de la piste, les lumières bleu-vert des torches à gaz de paille jetaient sur sa peau sombre des éclairs blafards tandis qu'il dansait autour de moi dans la nuit qui tombait, on aurait dit un petit prince, un petit prince de rien, un petit prince de merde.

– Dis donc, je voudrais pas te presser, mais je te signale que ton gibier t'attend depuis quarante-trois minutes...

Ça, c'était Jules qui s'énervait, et en plus la puce me piquait salement le poignet depuis un bon moment déjà, mais je faisais comme si elle n'existait pas, la puce n'est qu'un instrument, un instrument. Pourtant il fallait que je me remue, la nuit était là, humide et lourde, et le SO_2 attaquait vilainement mes filtres. Il fallait que je me débarrasse du petit rasdep, subitement sa présence me foutait les glandes à l'iode, dans la poche de mon Bogart ma main s'est refermée sur un dix nickels, ou un vingt nickels, je ne sais pas, et je l'ai balancé au miard qui l'a attrapé au vol, avec son sourire sans sourire.

– Arrache-toi, maintenant, je lui ai dit, et je me suis enfoncé dans le souk, guidé par la flèche verte du bioser. Mais je voyais bien qu'il me suivait de loin, il espérait peut-être une autre pièce, ou alors il avait entendu la voix de Jules et il devait penser que j'étais équipé d'un terminal voco – ce qui signifie plein aux as, ou alors je ne sais pas quoi.

J'ai pénétré dans la rue Ronald-Reagan où ça enfonçait jusqu'à la cheville, et je me suis arrêté devant le numéro du gibier, qui portait le nom d'Orlanda Falacchi. Le gourbi était une masse informe à un étage, dont la façade, si on peut lui donner ce nom, était constituée presque entièrement de morceaux de palissades de chantier portant en blanc des lettres éparses, et de fragments de panneaux municipaux où pouvaient encore se lire des mots éparpillés, comme ICI, ou JAMAIS, ou MAINTENANT. Le tout formait sans doute un message crypté important pour l'avenir du monde, mais je n'ai pas cherché à le déchiffrer. Dans l'instant, le seul mot important pour moi était MORT, il s'étalait juste en face de moi, à hauteur de mes yeux, sur un panneau d'agglo gondolé, mais il faisait sans doute partie d'un slogan du genre RÉDUISONS LA MORTALITÉ, ou autre connerie.

La ruelle était obscure à part les rectangles bleutés de quelques fenêtres derrière lesquelles on avait tout sacqué pour garder son écran, et de temps en temps une ombre courbée s'y faufilait, qui se baissait parfois vers la gadoue en croyant y avoir vu un trésor, mais non, c'était rien que de la gadoue. La citoyenne Orlanda Falacchi, je l'imaginais comme une grosse Italienne de cinquante balais, gonflée de pâtes à l'eau et de mortadelle au chien. Elle brûlerait bien, en grésillant, et sa foutue baraque aussi, en crépitant.

J'ai défait la ceinture de mon Bogart et, sans avoir besoin de le déboutonner, j'ai décroché de ma taille une grenade au phosphore. Le petit rasdep s'était arrêté au bout de la rue, il me regardait, il se demandait peut-être si, après la pièce de dix nickels, je n'allais pas sortir un gigot de kangourou de mon chapeau. J'ai seulement sorti la grenade de sous mes côtes et je l'ai balancée à travers la fenêtre ouverte du gibier Falacchi. J'ai compté mentalement trois secondes et la lueur bleue de l'écran a été délayée dans l'éclair jaune du phosphore. Après, mais très vite, il y a eu un hurlement mêlé à l'explosion et après encore, mais toujours très vite, un ouragan de flammes rouges qui ont jailli de la fenêtre en crépitant dans la nuit, comme je l'avais prévu. Et après, tout aussi vite, le gibier est apparu en ombre chinoise devant la fenêtre en feu, en modulant un cri aigu et ininterrompu. C'était une grosse Italienne de cinquante balais, gonflée de nourriture de pauvre, comme je l'avais prévu, gonflée de mauvaise graisse jaune qui commençait à cramer et à couler en grésillant, avec exactement le bruit que j'avais prévu, et l'odeur en plus.

Le souffle des flammes était chaud sur ma figure, très chaud, je me suis reculé de deux pas pour m'adosser à la paroi de la maison d'en face, maintenant toute la baraque brûlait, des gens se pointaient pour profiter du spectacle, le petit rasdep au premier rang, qui en oubliait de sourire tellement ça le passionnait. La grosse Italienne avait disparu du cadre de la fenêtre, elle devait avoir complètement fondu dans sa graisse, d'ailleurs il n'y avait plus de fenêtre, seulement des flammes, des flammes. Dans la maison quelque chose a explosé, l'écran ou une bouteille de gaz, une partie du toit a été soufflée et des tas de débris ont été projetés vers le ciel noir, des bouts de tuyau en plastique, des aiguilles de verre, de la charpie de boîtes de conserve et de vêtements, des échardes enflammées, de la bouillie d'os et de la pâtée de chair brûlée. Les gens dans la rue ont fait *Ohhh!* et quand tout a commencé à leur retomber sur la gueule, à leur cramer le nez et à s'enfoncer dans la peau de leur crâne, ils ont fait *Ahhhh!* et il y a eu des mouvements de fuite. Le petit rasdep n'a pas bougé, il m'a lancé un regard méchant, comme si j'étais responsable du tesson de je ne sais pas quoi qui venait de zébrer la peau d'ange de sa joue. Je n'ai pas reculé moi non plus : au milieu du ronflement de la tornade jaune et vibrante qui passait à travers le trou du toit, je venais subitement d'entendre des cris pointus qui s'échappaient de la maison, des cris et des pleurs de gosses. J'ai couru jusqu'à l'angle de la baraque. A une fenêtre du premier, mais c'était plutôt un simple rectangle découpé dans les planches, la tête d'un miard s'agitait. On aurait dit qu'il voulait passer par l'ouverture, mais qu'il n'arrivait pas à se hisser. C'était l'endroit de la baraque le plus éloigné de l'incendie, mais celui-ci gagnait, la tête du miard se détachait parfaitement sur un fond rouge mouvant. J'ai tombé mon Bogart et je l'ai tendu au rasdep, qui m'avait suivi, en lui disant de faire gaffe. J'ai crié au gosse :

– Tiens bon, j'arrive!

Le feu grésillait. Il faisait de plus en plus chaud. A l'angle de la baraque il y avait un poteau, planté au milieu de la ruelle mais fortement incliné vers le mur. J'ai tiré mes gants NASA d'une des poches de mon Superfecto, et je les ai enfilés. J'ai attrapé le poteau entre mes mains et j'ai commencé à grimper. Avec les gants NASA et les semelles velcro de mes cosmoboots, ça n'allait pas trop mal. Le gosse hurlait toujours et, quand j'ai été à sa hauteur, guère plus de trois mètres, j'ai vu que derrière lui il y en avait un autre, presque un bébé, qui se cramponnait au premier en pleurant et en tirant sur sa chemise de nuit. J'ai crié :

– Prends ta sœur et passe-la-moi!

Le miard me regardait sans cesser de hurler, il ne faisait pas un geste pour me passer sa sœur. C'était peut-être son frère, ou alors il ne comprenait que l'italien, ou il était trop affolé pour faire un geste contrôlé. Il pouvait avoir quatre ans, et l'autre, son frère ou sa sœur, deux. Le gibier cramé ne devait pas être leur mère, mais leur grand-mère, ou alors elle avait vingt-cinq balais et en paraissait le double, ce qui arrive souvent avec les pauvres.

J'ai encore crié :

– *Da me tu fratello o ta sorella, presto!...* sans me faire des illusions sur la correction de mon rital.

Je voyais du coin de l'œil, trouble parce que je commençais à pleurer, la foule qui était revenue se coincer dans la rue. Il y avait des mecs qui se marraient franchement, d'autres qui me faisaient des signes d'encouragement, et des femmes qui se frappaient la poitrine. Les pauvres, c'est vraiment clichés et compagnie.

J'ai entendu deux ou trois phrases délicates, du genre :

– Monte là-d'sus, tu verras Montmartre!

– T'as payé, pour aller au balcon?

– Si c'était un cocotier, on secouerait...

Mais la plupart des remarques et autres exclamations étaient lancées en italien, en grec, en portugais, en arabe ou en turc, à supposer qu'il y ait une différence entre le turc et l'arabe. Je ne comprenais rien, mais heureusement le gosse a fini par comprendre, ou par sortir de sa léthargie à cause des flammes qui lui léchaient le cul, il a saisi son petit frère ou sa petite sœur et me l'a tendu au-dessus du vide. A cause de l'inclinaison du poteau et de l'étroitesse de la ruelle, il n'y avait guère plus d'un mètre entre mon perchoir et l'ouverture. J'ai pu attraper le miard en me penchant bien. C'était une petite fille, finalement, je l'ai vu à sa petite fente rose barbouillée de cendres collées par la pisse. Je lui ai souri et je l'ai laissée tomber. Une femme l'a reçue dans ses bras et l'a emportée vers l'extrémité de la ruelle. Après j'ai tiré le garçon dont la chemise de nuit commençait déjà à se consumer. Il est venu en emportant avec lui un morceau de paroi accrochée à l'une de ses jambes par des clous rouillés, mais enfin il est venu, et je l'ai laissé tomber comme sa sœur, et il a été récupéré pareil. En plus des flammes qui me rôtissaient la figure, la fumée s'épaississait de plus en plus, je n'y voyais plus rien à cause des larmes, je m'asphyxiais tout doucement, je toussais et je crachais. Il était temps que ça finisse. J'ai eu une pensée émue pour Joe Young, le gorille géant animé par Willis O'Brien et Ray Harryhausen, qui faisait là ses premières armes avec son maître, dans *Mighty Joe Young*, d'Ernest B. Shoedsack, un film produit en 1949 par Merian C. Cooper et John Ford, et je me suis laissé glisser à terre. Dans le film, après avoir sauvé les orphelins d'un pensionnat en flammes, le singe tombe du sapin où il était grimpé pour les aider, et reçoit tout un pan de mur sur le dos. Moi, je n'avais pas eu droit à autant de cataclysmes, j'étais seulement au bord de l'étouffement, j'avais l'impression que mon visage était brûlé au cinquième degré, je sentais le poil roussi, et mon Superfecto et mon pantalon étaient dans un état lamentable. Ce n'est qu'une fois par terre que je me suis aperçu que j'avais perdu mon Borsa dans la bagarre. J'ai essayé de le repérer dans la gadoue, mais au milieu de tous les pieds qui y pataugeaient, whalou!, d'ailleurs il devait y avoir longtemps qu'on me l'avait chauffé.

J'ai quitté mes NASA et j'ai essuyé avec mes index le pourtour de mes yeux. J'ai senti qu'on me poussait, des craquements en super-Dolby-stéréo saturaient les dialogues, c'était la maison qui venait de s'effondrer par l'intérieur, comme une étoile en bout de course qui se transforme en trou noir. Un Arabe ou un Turc m'a secoué en large et en travers en me disant des tas de mots en turc ou en arabe. Ce devait être de la louange grosse comme la cuisse, ou alors un extrait du

Coran. Je me suis dégagé, je venais de me rendre compte que j'étais désagréablement nu sans mon Bogart. Heureusement, dans la presse, le rasdep n'avait pas vraiment eu l'occasion de prendre la tangente et j'ai pu le coincer par l'épaule entre un gigantesque mongolien manchot et une tribu de Coréens qui pépiaient dans le style canari. J'ai arraché mon vêtement des mains du tapineur et je l'ai enfilé, le vêtement, pas le tapineur. Il y avait du meurtre dans ses yeux, mais il ne pouvait pas faire plus.

Vêtu, je me suis senti subitement mieux, et j'ai pu considérer la situation avec pondération : la maison que j'avais phosphorée n'était plus qu'une pyramide aplatie de brandons rougeoyants, mais toutes les baraques mitoyennes avaient commencé à cramer peu ou prou, et la populace suivait l'avancée du fléau avec joie ou affliction, suivant que ses membres étaient ou non habitants du souk. Sans le vouloir j'avais fait les choses en grand, la verrue était en train de se faire cautériser vite fait.

– Que foutent les pompiers, bordel! a dit quelqu'un dans mon dos.

C'était une bonne question.

– Ils se branlent! a répliqué quelqu'un d'autre.

C'était une bonne réponse.

J'aurais bien voulu revoir les deux petits Ritals, le garçon à la chemise de nuit brûlée et la fille nue et dodue, avec ses yeux sombres je crois, et son petit cul barbouillé de cendres, mais une bonne âme avait dû les emmener loin du carnage. J'ai espéré que ce n'était pas pour les manger, tout est possible avec les pauvres.

Il y avait aussi le cas de Jules, qui ne m'avait pas prévenu que le gibier n'était pas seul au logis... Est-ce que je devais lui éclater le boîtier et le porter au recyclage, ou simplement l'engueuler? Finalement je n'ai rien fait, parce que je me suis rappelé que j'étais quand même assez naze avant ladite action, et qu'il était bien possible, après tout, que j'aie involontairement négligé une indication en ce sens de mon matos.

Quand les pompiers sont arrivés et ont déroulé leurs gros et longs tuyaux, des rigolos ont dit que ça c'étaient des hommes et qu'ils avaient du tempérament, pas vrai Chaadia? et quand ils ont tiré les lances au plus près du quadrilatère incendié, les mêmes rigolos, ou d'autres, ont fait :

– Ho... hisse! Ho... hisse!

Et quand la mousse carbonique s'est mise à jaillir il y a eu encore d'autres exclamations et commentaires, tout aussi classiques.

J'ai regardé jusqu'au bout, qui est vite venu puisqu'il ne restait pratiquement plus rien à éteindre, et en tout cas plus rien à sauver. Il y a quand même eu un incident, quand un bunz, à ce que j'ai cru comprendre, a sectionné un tuyau, mais un pompier de garde a tiré tout de suite et l'incident a été clos. J'ai regardé encore la fumée grise qui montait paresseusement et en sifflant au-dessus du périmètre qui serait déblayé dans la nuit et reconstruit demain, en pire, et j'allais enfin m'en aller quand un pompier, qui se tenait près de moi, m'a adressé la parole pour me dire quelque chose du genre :

– Pour un beau feu, c'était un beau feu... Dommage qu'avec les émeutes du périf on soit pas arrivés à temps.

J'ai eu l'impression que ce qu'il regrettait, ce n'était pas vraiment d'avoir manqué à son devoir, mais d'avoir loupé le spectacle. Je ne lui ai quand même pas demandé confirmation, parce qu'il ne faut pas trop pousser avec les pompiers, et aussi et surtout parce que je m'en foutais républicainement. J'ai juste émis un grognement d'approbation, et j'ai vu un grand sourire blanc émerger de la face toute noire du pompier. La face du pompier était noire, non pas parce qu'il était couvert de cendres mais parce que c'était sa couleur naturelle. On trouve de moins en moins d'autochtones pour faire les sales boulots, et des sales boulots, il y en a de plus en plus.

A ce moment-là une femme a dû me reconnaître et elle s'est mise à baragouiner en me désignant et en faisant d'autres sortes de gestes avec ses gros bras blancs ballottant de toute leur graisse. J'ai quand même pu comprendre qu'elle mettait le pompier au courant de mes faits héroïques. Le pompier a souri encore, il avait vraiment des dents impressionnantes, il était peut-être anthropophage dans le civil, et il a hoché la tête vers moi, un genre de félicitations.

– C'est lui qui a mis l' feu, m'sieur! C'est lui qui a mis le feu, avec une grenade, je l'ai vu, m'sieur, je vous jure...

Cette voix à la fois rauque et perçante, ce n'était pas ma conscience mais le petit rasdep de mes deux, que j'avais perdu de vue depuis un moment et qui resurgissait dans mon dos, la délation aux lèvres. Sa passe manquée, il essayait de me la faire payer cher, le morpion. Du coup le sourire du pompier a disparu et il a commencé à me regarder d'une autre façon, le soupçon au coin des yeux. J'ai vu sa main droite remonter lentement et venir s'appuyer à sa taille, ses grands doigts noirs à quelques centimètres de la crosse du Walther-Manurhin 367 réglementaire à tir ultra-rapide, qui pesait lourd dans son holster au rabat ouvert. Dans le mouvement qu'il a fait, son casque doré a accroché la lumière d'un projecteur mobile, et les chiffres en relief, 5500, qui correspondent, allez savoir pourquoi, à la température du soleil en surface, ont étincelé.

– Dis donc, camarade, m'a jeté le pompier, tu as fait quoi, au juste? Tu as sauvé des gosses ou tu as tout fait cramer?

– Les deux, mon capitaine, j'ai répondu.

Mais je ne savais pas s'il était vraiment capitaine.

– Tu peux être plus explicite? a dit le pompier d'une voix douce.

J'ai soupiré, mes jambes me faisaient mal, j'avais des

lourdeurs dans les reins, j'avais soif, j'étais fatigué. Je me suis contenté de tirer ma carte du C.E.P. d'une poche intérieure et je la lui ai tendue. Il me l'a prise et l'a regardée longuement, d'abord les sourcils froncés, puis son sourire d'ogre a reparu dans sa face ombreuse et il m'a rendu la carte.

– Vous faites rien? Vous lui faites rien? gueulait le petit rasdep.

Le pompier lui a allongé avec le dos de sa main gantée une mandale à assommer un autre pompier, et le tapineur est allé s'aplatir à deux mètres entre les jambes des glandus qui lui ont aussitôt passé dessus.

– Quand même... a dit le pompier. Une grenade incendiaire! Tu fais les choses en grand, camarade... Qu'est-ce que c'était ton truc? Un Salvador?

Je lui ai dit non, c'était une grenade au phosphore, alors il m'a demandé des détails sur le détonateur et je lui ai dit qu'il n'y avait pas de détonateur, c'était une fabrication personnelle, deux corps chimiques qui s'enflamment spontanément en entrant en contact.

Il a eu l'air intéressé, il m'a remercié, et puis il s'est excusé, il avait encore du travail à faire avec les décombres.

J'en avais plus que ma claque des quartiers pauvres, je n'avais plus rien à y faire depuis longtemps, d'ailleurs la pluie recommençait, et je n'avais plus de Borsa. J'ai tourné le dos aux ruines et j'ai marché jusqu'à ce que je trouve un taxi, un RENAULT-11 cyber, au petit cerveau duquel j'ai jeté mon adresse.

Salut, la compagnie.

5

Lorsque le cybertaxi m'a déposé devant ma R.I. (Résidence Intégrée), l'araignée tic-tac m'a dit qu'il était 21 h 14. C'est commode d'avoir une araignée au plafond, même si parfois, quand il fait humide surtout, comme aujourd'hui et comme souvent, je sens ses huit petites pattes me gratouiller ou me chatouiller l'envers du cerveau.

J'ai glissé ma carte dans la fente du cyber, qui l'a mâchouillée un bon moment avant de la recracher et de me dire « merci monsieur, bonsoir monsieur, la Société privée des taxis Protec vous souhaite une bonne nuit... » Ensuite l'engin a fait demi-tour non sans enfoncer un pot de fleurs géant en béton qui ne contenait pas la moindre fleur. Un de ses circuits de vision devait être pété, ou alors c'était lui qui l'était, pété, quand on carbure à l'alcool brésilien de canne à sucre on peut tout craindre.

La R.I. des CENT ROSES a la forme d'une pyramide tronquée, faite de centaines, ou peut-être bien de milliers de petits cubes empilés, qui sont chacun un logement intégré. A l'intérieur, il y a tous les systèmes d'intégration avec le chauffage, les fabriques de bouffe et autres commodités indispensables à la survie, intégrées ou non. Le chauffage est à moitié bio et à moitié solaire. Ça marche couci-couça, et plutôt couça que couci. La bouffe vient en principe d'un stock de protéines filées et d'algues bioconvertibles. Mais je suis persuadé qu'une partie au moins de la bouffe vient de nos déchets corporels. Après l'ère de la consommation est venue celle de l'autoconsommation. C'est dans les bouquins qu'on dit ça. Les bouquins ne disent que des conneries, ou alors ils ont raison, au choix.

Dans la nuit, les CENT ROSES avaient l'air d'un château de cartes éclairé de l'intérieur par une lampe de poche. Un jour quelqu'un soufflera sur le château de cartes, Dieu ou un autre connard de cet acabit, et tout s'écroulera. Mais pour le moment, les CENT ROSES, ça me va parfaitement, même s'il n'y en a pas la queue d'une, de rose, avec ou sans épines.

Autour il y a d'autres R.I., en forme de cône, ou de tube, ou de boule, ou d'appareil génital masculin au complet. On a dû raser pas mal de campagne pour construire tout ça. Mais qu'est-ce que ça peut foutre? Aux CENT ROSES, c'est cool. Comme dans toutes les autres R.I. il n'y a que des logements de fonction. Autrement, pas grand monde pourrait se payer ça. Mais comme la plus grande partie de la population active est fonctionnarisée, ça fait déjà pas mal de gens, quand on y pense. Ça fait aussi pas mal d'envieux : les R.I., on les appelle chez les pauvres les tanières à lèche-cul, et chez les intellos les nids des Apparatchiks. Mais je ne sais pas ce que c'est qu'un Apparatchik.

Je suis allé me faire renifler par le renifleur de l'entrée *37e ROSE,* c'est mon entrée à moi, il y en a cent, autant que de roses dans le nom de baptême de la résidence. Le renifleur m'a reniflé, c'est-à-dire qu'il a reniflé l'empreinte électronique apposée sur ma carte de résident, que j'avais au préalable enfilée dans la fente adéquate. Heureusement, l'orifice n'avait pas été bouché par des miards avec du chewing-gum ou de la glu, ou de la merde, ou de la fibrocolle, comme ça arrive parfois.

Les pétales de rose de la porte homéo se sont écartés devant moi avec la bouffée de parfum habituel. Dans les couloirs, les pubs tridi se battaient entre elles dans des crachotis de sons et des bavotis de couleurs éprouvants pour des nerfs moins solides que les miens. Quand je suis monté dans l'ascenseur, un amas globuleux qui gueulait... *Pour cadenasser votre foie... Balles à fragmentation Ishida!* a essayé d'entrer avec moi, mais heureusement les deux projections se sont annihilées mutuellement juste comme les battants se refermaient.

Je suis monté sans problème jusqu'au niveau 49, d'ailleurs il n'y a jamais de problème aux CENT ROSES, juste des pannes, ou des grèves de robots d'entretien, ce genre de merdes mineures. Mais ce soir tout fonctionnait impec, j'ai vu partout des Kasawaki-Multimate à l'ouvrage, lavant le sol, briquant les murs et aspergeant les carreaux en hurlant en japonais la *Pathétique* de Chopin.

J'ai demandé à ma porte d'ouvrir, et la porte m'a demandé :

– Qui vive?

– C'est moi! lui ai-je répondu avec à-propos.

– Le mot de passe! a répliqué la porte.

Alors j'ai chanté :

– *Mon cœur est à Lion et je vais chantant ma peine...*

Et la porte a achevé :

– ... *A la recherche de mon cœur perdu.*

Le total était horriblement faux mais la porte s'est ouverte quand même, il faudrait que je chante juste pour qu'elle se méfie. La chanson vient d'*Ivanhoe*, le film de Richard Thorpe, quand au début Robert Taylor est à la recherche du bon roi Richard Cœur-de-Lion, prisonnier dans un donjon en Autriche. La porte s'est refermée dans mon dos, j'étais chez moi.

Je suis resté un moment contre la porte. A mon arrivée, les lumières de ma carrée s'étaient allumées à intensité maxi, comme elles sont programmées pour le faire. J'aime en rentrant avoir une vision nette des choses qui m'attendent. Mais bien sûr rien ne m'attend, rien ne change jamais dans ma carrée. Comme tous les autres blocs des CENT ROSES, c'est un tiers de cube de huit mètres sur huit, avec une hauteur au plafond de deux mètres quatre-vingts.

A l'origine les blocs étaient équipés de cloisons mobiles, mais je les ai toutes enlevées et dans mon bloc il n'y a plus de séparations ni de recoins, juste une seule grande pièce, où je peux tout avoir sous les yeux. D'ailleurs je n'ai pas grand-chose, juste l'indispensable, le coin cuisine, le coin toilette, l'écran avec mon computeur digital personnel, le terminal, le lit, et puis l'aquarium de Moby Dick.

Je me suis bougé, je suis allé jusqu'au miroir qui s'est allumé à mon approche, et j'ai regardé un moment ma figure dans le cercle grossissant. Mais elle était comme d'habitude. Après j'ai enlevé mon Bogart salopé que j'ai enfourné dans le nettoyeur, et puis j'ai quitté mon Superfecto, et j'ai débouclé ma ceinture porte-machins qui me fait mal aux machins, et j'ai tout balancé sur le lit. J'ai aussi quitté mes boots, et mes chaussettes, et ma camise, et mon fute. Après j'ai dégrafé ma carapace en kevlar trifilé, de chez P.U.K., une bonne boîte. La carapace me tient chaud, mais elle ne pèse presque rien et peut arrêter n'importe quoi, sauf une bombe atomique. C'est du moins ce que dit la notice, écrite peut-être par un comique. Sous la carapace, ça sentait la macération animale de quatorze heures de bons et loyaux services. Je l'ai foutue contre le mur, et j'ai enlevé mon S-shirt et mon slip jetables et recyclables, que j'ai envoyés en boule dans la bouche du recycleur.

Je suis allé jusqu'à la fenêtre, qui a inversé sa polarité à mon approche. Au lieu du grand rectangle noir, j'ai vu briller les milliers de lumières des autres résidences, et au-dessus, comme un reflet plus fou et déformé, les milliers de lumières des étoiles.

J'ai laissé tout ça poudroyer et merdoyer, et je suis allé dire bonjour à Moby Dick – ce que j'aurais dû faire dès mon arrivée. Il flotte plus qu'il ne nage vraiment, dans un grand aquarium rectangulaire plein de plantes aquatiques, de rochers, de coraux. Il y a aussi un bateau pirate en plastique, échoué, et à côté un scaphandrier en plastique également, qui cherche le trésor. L'aquarium m'a coûté la peau des fesses, et le système d'alimentation la peau des couilles, qu'on peut appeler aussi scrotum si on y tient, mais ça désigne toujours la même surface épidermique. L'alimentation ne se fait pas en eau du robinet, parce qu'elle est tellement saturée de nitrates et de bactéricides divers que tous mes poissons précédents en ont crevé. A la place de l'eau, j'ai fait installer un circuit avec de l'eau d'Evian, la plus pure, que je me fais livrer par tonnelets de cent litres.

N'empêche, mon poisson me donne du souci. Je me

demande si malgré mes petits soins je le garderai plus longtemps que les autres. Moby Dick est un poisson combattant du Siam, il est rouge, avec des yeux de fille, du moins je trouve, et de longues nageoires qui traînent dans la flotte comme des pans de robe déchirés. Il doit avoir un nom latin, mais je l'oublie toujours. Et je suis bien certain qu'il est incapable de combattre qui que ce soit, même un autre poisson bien plus petit que lui. Je me fais toujours livrer la même espèce. Je suis habitué, alors pourquoi je changerais? N'empêche qu'ils crèvent tous au bout de deux ou trois mois, et je suis obligé de les jeter au recycleur, ce qui fait que je dois finir par en manger une partie infinitésimale dans mon pâté du soir.

– Tske! tske! tske! Comment tu vas, Moby Dick?

Je les ai toujours appelés Moby Dick, tous, depuis le premier, bien que les poissons combattants du Siam n'aient aucune ressemblance avec la baleine blanche du film de John Huston, qu'on voit d'ailleurs assez peu, mais c'est exprès, il paraît. De toute façon c'est une de mes toiles préférées, même si Peck ne fait qu'un Achab passable, à cause de son regard sans expression. Huston, qui pensait au film depuis longtemps, voulait son père Walter pour le rôle, mais quand la production a fini par pouvoir se faire, en 1953, Walter Huston était mort. Tout le film est en teintes sépia et en bleus délavés, comme certaines peintures de Rockwell Kent; l'effet a été obtenu en superposant une bande couleur et une matrice noir et blanc. Ma copie vidéo, une Sony-Ishita, tient bien le coup.

– Tske! Tske! Tske!

Moby Dick ne me répond pas. Un poisson, c'est sourd-muet de naissance. Mais je fais quand même des petits bruits de bouche à son intention, bien que je sache qu'il ne peut pas m'entendre. Pauvre poisson rouge, malade de solitude et de mauvaise flotte... Poisson rouge? Aujourd'hui, il me semble qu'il a pâli. Oui, il est d'un rose fané de vieille fleur. Ça commence toujours comme ça, et après, le recycleur. Pauvre petite chose. Moby Dick tourne lentement dans son monde fermé, ses mouvements me semblent plus lents et plus lourds que d'habitude, ses nageoires délicates rament dans l'eau bleue délavée avec nonchalance. En plus il pèle. Il a deux écailles en moins sur le flanc droit.

J'ai actionné le distributeur de bouffe. C'est automatique et calculé pour que Moby Dick ait juste ce qu'il lui faut quand il faut. Mais je lui donne toujours un petit quelque chose supplémentaire, bien que ce ne soit pas raisonnable. J'ai regardé la poudre noirâtre se répandre dans l'eau par la trappe située en haut à gauche de l'aquarium, comme la marée de mazout d'un pétrolier nain coupé en deux dans un naufrage en chambre. Mais Moby Dick n'a fait aucun effort pour se propulser vers la surface et happer de sa bouche sans langue cette manne aquatique sirupeuse. Un jour j'en ai mis quelques grains sur ma langue et j'ai trouvé ça dégueulasse. Ça ne m'étonne pas que le poisson fasse le difficile. Crève, et qu'on n'en parle plus.

Je suis allé prendre une douche rapide pour me débarrasser de l'odeur que je traînais, et après je suis passé dans la cabine à ions négatifs. Quand j'en suis sorti les ions avaient à nouveau tissé entre l'éther et le sol une toile d'araignée dont j'étais le centre provisoire. Mon karma était dégraissé. Mais mes muscles ne l'étaient pas vraiment, ni mon dos, qui me faisait un peu mal vers la quatrième ou la cinquième lombaire. Je me suis assis en lotus sur mon tapis de relaxation et j'ai fait quinze minutes de do-in, en me pinçant comme il fallait les zones réflexogènes.

J'étais encore sur le tapis lorsque le timbre de l'entrée a retenti. J'ai demandé à la porte de me montrer qui c'était. Le guincheur de la porte a retransmis l'image du visiteur sur l'écran, qui m'a appris grandeur nature que le visiteur était une visiteuse. Je me suis levé et je suis allé prendre ma robe de chambre dans le placard. Je l'ai passée. C'est une robe de chambre noire, en tissu brillant, avec dans le dos un grand dessin rouge et jaune représentant une tête d'Indien de profil, avec plein de plumes. C'est une folie que j'ai achetée il y a déjà pas mal d'années, dans une de ces foires aux fripes comme il y en a beaucoup dans la nécrozone. A l'époque je ne faisais pas le travail que je fais aujourd'hui, et la robe de chambre m'avait coûté la peau des mains, parce qu'elle avait censément appartenu à Marlon Brando. Bien sûr je n'en avais rien cru, et je n'en crois toujours rien. Mais je l'avais achetée. Et puis on ne sait jamais.

J'ai noué la ceinture de la robe de chambre, et j'ai demandé à la porte de s'ouvrir, ce qu'elle a fait. Jos est entrée. Elle a fait deux pas en avant, et puis elle s'est arrêtée et elle m'a regardé, d'abord très sérieusement, mais un peu comme si elle ne me voyait pas vraiment, comme si elle pensait à autre chose, ou alors à rien. Et puis elle m'a souri, et là j'ai su qu'elle me voyait vraiment, qu'elle était revenue : ses yeux très bleus étaient fixés sur moi, pas exactement dans mes yeux, mais un peu plus bas, peut-être sur ma bouche. Elle regarde souvent comme ça, pas dans les yeux, mais à côté, ou au-dessous, et pourtant elle vous regarde entièrement, et profondément.

Elle est restée longtemps immobile, et je regardais ses yeux, qui sont d'un bleu extraordinaire, le bleu le plus céleste qui puisse exister au naturel dans un iris, car je sais qu'elle ne porte pas de lentilles. Et à trois ou quatre mètres d'elle, je distinguais très bien le seul petit nuage qui flotte dans son bleu céleste, cette tache ovale, grise, dans son œil gauche, en bas, et qui vient de je ne sais pas quoi, de je ne sais quel orage dans sa courte jeunesse.

Jos était vêtue d'une veste serrée, bleu sombre, et d'un pantalon au bas trés évasé, de la même couleur. La couleur et la forme de ses vêtements la mincissaient encore, bien qu'elle n'en ait nul besoin. Sous la veste, elle portait un machin blanc ras-le-cou. Elle ne portait pas de bijou et elle n'était pas maquillée. Elle n'en avait pas besoin non plus. Ses cheveux, courts sur le devant, avec quelques mèches folles dans la nuque, sont d'un blond mêlé, avec des endroits très pâles, et d'autres plus foncés. L'ensemble est très beau, et ça aussi c'est naturel. Jos est plutôt petite, un mètre soixante ou soixante et un, elle est menue de buste et de seins, mais en fait c'est une fausse maigre, elle a les hanches larges, les fesses pleines et rondes et ses jambes, je crois, sont bien faites. Son visage est triangulaire, elle a les pommettes slaves et le teint doré. Elle est belle. Elle ressemble superficiellement à Jean Seberg, avec souvent, trop souvent, un air égaré, comme Jean Seberg dans son meilleur film, je veux dire son seul bon film, *Lilith*, de Robert Rossen, que l'actrice a tourné en 1964, une date importante et funeste puisque c'est la dernière année où, sauf exceptions rarissimes, on a fait à Hollywood des films vraiment bons.

Jos s'est remise en marche, elle a avancé vers moi lentement, j'ai regardé ses pieds et j'ai vu qu'elle portait des chaussures rouges à talons mi-hauts. Quand j'ai relevé les yeux, j'ai constaté qu'elle ne me regardait plus, elle avait à nouveau son air vague, elle s'était à nouveau absentée. Elle est passée à moins d'un mètre de moi, j'ai senti une bouffée de parfum, ou simplement une odeur, son odeur, quelque chose un peu comme la cannelle, ou cette sorte d'épices qui évoque l'été, la plage, les tropiques. Jos s'est arrêtée devant la baie. Elle m'a dit d'une voix lointaine :

– Tu ne pourrais pas effacer tout ça... Ces lumières me donnent le vertige.

Elle s'est assise par terre, en tailleur, le dos tourné à la fenêtre. Elle portait en bandoulière un minuscule sac rouge. Elle l'a ouvert, ses mains aux doigts longs et fins, avec juste une bague en or en forme de serpent Ourobouros à l'annulaire gauche, ont un moment fouillé dans le sac, avec cette fébrilité que je lui connais bien. Elle en a sorti un paquet de cigarettes, des TCHANG, une marque chinoise qui n'est ni eupho, ni aphro, ni rien, ce sont seulement des cigarettes, des cigarettes de tabac à cancer.

– Toutes ces lumières... tous ces gens... a dit Jos.

Elle a secoué la tête, ses yeux étaient plus absents que jamais. Elle a sorti une cigarette du paquet, l'a allumée avec un briquet en forme d'éléphant, mais un éléphant qui ne mesurait que deux centimètres de haut et soufflait le feu par la trompe. Elle a porté la cigarette à sa bouche, elle a aspiré, a fermé les yeux, elle est restée plusieurs secondes sans bouger, comme une projection tridi sur laquelle on a opéré un arrêt sur image, et puis elle a rejeté trois serpentins de fumée par la bouche et les narines. J'avais dit à la fenêtre de renégativiser sa polarité, et derrière le dos de Jos il n'y avait plus à nouveau qu'un grand rectangle noir et mat qui absorbait même les luisances intérieures.

Jos a ouvert les yeux et m'a souri, avec toute sa bouche, avec tous ses yeux, avec tout son visage. Elle a des dents saines et très blanches, et qui sont vraiment les siennes; ses deux incisives supérieures se chevauchent un peu, mais ce n'est pas disgracieux du tout, c'est même tout le contraire. Oui, c'est tout le contraire, parce que ça donne à son sourire un côté... un aspect... Je ne sais pas, je ne peux pas dire.

En tout cas elle était revenue. Elle est comme ça, Jos, elle part, elle revient, elle part, elle revient, on ne sait jamais pourquoi, on ne sait jamais où elle va, et combien de temps elle va rester partie : une seconde, une minute, une heure. Mais elle revient toujours, et c'est son sourire qui annonce ses retours.

J'ai regardé Jos, j'étais debout devant elle, j'avais les mains dans les poches de la robe de chambre de Marlon Brando.

– Tu as travaillé, aujourd'hui? a demandé Jos.

Je lui ai dit qu'effectivement j'avais travaillé, alors ses yeux m'ont parcouru de haut en bas, de la tête aux pieds, un peu comme si elle s'était attendue à déceler sur mon individu des taches de sang, des bouts de bidoche ou des restes de cervelle. Ensuite elle a souri, mais elle n'est pas revenue sur le sujet. Plusieurs fois elle a essayé de me faire parler sur mon boulot, mais bien sûr je ne lui ai jamais donné le moindre détail. Parce que pour ce qui est des généralités, elle sait très bien ce que je fais.

Elle a terminé sa cigarette et m'a dit :

– Moi aussi, j'ai travaillé.

Ses yeux fixes et sérieux tout à coup étaient plantés dans les miens, comme si elle m'interrogeait, ou alors comme si elle attendait que je l'interroge. Je me suis détourné, j'ai marché jusqu'au coin toilette et j'ai inspecté ma figure dans le miroir. Il ne m'a pas dit que j'étais le plus beau, ni que j'étais le plus moche, il ne m'a rien dit, et d'ailleurs j'avais la même tête que tout à l'heure, la même tête que toujours.

J'ai entendu que Jos allumait une autre cigarette. Je n'allais pas la questionner sur son boulot. Je ne le fais jamais, ça ne m'intéresse pas. Mais parfois il lui arrive de me dire des trucs, des trucs qu'il faut qu'elle sorte, et qu'elle sort. Mais ça ne m'intéresse pas, alors je fais semblant de ne pas écouter, ou je m'efforce de ne pas écouter; mais il y a quand même des choses que j'entends, forcément.

J'ai demandé à Jos si elle voulait manger avec moi. Elle est restée silencieuse dans mon dos, alors je me suis retourné et j'ai reposé ma question, en ajoutant que je venais de rentrer, et que de toute façon j'allais bouffer. Ses yeux baissés se sont relevés, bleus, bleus, et son visage fermé s'est ouvert. Elle s'était absentée pendant que j'avais le dos tourné, mais cette fois ça n'avait pas duré. Elle m'a dit :

– Oui, oui! (Et elle a repris :) Je te laisse faire... Je suis fatiguée. J'ai eu une dure journée. Un type... (Elle a soupiré et n'a rien ajouté sur le sujet.) Je vais m'étendre un moment. Commande-moi quelque chose de léger, de frais. De la salade avec des... je ne sais pas. Des trucs frais. Je n'ai pas très faim.

Elle a déplié ses jambes et s'est levée en prenant

appui sur son bras gauche, la TCHANG dépassant de ses lèvres roses serrées, comme une dangereuse fléchette au fulminate de mercure tirée par un sadique doublé d'un bon tireur. Elle a arqué son corps en arrière en appuyant les mains sur ses reins, puis elle a quitté sa veste, qu'elle a laissé tomber par terre, à côté du sac. J'ai remarqué qu'elle avait gardé dans sa main droite le paquet de cigarettes et le briquet. Elle a marché vers mon lit, j'ai pensé, en regardant ses seins menus danser sous son léger pull blanc, à deux oiseaux jumeaux prenant leur envol. Elle s'est allongée sur mon lit, sur le dos, bras et jambes légèrement écartés. La fumée de la cigarette montait toute droite vers le plafond, où un des orifices presque invisibles du purificateur l'aspirait sans bruit.

Je me suis dirigé vers le coin bouffe et j'ai demandé à l'écran de me montrer les possibilités en salades. J'ai choisi à peu près au hasard une Dauphinoise, avec des noix, une Russe, avec des concombres, et une Chinoise avec des trucs chinois. Le tout est arrivé par le crachoir dans les deux minutes, avec le thé que Jos m'avait aussi demandé. J'ai disposé les saladiers par terre, pas très loin du lit, je ne possède ni table ni chaise. Jos s'est levée, elle en était à sa troisième cigarette. Elle m'a souri, elle s'est assise en face de moi, adossée au lit, et nous avons mangé en silence, en buvant le thé brûlant, comme dans un quelconque film de Kurosawa ou une autre connerie japonaise. Jos a encore fumé entre deux salades, la meilleure était la Chinoise, à cause du soja, des champignons noirs et autres légumes chinois, qui devaient en réalité provenir d'une réserve indifférenciée de protéines filées travaillée en finesse par un artiste électronique.

Jos chipotait dans son assiette plus qu'elle ne mangeait véritablement; elle avait l'air crevé; à sa cinquième TCHANG je lui ai dit... Je ne lui ai rien dit, parce qu'elle a pris les devants :

– Je sais, je fume trop... C'est une sale habitude, une saleté... Il faut que j'arrête. Mais quand j'arrête je grossis, et je ne veux pas me bourrer de pilules... Mais je vais bientôt prendre des vacances. J'y ai droit. Je vais partir dans une île... Madagascar, la Réunion, quelque part là-bas. J'y ai droit, il y a plein de C.A.I. très bien. Une copine en revient. Je resterai sur la plage, toute la journée, au soleil. Je me baignerai. Je n'aurai pas envie de fumer, là-bas. Et je reviendrai toute bronzée!

Elle a ri, a rejeté une longue bouffée de fumée bleue. Jos parle souvent des îles. Mais elle n'y va jamais, je ne sais pas pourquoi. Elle avait une petite mine. Je lui ai demandé si elle avait passé une visite de contrôle volontaire récemment. Elle a ri encore.

– Une visite de contrôle? Volontaire? Mais écoute! Tu sais bien que c'est fini... que je n'ai plus rien. Je vais très bien. Et puis il y a longtemps que je n'ai pas été convoquée dans une cabine. Peut-être six mois. Alors ça ne devrait pas tarder. C'est peut-être pour cette semaine... Mais je sais très bien que je n'ai rien. Aujourd'hui c'était une dure journée, c'est tout. Un type m'a vraiment fait chier.

Elle s'était absentée dix ou quinze secondes, ensuite elle a réclamé de l'alcool de riz, parce que ça faisait chinois, et un beignet aux ananas. Le distributeur nous a servi tout ça. Nous avons mangé les beignets et bu l'alcool en silence, Jos a allumé une autre cigarette, elle écrasait ses mégots par terre autour d'elle, sur le plancher, où les filtres restaient dressés, comme des fétus jaunes desséchés.

L'heure tournait. Dans ma tête, l'araignée tic-tac venait de me souffler qu'il était onze heures vingt-sept. J'avais encore des choses à faire et je commençais à avoir mal au crâne. J'ai dit à Jos que j'avais encore des choses à faire et que je commençais à avoir mal au crâne. Jos a souri, elle s'est levée, je l'ai regardée marcher à travers la chambre, en posant avec précaution ses pieds chaussés de rouge sur le plancher, comme si elle avait suivi une piste secrète, invisible, qui l'aurait conduite, après un itinéraire compliqué, à cette grande porte de sortie qu'on cherche tous, ou qui nous attend tous.

Mais elle cherchait peut-être simplement à éviter ses mégots. Je me suis levé, et j'ai commencé à tripoter mes vêtements, pour en sortir mes armes, le 44 du Superfecto, le Bowie Knife des cosmoboots, les grenades du harnais, et autres trucs de moindre importance de poches ou d'étuis appropriés.

– Tu ne veux pas que je reste?

Je n'ai rien répondu sur le moment. Un peu plus tard, alors que je m'étais assis sur le lit pour démonter le 44, je lui ai répété que j'avais plein de choses à faire, et j'ai ajouté qu'elle savait bien que quand je rentrais du boulot, il fallait que je nettoie mes armes, ça faisait aussi partie du boulot.

Elle a terminé sa cigarette, c'était bien la septième ou la huitième depuis qu'elle était arrivée, et une fois le mégot par terre, un nettoyeur Kasawaki est sorti de son logement en ronronnant et s'est mis à avaler les mégots un par un en les ramassant avec sa longue langue rose collante. Il avait dû trouver que huit mégots, ça commençait à bien faire. Le Kasawaki a une grosse tête ronde et lunaire et un tout petit corps trapu qui contient ses servomécanismes. Il a aussi deux grands yeux genre Mickey qui clignent sans arrêt, mais ça, c'est juste pour faire joli.

Jos a suivi des yeux le Kasawaki, mais je suis sûr qu'elle ne le voyait même pas. Elle a répété :

– Tu ne veux vraiment pas que je reste?

Mais cette fois, je crois que je n'ai pas répondu. Elle a ramassé sa veste et son sac avant que le nettoyeur ait eu le temps de les bouffer, elle a enfilé et boutonné sa veste et passé le sac en bandoulière. En se dirigeant vers la porte, elle a allumé encore une cigarette. Je me suis levé et j'ai dit à la porte de s'ouvrir. Nous avons franchi le seuil ensemble, et nos mains se sont touchées une seconde. Le couloir était tranquille, sans robots ni projections. Deux types sont passés en se tenant par la taille, ils m'ont dit bonsoir, ce sont des habitants du niveau que je connais de vue, ils travaillent aux infos.

– Je bosse encore demain, m'a dit Jos. Et toi?

Je lui ai dit non, seulement le surlendemain. Elle a hoché la tête, ses lèvres se sont ouvertes, mais ce n'était pas vraiment un sourire. Nous étions au milieu du couloir, j'ai reculé d'un pas vers la porte, l'araignée tic-tac faisait un bruit de mitrailleuse au sommet de mon occiput.

– Je repasserai un de ces soirs... a murmuré Jos.

Je lui ai dit qu'elle pouvait venir quand elle voulait, ce qu'elle sait bien. Mais elle avait déjà tourné les talons, et ses talons faisaient *clèc-clèc* sur le plastoverre du couloir, et j'ai regardé sa mince silhouette bleu sombre diminuer dans le couloir, jusqu'au moment où la porte de la cabine d'ascenseur s'est refermée sur elle.

Ensuite seulement je suis rentré chez moi, et chez moi tout était silencieux : Jos était partie.

6

J'ai entièrement démonté le 44 sur mon lit, en disposant les pièces les unes à côté des autres sur l'homéojournal tout frais imprimé que j'avais demandé au Canal INFORMATIC PRESSE, pour cet usage exclusivement. J'avais choisi *France Entière* parce que c'est celui qui a le plus grand format et le papier le plus solide. Le 44 est un bel outil, élégant et efficace, un objet *design* qui ne comporte pas un seul gramme de métal ou de plastique qui n'ait son utilité.

Quand je l'avais retiré du holster intégré, le 44 sentait encore la poudre brûlée. Il est nickelé partout et a une crosse noire. Les WSF Spécial ont un barillet à neuf chambres. Quand je l'ai fait basculer et que j'ai actionné la tirette d'éjection, les sept cartouches encore bonnes sont tombées sur le journal, en même temps que les deux douilles de celles que j'avais tirées. J'ai inspecté les douilles, qui ne portaient pas une éraflure, et je les ai mises de côté, dans ma boîte à balles. Je monte toujours mes cartouches moi-même. Rien ne se perd.

Ensuite j'ai fini de démonter le Sauer & Sohn. Chaque pièce a sa personnalité propre, sa matité sourde ou son brillant insolent, sa forme à l'aspect trapu ou élancé. Sur le papier journal, les pièces ressemblaient à des mollusques caparaçonnés, ou des arthropodes vicieux, ou des insectes chitineux en sommeil : le barillet comme une coquille d'escargot, la queue de détente comme un ver arqué, le chien comme une mante religieuse dressée, la tigelle d'axe, les goupilles, les vis, les écrous, le ressort de gâchette : des débris provenant d'une mue; le pontet : une chenille arpenteuse; le canon : la coque tronquée d'un nautile; les deux plaques de crosse : deux gros scarabées antagonistes.

J'ai tout nettoyé, avec de l'alcool spécial, et j'ai tout graissé, avec de l'huile spéciale, et j'ai remonté l'engin. L'araignée tic-tac m'a appris que j'avais mis soixante-sept secondes et des poussières pour le faire, ce qui n'est pas mon record. Après je me suis occupé du Bowie, et j'ai vérifié le harnais, la ceinture porte-grenades (où j'ai replacé une ATT 20) et les autres trucs. Le matériel, ça doit toujours être fin prêt, c'est un principe qui ne se discute pas.

Une fois tout rangé dans le placard, il était un peu plus de minuit. J'avais soif, je suis allé me faire couler un verre d'eau, qui était fraîche mais dégueulasse, mais que j'ai quand même bue entièrement. Je suis allé voir Moby Dick, dont l'état n'avait pas empiré depuis le début de la soirée. *Tske tske tske, tu vas bien, connard?* Il n'a même pas tourné vers moi ses yeux d'Espagnole. Son état ne s'était pas amélioré non plus.

Après je suis allé me choisir une bande; quand je rentre du boulot, j'aime bien regarder un film à moi, une rareté, une de ces cassettes vieilles de trente ou quarante ans que j'ai un mal de chien à me procurer, un de ces films qui ne sont plus diffusés nulle part, même sur *CANAL 67, CINOCHE – US / DERNIÈRE SÉANCE.*

J'ai choisi *Furie*, un Lang de 36. C'est le premier film qu'il avait pu tourner aux Etats-Unis, deux ans après son arrivée au pays de la liberté. Sonnez, trompettes. Lang est le deuxième plus grand cinéaste au monde, après Hitch. *Furie* est son deuxième plus grand film, après *Rancho Notorious*, mais *Rancho Notorious*, avec Marlène et Arthur Kennedy, peau de balle pour en avoir une bande.

Je me suis assis sur mon lit, le dos calé à mon oreiller, et j'ai regardé l'écran. L'écran s'est éclairé. Au début il y a des zébrures, et puis on voit le sigle de la Metro, un peu surexposé, le vieux Léo qui rugit dans le fer à cheval sur lequel sont écrits les mots ARS GRATIA ARTIS. Après, il y a le générique, qui se termine par *Directed by Fritz Lang.*

A la fin du film, j'avais sommeil. J'ai tout éteint, et il n'y a plus eu pour éclairer ma surface que le parallélépipède glauque de l'aquarium et quelques lueurs vertes et rouges du côté du terminal, qui ne dort jamais, le con.

Dans le noir, j'ai enlevé mon Brando et je me suis glissé dans mes draps. Je n'ai pas cherché le sommeil, il m'a trouvé tout de suite.

J'ai peut-être rêvé.

Mais ça, ce sont mes oignons.

7

La fenêtre m'a réveillé à midi en m'envoyant dans la gueule la lumière du jour. Si la lumière du jour n'avait pas suffi, la musique de Bernard Herrmann pour *Vertigo* aurait achevé l'œuvre. Je me suis levé, je suis allé jusqu'à la fenêtre, j'ai discuté un moment avec Moby Dick, je suis allé pisser dans le lavabo escamotable, j'ai regardé ma gueule dans le hublot du miroir, grossissement maxi. Elle était normale, avec quelques centaines de poils de barbe que j'ai laissés où ils étaient. J'ai fait mes flexions, mes pompes (cinquante sans problème), et les mouvements de gymnastique chinoise habituels le long de la barre verticale. Après je suis passé sous la douche à flotte, mais je n'y suis pas resté longtemps parce que ladite flotte puait non seulement le chlore mais encore l'égout, et peut-être même la pisse, comme si tous les habitants de la R.I. logés au-dessus de mon bloc avaient pissé également dans leur lavabo et que le produit de ces multiples mictions me fût revenu sur la gueule.

En me séchant au soufflant, j'ai dit au bloc que la jaja était encore plus craignosseuse que d'habitude et que si ça continuait comme ça ce serait plus simple, au lieu de prendre une douche, de faire le poirier et de se pisser dessus. J'ai ajouté que ce serait le fin du fin de l'autorecyclage. Le voco du bloc s'est raclé la gorge pendant que ses circuits laissaient passer les bits, puis il m'a dit que la composition de l'eau de toilette était ce matin exactement la même au millième près que tous les autres matins depuis la mise en service des CENT ROSES.

– Et mon cul? lui ai-je répondu.

– Je ne suis pas équipé pour un examen rectal précis, non plus que pour tout autre examen anatomique ou médical, a persiflé le voco.

Néanmoins, si j'avais des doutes sur le bon fonctionnement ou l'état général de mon sphincter, il se tenait prêt à m'envoyer le médecin du niveau.

Je lui ai conseillé d'aller se faire mettre. Il m'a dit qu'il était à ma disposition. Sa proposition s'est achevée dans un ricanement saccadé et haut perché. Je suis très fier de ce ricanement, qui a été extrêmement difficile à synthétiser car il s'agit de la voix de Peter Lorre.

Pour me détendre, je me suis allongé vingt minutes sur le tapis de relaxation, et j'ai effectué divers exercices de respiration contrôlée. Après, j'ai fait un peu de shiatsu, spécialement pour mon dos et mon crâne, et aussi pour ma gorge et mes sinus. Et j'ai terminé par le Dai Chyo Yu, qui consiste à presser avec les deux pouces, fortement et à l'intérieur, de cinq à sept secondes à trois reprises, la plaine interépinière à 3,75 cm de la protubérance vertébrale de la quatrième lombaire. C'est pour la diarrhée, la constipation et les maladies du gros intestin. On ne sait jamais, et puis avec ces histoires de cul, j'avais l'impression que je commençais à somatiser.

J'ai demandé un petit déjeuner qui, vu l'heure, servirait aussi de déjeuner, un truc à l'anglaise avec deux œufs coque, plein de café, des toasts avec du beurre et de la confiture, du bacon et des saucisses, des flocons d'avoine, du jus d'orange et du gingembre confit. Le crachoir m'a tout craché, à part le gingembre qui était devenu, allez savoir pourquoi, un ignoble poisson tout plat, genre limande, qui baignait dans une sauce écumante tout en me regardant férocement de son unique œil bulbeux, bien plus expressif dans sa léthargie létale que ceux de Moby Dick et ceux de Gregory Peck réunis.

J'ai immédiatement foutu la limande au recycleur en injuriant le distributeur qui n'a pas répliqué parce qu'il n'était pas programmé pour ça, ce qui serait quand même un comble étant donné le nombre de fois qu'il chie dans la colle.

Derrière la fenêtre, le ciel ne changeait pas notablement, mais parfois les nuages prenaient des formes étranges et féminines, avec des creux et des bosses qui évoquaient ce qu'on avait envie de les voir évoquer. Des hélicos de surveillance glissaient autour du mamelon d'un sein, des aérostats délibérément phalliques sortaient des trous ou y rentraient – mais on pouvait voir des trucs du même genre, en mieux, venant droit des usines Disney, sur Canal 45 ou dans certains audivis.

Je suis allé vider le four à journaux homéo, qui étaient encore fumants d'une cuisson récente. J'en ai mis de côté deux ou trois pour le nettoyage de mon équipement, et j'ai foutu tout le reste au recycleur, sans même lire une seule manchette. Toute cette matière putrescible et pulvérulente servirait à recomposer les homéojournaux de demain, avec la même chose dedans, c'est-à-dire 95 % de pub.

Tous ces efforts m'avaient donné envie de chier, alors je suis allé chier, et ça s'est passé sans problème particulier, j'avais tort de me faire du souci. J'ai enfilé mon Brando, parce que j'en avais marre d'être à poil, et je suis allé m'asseoir devant l'écran du terminal, à qui j'ai demandé de me passer les messages qui étaient arrivés depuis la veille.

L'écran s'est éclairé et la première lettre s'y est imprimée. C'était la télécopie d'une lettre écrite à la main, avec un feutre bleu. Son auteur était Mac Steranko, que je n'avais pas vu depuis une éternité. Il avait une drôle d'écriture, penchée en arrière. Ça disait : *Je t'ai aussi laissé un message au visi, mais on ne sait jamais. J'ai un besoin urgent de te voir, mais je ne suis pas libre de mes mouvements. Il faut qu'on se parle. Je passerai un de ces soirs, en tâchant de te prévenir avant, mais peut-être que ce sera impromptu.* Suivaient quelques formules sibyllines, des regrets de m'avoir si longtemps laissé tomber, et des politesses à la con. J'ai sélectionné son message sur l'écran ovale du visiphone, et son visage y est apparu point par point. Je l'ai regardé un moment en arrêt, et j'ai trouvé qu'il avait une sale gueule, avec un teint gris et les cheveux qui se barraient. Je l'ai mis en mouvement, et en mouvement Mac Steranko avait une plus sale gueule encore qu'en plan fixe, à cause de plusieurs tics : son œil droit qui clignait, sa main qu'il se passait sans cesse dans les cheveux qui lui restaient en découvrant des grands morceaux de crâne séborrhéiques, et sa bouche qui se tordait d'une drôle de façon.

Steranko avait fait un temps le même boulot que moi, et puis il avait été viré. Je n'avais jamais su pourquoi, ça ne m'intéressait pas, ça ne m'intéresse toujours pas, et c'est à cette époque que j'avais cessé de le voir. Ce n'était pas vraiment un ami. D'ailleurs je n'ai pas vraiment d'amis. Là, sur l'écran, il m'a servi en gros le même baratin, qui commençait par :

– Tu sais, j'ai découvert un drôle de truc rapport à... à ce que tu sais. Je n'ose pas t'en dire plus par visi, mais je vais aussi te transmettre un mot...

Et autres conneries.

J'ai fermé l'écran et j'ai effacé le message, j'ai aussi effacé la lettre télécopiée. Je ne comprenais rien à ce que Steranko voulait me dire. Des conneries, sûrement. Si Steranko se pointait, je verrais bien. S'il ne se pointait pas, je n'en pleurerais pas. Et puis je ne cherche pas les emmerdements.

Après j'ai fait défiler les autres messages, mais il n'y avait plus rien de personnel, juste des rappels de fournisseurs de matériel avec qui j'étais chevillé et qui proposaient des nouveaux trucs, des infos sur des réunions internes aux CENT ROSES, genre « premier contact » avec de nouvelles sectes, clubs éros, sado, maso et le reste.

Je suis repassé au visiphone mais là non plus il n'y avait rien à signaler, juste des pubs infiltrées que j'ai effacées à mesure.

Après j'ai attendu encore un moment devant l'écran, mais bien sûr Jos n'avait pas appelé de toute la matinée, ni même en ce début d'après-midi. Elle travaillait.

Je me suis mis un peu de musique, toute une bande de Norma Jean Baker, avec des trucs comme *I can't give you anythin' but love*, et autres airs tendres et mélancoliques.

Je suis allé à la fenêtre juste pour voir un aérostat grand comme le *Titanic* et portant sur ses flancs lustrés la fleur rouge à trois pétales de FRAMATOME sodomiser un gros nuage en forme de fesses. Le nuage n'a rien dit, il devait aimer ça.

Je suis allé dire bonjour à Moby Dick et Moby Dick ne m'a pas rendu la politesse. L'après-midi passait. J'ai demandé au sélecteur de canaux ce qu'il y avait d'intéressant pour moi dans le programme des seize chaînes qui diffusent du film 24 heures sur 24. Mon sélecteur est programmé pour ne retenir que les films américains de 1915 (*Naissance d'une nation*) à 1964, les films allemands de 1921 (*les Trois Lumières*) à 1932 et les films français de 1931 (*la Chienne*) à 1943, plus quelques exceptions concernant des réalisateurs épars, où l'on ne trouve bien sûr ni Japonais, ni Altman, ni Kubrick.

J'ai pu prendre en cours de route *The Ghost and Mrs. Muir*, un Mankiewicz potable, et presque tout de suite après j'ai pu déguster *Winchester 73*, un Mann de 1950.

Ce que j'aime bien dans *Winchester 73*, c'est tout le côté maniement d'armes, avec les fameuses Winchesters. Voir Stewart et McNally, au cours du duel final dans les rochers, charger leur pétoire avec ces grosses balles de calibre 12, est un spectacle jouissif. Pourtant, dans le genre, je préfère *Colt 45*, d'Edwin L. Marin qui, curieusement, a été tourné la même année que le Mann. Il n'a à ma connaissance jamais été diffusé par aucun canal, mais j'en ai la bande, qui m'a coûté la peau des... je ne sais pas. Avec tout ce que je me suis payé comme toiles et comme sapes façon héros de cinoche, je ne devrais plus en avoir un centimètre carré sur la viande, de peau. Faut croire que ça repousse. *Colt 45*, c'est avec Randolph Scott et Zachary Scott, qui n'étaient pas frères, mais faisaient une fameuse paire gentil-méchant, bien meilleure à mon avis que Stewart-Kennedy, qui ont joué dans plusieurs Mann postérieurs à *Winchester 73*. Randolph Scott et Zachary du même nom avaient aussi tourné ensemble dans *les Chevaliers du Texas*, de Ray

Enright, l'année d'avant. C'est pas mal non plus. Mais Zachary Scott fait partie de ces acteurs qui sont morts trop jeunes...

Et puis merde.

Je suis resté un moment assis sur mon lit, le dos au mur. Sur le mur d'en face, Buster Keaton fuyait mon regard et Humphrey Bogart me fixait froidement. La photo du premier est tirée de *la Croisière du Navigator*, Buster est habillé en marin et se découpe en médaillon dans une bouche d'aération. Celle de Bogey vient, évidemment, de *Casablanca.* Il a son imper et son chapeau, qui lui vont quand même mieux qu'à moi. Buster a le regard triste. Bogey a le regard méchant. Les posters font deux mètres de haut, ils tiennent presque tout le mur, ce ne sont pas de ces saloperies d'hologrammes fixes avec le relief recréé par ordinateur, ce sont de bonnes vieilles vraies photos en vrai papier, qui m'ont coûté la peau des... d'accord.

L'araignée tic-tac faisait tic-tac dans ma tête. Elle m'avait dit depuis longtemps qu'il était 20 heures. Je me suis décidé à commander à la cuisine deux trois trucs à bouffer. Si Jos, après son travail, avait voulu visiphoner pour me dire qu'elle arrivait, ou si elle était simplement arrivée sans prévenir, comme elle le fait le plus souvent, elle serait déjà venue. Mais elle n'était pas venue. Elle ne vient pas tous les jours, seulement une ou deux fois par semaine.

Alors j'ai bouffé seul mes deux trois trucs. Après, je suis allé me planter devant la fenêtre, devant ces galaxies de lumières clignotantes qui viennent des autres R.I., ces galaxies humaines en forme d'arbres de Noël ou de bites dressées. Quand j'en ai eu marre j'ai éteint la fenêtre.

Il était temps que je me couche : demain, je devrais me lever tôt. Je sentais subitement la puce peser à mon poignet. Elle ne me quitte jamais, et même si je le voulais je ne pourrais pas l'enlever. Mais en général, quand je ne travaille pas, je l'oublie. Subitement, elle se rappelait à mon attention, la sale bête.

Je lui ai fait une grimace, j'ai enlevé mon Brando et je me suis couché. Que pouvait bien me vouloir Mac Steranko? C'est un type qui avait la manie de fouiner partout, et de poser trop de questions. Dans le boulot, c'est mauvais, et c'est probablement à cause de ça qu'il avait été viré. On s'était revus une ou deux fois, je pense, mais je l'avais plutôt évité : je n'aime pas les fouineurs, je n'aime pas les bavards, je n'aime pas les emmerdes. Qu'est-ce qu'il me voulait, après tout ce temps? Dans le métier, il y a toujours des bruits qui courent, forcément. Alors on s'agite pour rien, je veux dire qu'il y a toujours des mecs assez envapés pour s'agiter pour rien. Et puis la pâte retombe. C'est comme ça. Moi, en pensant à ces conneries, j'avais un peu malaxé la pâte molle que j'ai au bout du ventre. Elle avait levé, et puis elle était retombée. Elle retombe toujours. C'est comme ça. Plus rien à ajouter? Non, plus rien à ajouter : la journée était terminée, et c'était une journée comme tant d'autres, une journée sans rien à signaler.

J'ai demandé aux lumières de s'éteindre, et elles se sont éteintes. Dans le noir, le bruit du silence était assourdissant. Mais j'ai pensé qu'il ne m'empêcherait pas longtemps de dormir, et bien sûr j'avais raison.

8

– Touche-moi! Allez, cow-boy, touche-moi! On est tous frères! On est tous pareils! On est tous dans la merde! On est tous de la merde! Touche ma merde et on sera frères de merde...

Il a fallu que je zigzague pas mal pour éviter cette fraternité. Le skouille au corps intégralement enduit de merde se tenait à cent mètres de la chicane qui défend l'entrée des quartiers riches au lieu-dit porte Mitterrand, par où je voulais précisément entrer dans le périmètre. Le seul Mitterrand dont je connais le prénom est Frédéric, mais ce ne devait pas être en référence à celui-là qu'on avait ainsi baptisé la porte.

– Tu retourneras à la merde comme tous tes frères, cow-boy! m'a lancé le skouille sans chercher à me poursuivre plus avant de ses assiduités merdeuses: j'avais réussi à approcher les vigiles qui montent la garde devant la porte d'un peu trop près pour sa sécurité, il ne tenait sans doute pas à retourner tout de suite à la merde universelle, et surtout pas par une bastos bien placée.

– Hé! cow-boy, où tu crois aller, comme ça? m'a lancé un vigile.

– M'est avis que sans son cheval, il va pas aller bien loin, Zorro...

C'était un autre vigile. J'aurais parié gros qu'on allait me faire le coup du cheval. J'étais sûr aussi qu'on me ferait le coup de Zorro. Ça n'avait pas manqué. Les vigiles, même ceux qui gardent les quartiers riches et qu'on appelle les Verts à cause de la couleur de leur combiprotec, ça peut faire de l'humour, ça peut même se croire cultivé, et néanmoins ça peut se tromper. La preuve.

Je me suis borné à écarter les lèvres et à plisser le coin des yeux, un essai pour atteindre le « sourire bon enfant » que je ne suis jamais certain de réussir et, en bougeant bien lentement la main, j'ai tiré de la poche de poitrine de ma chemise la carte du C.E.P. que j'ai tendue devant le casque hérissé d'antennes et de palpeurs du Vert qui avait parlé de Zorro. Les yeux globuleux ont vaguement verdoyé, la grosse main gantée m'a arraché la carte de la main. Je n'aime pas ça, ce n'est même pas légal, mais une ouverture grosse comme le poing au milieu de ma chemise n'aurait pas été légale non plus.

Le vigile a disparu avec ma carte dans une casemate piquetée de trucs meurtriers destinés à cracher leur purée biz-biz sur les pauvres, les nègres ou les juifs qui auraient eu le locu monstre d'aller voir ici si ce ne serait pas des fois chez eux.

Il est revenu au bout de huit jours, ou alors c'était seulement une minute, et il m'a rendu la carte en me disant :

– Tu peux passer, cow-boy...

Sous le casque qui lui découvrait le bas du visage, il souriait férocement dans l'éclair humide des deux lames d'acier qui remplaçaient ses dents.

Je suais sous mon Stetson, il fait toujours beau dans les quartiers riches, il fait toujours chaud. Les riches n'aiment pas la pluie, ils n'aiment pas le froid, alors ils s'arrangent avec les services climatologiques. Le soleil brille pour tout le monde (c'est le titre d'un film de John Ford), mais surtout pour les riches.

A part ça, les quartiers riches, c'est beau.

Dans les quartiers riches, les bureaux et les cyber-services sont enterrés. Les voies de circulation aussi. Dans les quartiers riches, on ne voit que des R.E. (Résidences Eclatées) en matériaux rares et anciens, du bois, de l'acier, du verre teinté, et des grappes de bulles polychromes qui abritent les magasins et les restaurants de luxe. Le tout est éparpillé dans la verdure des parcs et des jardins, et il y a des fleurs partout. Mais ce sont de vrais arbres, de vraies fleurs, et de la vraie herbe, pas de l'imitation plastique ou des pousses ratatinées comme partout ailleurs. On peut même gratter l'écorce des arbres avec l'ongle, ou y graver ses initiales avec un couteau, on ne vous dira rien. On peut cueillir des fleurs et jouer à je t'aime un peu beaucoup passionnément pas du tout, on ne vous dira rien non plus. On pourrait aussi pisser dans l'herbe, et chier dans l'herbe, je suis sûr qu'on ne vous dirait rien : toute la nuit une nuée de Multimate est à l'œuvre dans les jardins et répare ce qui a pu être dégradé dans la journée.

Etre riche, ça a ses bons côtés, finalement. Moi, malgré le beau temps perpétuel et le bleu écœurant du ciel qu'on voit entre les arbres (mais rien ne vous oblige à lever la tête), j'aime bien flâner dans les quartiers riches.

C'est ce que j'ai fait, au hasard, en ignorant la puce qui commençait à me dire qu'il fallait que je pense au boulot. Mais quand je suis dans les quartiers riches, je laisse toujours le mérinos à ses problèmes de vessie avant de m'y mettre. Oui, j'aime bien les quartiers riches. J'aime bien les quartiers riches, mais je n'aime pas les riches. Je n'aime peut-être pas les pauvres, mais j'aime encore moins les riches. Je ne les aime pas parce qu'ils sont riches. Ils sont riches et ils le portent sur leurs gueules refaites, lisses, laquées, pommadées, sur leurs corps bourrés d'implants, sur leurs vêtements ruineux qui, même lorsqu'ils sont réduits à rien de rien, un gorgerin en plume d'oiseaux des îles, un cache-zizi en peau de tigre (et où vont-ils chercher des tigres, aujourd'hui?), un bracelet en ivoire d'éléphant (où vont-ils chercher des éléphants?), ont toujours l'air d'avoir coûté ses yeux à un aveugle.

Les riches me font gerber. Les riches, je les encule – mais bien sûr ce n'est qu'une façon de parler. Les riches, je voudrais tous les aligner. Mais le boulot me conduit rarement à CENTRE, et même quand j'y vais, je n'ai pas grand monde sur ma liste. Aujourd'hui, par exemple, j'en avais six, six riches à effacer. Je n'étais pas pressé. Je leur laissais une heure ou deux de boni, une heure ou deux avant de voir leurs sales gueules de riche faire l'ultime grimace avant le grand saut.

En traversant le square Léon-Trotski, un des plus beaux avec ses magnolias imputrescibles, ses ribambelles de lilas qui défient les saisons sans saison et ses parterres de tulipes bleu-blanc-rouge, je me suis payé le luxe de pisser contre un tronc, pour voir. Ce n'était pas commode à cause de la lourde ceinture cartouchière qui me comprimait la braguette, mais j'ai quand même réussi à sortir mon machin pour arroser l'écorce. Il y avait deux femmes (ou deux types, ou un type et une femme) qui passaient pas loin, vêtus de queues de paon en train de faire la roue, en plus coloré, mais comme je m'y attendais, ils ou elles n'ont rien dit, ils ou elles m'ont même salué d'une inclinaison de la tête avant de continuer à se sucer la pomme.

Pendant que je me reboutonnais, une petite bestiole descendue d'un arbre était venue s'asseoir juste devant mes bottes et me regardait en plissant comiquement le nez. Elle attendait que je lui donne quelque chose à manger, mais je n'avais rien sur moi, et puis je n'aurais pas su quoi lui donner. La bestiole était rouquine, avec une queue en panache. Je pense que c'était un écureuil, ou alors un pangolin – mais plutôt un écureuil, un pangolin ne doit pas ressembler à ça. Je lui ai fait *tske tske tske*, comme à Moby Dick, et contrairement à lui il a répondu en penchant la tête sur le côté, en clignant des yeux et en ouvrant davantage le pavillon en plumet de ses oreilles. Mais quand je me suis penché pour le caresser, ou l'attraper, je ne savais pas au juste, l'écureuil a fait un bond en arrière, s'est détourné, a couru à quatre pattes sur la pelouse, un peu comme un lapin, et a grimpé à toute allure sur un autre arbre, où je l'ai perdu de vue dans les feuillages. Tant pis.

En sortant du square, j'ai vu un gosse de riche qui traînait au bout d'une laisse un gros chat gris au poil touffu, et le chat ne voulait pas avancer. Le gosse s'énervait, il lui donnait des coups de pied, et le chat crachait et essayait d'éviter les coups, mais sans succès. Sale petit morveux de gosse de riche de merde. Je n'ai rien osé dire, le gosse n'était pas seul, il était accompagné par sa *mème*, une Antillaise, une Créole, une je-ne-sais-pas-quoi qui le couvait des yeux en souriant férocement.

J'ai eu un chat, une fois. Mais c'est il y a longtemps. Un chat c'est tiède et doux, ça sent bon, ça sent le chat, on peut mettre son nez dans les poils épais de son cou, on lui gratte le poitrail, et l'échine, et le dessus de crâne, et le chat se met à ronronner et à vous baver sur la main. Un chat, c'est une grosse boule de laine vivante qui peut s'étirer jusqu'à devenir une vraie corde vivante, il a le nez toujours froid, des yeux verts qui vous fixent du fond de leur marais plein de mystères, une langue râpeuse qui passe sur votre joue ou sur votre paume, des griffes pas méchantes qui coulissent entre les coussinets de caoutchouc-mousse de leurs pattes et vous effleurent le bras, et ça n'a pas d'importance si elles y laissent une quadruple trace rouge... C'est bien, d'avoir un chat. Je le sais, j'en ai eu un. Il y a longtemps. C'était avant les CENT ROSES. J'avais un chat, et puis il est parti, ou on l'a...

Mais c'est vieux, cette histoire. Maintenant, je n'ai plus qu'un poisson japonais minable. Maintenant, seuls les riches ont des chats. Et ce qu'ils en font! Des jouets pour leurs miards tarés! En passant près du chat, j'ai fait *tske tske tske*. Ce n'était pas très original. Il m'a regardé avec des yeux misérables, ses oreilles étaient tout aplaties sur sa tête, j'ai vu des endroits sur son dos où sa fourrure était arrachée. J'aurais peut-être pu le caresser, mais la *mème* me regardait en souriant férocement, elle avait une bouche rouge comme du sang et grande comme un pare-chocs de voiture blindée. Le miard me regardait aussi, même qu'il en oubliait de taper sur son chat.

– T'es Zorro? il m'a fait.

J'ai essayé de le foudroyer d'un seul coup d'œil, mais ça n'a pas marché. Alors j'ai vite filé, avec tous ces regards dans mon dos, et un goût amer dans la bouche, comme on l'écrit dans les bouquins. Mais je ne lis jamais de bouquins, alors le goût amer devait être authentique.

Zorro! Ils commençaient vraiment à me faire valser les joyeuses, avec Zorro... Pour venir dans les quartiers riches, c'est vrai que je m'étais habillé en cow-boy. Un cow-boy habillé tout en noir, du chapeau aux boots. Mais ce n'était pas pour jouer les Zorro. Zorro est un pantin. Moi, j'avais mis la tenue du vieil Hopalong Cassidy. C'est un des personnages que je préfère. Mais qui se souvient du vieil Hoppy, aujourd'hui?

C'était un cow-boy qui faisait partie de l'équipe du ranch *Bar 20.* Il avait commencé à se vêtir tout en noir après le meurtre de sa femme par des bandits, un drame qui avait fait blanchir ses cheveux en une nuit. C'est ce qui l'avait poussé à jouer les justiciers, mais pas les justiciers solitaires. Il avait une fameuse bonne bande de chouettes copains avec lui, dont Johnny « le gamin », le meilleur tireur de l'Ouest, peut-être meilleur tireur que Hoppy lui-même. J'aurais bien vu Steve McQueen dans le rôle de Johnny « le gamin ». Et j'aurais bien vu Randolph Scott dans le rôle d'Hopalong. Mais ils étaient trop jeunes, à l'époque : les vingt-six films tournés pour le cinéma avec Hopalong comme héros avaient été faits entre 1935 et 1940. C'est William Boyd qui faisait Hoppy. Pour le public, il s'était tout à fait identifié à son personnage, et il avait fait des tournées dans les villes et les villages, comme Buffalo Bill, le vrai, sur sa fin.

L'histoire du chat m'avait foutu les glandes. *Calme-toi,* a chuchoté l'araignée. *Tu fais de la tachycardie et tes glandes sudoripares sont surmenées...* Je l'ai envoyée chier. Mais ce qu'il y avait de sûr, c'est que j'avais soif. Je suis allé boire à une fontaine rose formée de plusieurs bassinets où s'égouttait un liquide rose également, pétillant, dans lequel circulaient des glaçons. Le tout était très Disney, ou alors *Magicien d'Oz*, et le liquide avait le goût de la fraise, ou c'était seulement de l'acide aspartique, mais à cheval donné on ne regarde pas les génitoires.

Je me suis senti mieux. Je me suis dit en conséquence qu'il était temps que je me mette au boulot. Mes six gibiers du jour étaient en principe circonscrits dans la vallée des Cèdres. C'est un endroit où je n'étais jamais allé. Mais peut-être qu'il n'existait pas la dernière fois que j'avais travaillé à CENTRE, les quartiers riches sont constamment remodelés. C'est pour ça que mes gibiers y sont toujours précisément localisés, sinon il me faudrait vraiment arquer dur pour les dénicher.

J'ai pu aligner mon premier alors qu'il sortait tout seul comme un grand d'un sas de service d'une des tours de verre de la vallée des Cèdres. Mais il aurait été accompagné, ça aurait été pareil, et puis il n'était même pas grand. Il était tout petit au contraire, tout rabougri. Sa tête je ne sais pas, je ne regarde jamais la tête des gibiers, ou alors je l'efface de mon esprit tout de suite après, au choix. Par terre, avec une balle de 45 Long qui lui avait fait éclater le cœur, il était encore plus petit.

Avant de dégainer, je lui avais fait *coucou*! et il était mort avec un air étonné, presque un sourire. Personne n'avait rien vu rien entendu, j'ai soufflé contre le canon du 45, mais il n'y avait déjà plus de fumée. J'ai fait tourner une fois le revolver autour de mon index raidi à l'intérieur du pontet, en m'aidant du pouce, et je l'ai laissé tomber du même mouvement dans mon étui de hanche. J'y arrive assez bien.

Quand je suis habillé en Hopalong Cassidy, je porte toujours des authentiques Colt Single Action Army, les fameux « Frontiers » calibre 45 fabriqués dès 1860 par Samuel Colt, mais qui n'équipèrent l'armée américaine qu'à partir de 1872. Naturellement, les munitions sont un peu améliorées, et je n'ai pas que des cartouches dans les logements de mon ceinturon. Mais ce genre de détail n'intéresse pas les morts, en principe.

J'ai tourné autour de la tour de verre en écrasant des fleurs bleues minuscules que des insectes volants vrombissants avaient pris pour cible. Ma puce me chatouillait le poignet, il y avait un autre gibier pas loin.

La puce m'a conduit droit dans un patio où une multichiée de plantes grimpantes grasses et suintantes entretenait une température étouffante. En plus, il devait sûrement y avoir des araignées, des scorpions et des scolopendres cachés sous les feuilles, on ne sait jamais ce que les riches peuvent rapporter de leurs voyages exotiques.

Au milieu du patio, assise sur un banc en marbre ou en imitation, le buste penché, les jambes écartées, les bras entre les jambes et les mains jointes, une femme pleurait. Elle était nue, comme beaucoup de riches qui aiment montrer leur cul parce qu'ils ont les moyens de le maintenir en état longtemps et que les correcteurs climatiques de leur microzone imposent un perpétuel été à la con dans CENTRE. Mais son cul à elle n'était pas jouasse, enfin je le suppose, parce que le reste de sa personne était maigre à faire peur à un ascète hindou, s'il y en a encore, des Hindous, qui font exprès de l'être, ascètes.

Je ne regarde jamais la tronche des gibiers, mais comme la femme a immédiatement relevé la tête à mon entrée dans le patio, je n'ai pu m'empêcher de remarquer ses yeux, immenses et verts, avec une pupille minuscule. Sa bouche, immense et violette, s'est ouverte pour laisser fuser un cri rauque qui s'est poursuivi par :

– T'aurais pas un peu de...

Je ne saurai jamais si je n'avais pas un peu de, parce que la balle *Jerzy* qui est arrivée juste à ce moment-là entre ses deux yeux lui a fait éclater la tête en plusieurs morceaux et qu'elle a basculé en arrière sans finir sa phrase. Je pense que de toute façon je ne possédais pas ce qu'elle réclamait. Et maintenant son problème était résolu. Dans le métier, on frôle constamment le drame humain.

Je suis ressorti vite du patio, et au grand jour j'ai bien regardé si je n'avais pas une de ces saloperies d'araignée, de scolopendre ou de scorpion accrochée à mes bottes. Mais non, je n'avais rien.

J'ai pris une petite pause dans un endroit appelé *Bistrot*, consistant en un éparpillement de tables et de chaises en bois peintes en blanc au milieu de massifs buissonneux et floraux. Le service était fait par des gens comme vous et moi, des deux sexes, habillés pareillement de maillots rayés, de larges pantalons de toile bleue, et coiffés de casquettes. Quand j'ai demandé à une serveuse des saucisses au chien, des galettes aux algues ou quelque chose du même genre, elle a pris un air offusqué et m'a dit qu'il n'y avait pas ça ici. Je le savais bien, j'avais fait exprès pour me payer sa tronche. J'ai donc pris un truc de riches, qui s'appelle un rocher aux fruits marins et consiste en un bloc irrégulier de pâte soufflée (le rocher) incrusté de moules, crevettes et autres bestioles marines. C'était un peu écœurant et j'en ai laissé. J'ai fait passer la chose avec un côtes-du-rhône argentin passable.

Dans les quartiers riches, faut faire gaffe, sinon on s'endort facile. Crevures de riches! J'étais en train de suivre les évolutions d'une llible qui tournoyait dans le ciel bleu aux environs de la tour la plus proche du bistrot, quand la puce a recommencé à me harceler, pique pique pique pique. J'ai regardé le bioser. Pas de doute, c'est bien le ciel qu'il me désignait : le gibier, c'était le conducteur de la llible. J'ai calmé la puce avec le mouvement adéquat du poignet, j'ai appelé la serveuse, je lui ai tendu ma carte qu'elle a enfilée entre ses seins à l'intérieur de son maillot rayé, la serveuse était charmante, mais je suis sûr que le rocher avait dû me coûter un max. Je suis allé prendre un des ascenseurs extérieurs qui grimpent jusqu'au sommet de la tour. La llible tournait toujours. La tour était haute et le panorama de la vallée des Cèdres se déployait sous mes yeux pour pas un rond. C'était vraiment une vallée, parce que tout autour il y avait des collines aux sommets aplatis portant d'autres quartiers sylvestres, et je pense que les grands conifères aux épines gris bleuté dont la pointe dépassait les autres arbres étaient vraiment des cèdres. Les riches ne se refusent rien, et s'ils le faisaient, ils auraient bien tort. Fumiers de riches. J'ai débarqué de la cabine au sommet de la tour, qui ne devait pas avoir plus de dix mètres de diamètre, et pas de balustrade pour empêcher les imprudents de tomber. Les riches sont téméraires, c'est un luxe de riches.

J'ai résisté à la tentation d'aller me placer au centre

de la plate-forme, de fermer les yeux et de ne plus bouger jusqu'à la fin du monde. Mais comme si ça se trouve ça pouvait être demain, je n'avais pas grand-chose à perdre. Alors je suis resté où la cabine m'avait craché, et j'ai déroulé le lasso de ma ceinture. Ce n'est pas vraiment un lasso, bien sûr, mais un câble Nerva en fibres métalliques terminé par un grappin. Le câble a une résistance de sept tonnes, c'est en tout cas ce qu'on vous assure quand on vous le fourgue. Et le grappin adhère à n'importe quelle matière. On vous l'assure aussi.

J'ai attendu que la llible soit près du sommet de la tour, et j'ai fait un signe amical au pilote. La llible a tangué, a viré, est venue sur moi. Le soleil faisait miroiter ses quatre larges ailes transparentes, et le damier des capteurs solaires qui tapissaient son long abdomen segmenté avait des éclats verts et bleus. Je voyais la silhouette du conducteur, à contre-jour, sous la coupole de plastiverre qui se trouve juste derrière la tête aux gros yeux sensibles de l'appareil volant. La llible est passée presque au-dessus de ma tête, en battant des ailes pour me saluer. J'ai éjecté le grappin, qui est venu se fixer entre les pattes flexibles de la llible. Le pilote ne s'est aperçu de rien, et le câble est si mince qu'il est invisible. J'ai fixé le manche souple du lasso autour d'un des piliers d'amarrage de la cabine d'ascenseur et j'ai attendu. La llible a dépassé la plate-forme, elle volait en ligne droite vers son destin. Elle l'a atteint au bout de vingt-cinq mètres : la longueur du lasso. Je l'ai vue casser brutalement son erre et piquer du nez au bout de sa longe. Elle a disparu au-dessous du bord de la tour, et quelques secondes après j'ai entendu le choc quand elle est allée s'aplatir sur son flanc, d'abord un son mat, et puis une ribambelle de criailleries aiguës, toutes les parties fragiles de la llible qui dégringolaient en petits morceaux le long de la tour dont les parois en verre n'avaient pas dû être ébréchées.

Quand j'ai senti du mou dans la poignée du lasso, je

l'ai décroché et je l'ai repassé à mon ceinturon. Je suis sûr que le pilote n'avait dû s'apercevoir de rien. Une belle fin, pour un crevard de riche.

9

Pour recentrer mon karma qui devait se barrer en même temps que toute la sueur que je perdais, je suis allé faire quelques exercices respiratoires dans l'herbe, le dos tourné à la tour derrière laquelle une légère fumée bleue montait. Pas loin de moi quatre ou cinq femmes sans âge, assises en cercle, pratiquaient l'éveil de la Kundalini pour activer leurs chakram. Mais à mon avis elles n'en avaient pas, de chakram, et pas de clitoris non plus, mais c'est une autre histoire, et juste manière de parler.

Après j'ai marché le long de la perspective Che-Guevara, avec toutes ses bonbonnières à parfumerie et produits de beauté, et j'ai traversé la conque Amilcar-Cabral bordée de sensitrons et autres lieux sensoriels, et j'ai flâné à travers l'esplan Dany-Cohn-Bendit où on peut voir parfois des combats de gladiateurs, des vrais, avec des vrais morts, et je suis allé sous le passage Mao-Zedong avec tous ces holos d'œuvres d'art incompréhensibles pour moi, et j'ai fini par le labyrinthe Georges-Habbache, avec les putes de luxe sur lit de mousse.

Les riches aiment bien donner à leurs lieux de prédilection des noms de révolutionnaires étrangers et morts, ça flatte leur ego, ça monte en épingle leur libéralisme, et ça leur rappelle surtout que chez eux il n'y a pas eu de révolution. C'est dans les bouquins qu'on dit ça.

J'ai fini par déboucher sur la place Ahmed-Ben-Bella, au centre de laquelle se dresse le cube noir et or de la Banque Mondiale du Pétrole et de l'Uranium

Réunis. Lorsque l'hologramme géant (vingt mètres de haut facile) d'un quelconque présentateur trivi s'est matérialisé sur la place et que sa voix en multistéréo a commencé à donner les cours mondiaux de la bauxite, des schistes bitumineux, des nodules métalliques, du nacre vénusien et autres saletés qui doivent coller aux doigts dès qu'on y touche, j'ai vite couru vers la bouche d'un restaurant : l'araignée tic-tac autant que mon estomac me disaient qu'il était l'heure de prendre un solide déjeuner, et je ne voulais pas avoir l'appétit coupé des fois que les cours seraient descendus jusqu'aux talons de l'économie mondiale.

Le restaurant était situé au sommet d'une grande marguerite en plastiverre coloré. Des ascenseurs en même matière circulaient dans la tige, et chaque pétale renfermait une salle servant des spécialités différentes. Les riches ne se refusent rien, je crois que je l'ai déjà dit.

Le restaurant s'appelait *Aux délices de K-Pok*, mais je n'ai pas compris l'astuce, au cas où il y en aurait eu une. J'ai choisi la salle *France profonde*, non par nationalisme étroit mais parce que je me méfiais de ce qu'on pouvait vous servir ailleurs, on se retrouve vite avec des asticots indiens ou de la baleine aux hormones dans votre assiette, les riches ont le monde entier sur leurs fourneaux. Avant de me laisser pénétrer dans la salle, un vigile vêtu en majordome à l'ancienne m'avait prié de lui remettre mes armes, mais je lui avais montré ma carte et il avait fermé sa gueule de raie. Une serveuse habillée en Pompadour, c'est fou ce que les riches ont bon goût, m'a installé à une table libre devant le panorama fumeux de la vallée des Cèdres, irisé par la laitance du plastiverre. C'était une vraie serveuse, elle sentait la sueur sous ses parfums. Elle m'a tendu une vraie carte en vrai papier, sur laquelle j'ai lu que la maison ne servait que *des produits exclusivement Fauchon*. Je ne sais pas qui est ou qui était ce monsieur Fauchon, mais les œufs mimosa de poules nourries au grain, le pâté de campagne de cochons nourris à la main accompagné de rondelles de concombre, la truite aux amandes élevée dans de l'eau de source resourcée, la timbale de champignons des prés et des bois sauvages et le sorbet au citron vert que j'avais choisis après des hésitations longues comme une journée de pauvre m'ont paru juste passables. Mais j'ai peut-être acquis un palais et un nez en béton, à force de travailler dans des quartiers où l'atmosphère n'est plus ce qu'elle fut au temps où il n'y avait pas de quartier du tout.

En revanche le bourgogne, le café et l'armagnac du Clos des Ducs étaient bons. J'ai dû forcer un peu sur l'armagnac, et même sur le bourgogne. Je me suis tassé dans mon fauteuil. J'ai pensé que Jos pourrait être avec moi, habillée d'un rien, elle n'a pas besoin de s'habiller ou de se déshabiller en riche pour être jolie – pour être plus que jolie : belle. Jos aurait aimé les plats Fauchon, elle n'aurait pas fait la difficile comme moi. Elle aurait commandé plein de salades, elle aurait saucé le fond des saladiers avec de la mie de pain, elle aurait sucé ses doigts les uns après les autres en riant.

Mais Jos n'était pas là. Jos n'aurait jamais pu pénétrer à CENTRE, jamais. Et je n'entendais pas son rire. Personne ne riait dans ce putain de restaurant, où les conversations étaient feutrées comme des pets, où les pas ne faisaient aucun bruit sur la moquette pure laine, et où les odeurs doucereuses, langoureuses des riches, lavande pour les dessous de bras, colchique pour le nombril, œillet pour les pieds, violette pour la fente de ces dames et fenouil pour le trou du cul de tout le monde, couvraient le fumet des plats Fauchon.

J'en ai eu les glandes au tritium, tout d'un coup. Et le pot, vous voyez bien que j'en ai, la puce a choisi ce moment-là, où j'allais peut-être foutre la merde dans ce beau monde, peut-être roter sans m'excuser ou éternuer sans mettre mon index sous mon nez, à ce moment-là, oui, la puce m'a désigné mon quatrième gibier de la journée.

Je me suis levé, j'ai suivi le gibier dans les toilettes *dames*. Je suis rentré comme la porte des chiottes se fermait, j'ai attendu pendant que ça poussait, que ça chiait, j'ai attendu pendant que le papier froissé enlevait le plus gros et que le jet rotatif récurait les angles, j'ai attendu pendant que la chasse d'eau chassait le tout vers le recycleur Fauchon. Puis la porte s'est ouverte, et le gibier est sorti. C'était une grosse femme avec des cheveux roux et une robe grenat moulant son énorme panse. Elle ne s'était jamais donné la peine de se faire faire un lifting ou un dégraissage, ou alors le cas était trop désespéré pour la science du XXIe siècle. Telle quelle, je lui donnais cent ans, ou alors quatre-vingts, ou au mieux soixante-dix, mais limite, je ne descendrai pas en dessous.

Elle a eu l'air surpris en voyant un mâle dans ce lieu réservé à l'excrémentation femelle, elle a ouvert la bouche pour dire quelque chose. Mais je lui avais déjà enfoncé toute la lame de mon Bowie juste au-dessus du pubis, et j'ai remonté jusqu'au nombril. C'était dur, la lame tranchait en même temps le tissu, l'épiderme, le péritoine, les intestins imparfaitement vidés, et toute la graisse durcie qui les enrobait. Elle a fait *oh!* a lâché un pet mouillé. J'ai retiré la lame et j'ai fait une autre entaille transversalement, entre les deux épines iliaques antéro-supérieures. Le sang a commencé à couler, mélangé à d'autres liquides glaireux, sur sa jupe grenat, et sur son jupon de mousseline, et sur sa culotte mauve, déchirés en croix. Elle a fait encore *ho! ho! ho!* plusieurs fois, de plus en plus fort, avec une voix de plus en plus aiguë et de plus en plus sifflante, comme si elle avait de plus en plus mal, ce qui était peut-être le cas. En même temps elle s'affaissait lentement en glissant contre le mur blanc, j'ai pensé à un gros sac rempli d'air qui se dégonfle et se tasse sur lui-même à mesure qu'il se vide.

Elle aussi se vidait, le sang pissait maintenant avec

violence, par saccades, à travers les vêtements déchirés. J'avais dû creuser assez profond pour trancher l'artère iliaque. Je me suis reculé pour ne pas être arrosé. Dans un endroit aussi chic, ça aurait fait mauvais genre. Mais je n'aurais pas à attendre longtemps, elle allait être séchée en trois minutes, mathématique. En plus les boyaux se déroulaient hors de la cavité abdominale, on aurait dit de gros vers aveugles et boueux sortant d'une caverne. La femme essayait de les retenir avec ses doigts épais et pleins de bagues, mais sans succès.

Le spectacle était gerbant au possible. Effacer quelqu'un au couteau, c'est dur, pour celui qui efface. Quand Hitch filme une mort au couteau, l'effet n'est pas du tout pareil et même s'il y a du sang, on n'y pense pas comme à du sang. Dans *Psycho*, pour le meurtre au couteau de Janet Leigh sous la douche, le rythme est celui d'un cartoon, et la sensation est semblable. Mais on ne voit jamais le couteau toucher le corps, et on ne voit jamais non plus les seins, ou les fesses, ou le sexe. On a simplement l'*impression* de voir tout ça. C'est la magie du montage, c'est tout l'art de Hitch : le tournage de cette seule scène avait duré sept jours, et il y a soixante-dix plans pour quarante-cinq secondes de film. Hitch, c'est quelqu'un. C'est le meilleur.

Moi, je ne suis pas Hitch. Il était temps que je me tire, les quarante-cinq secondes étaient largement écoulées, et si j'étais resté plus longtemps j'aurais fini par patauger dans le sang. J'ai essuyé la lame de mon Bowie à un essuie-main surpris, j'ai remisé l'engin dans son étui de hanche. La femme n'était pas encore tout à fait morte. Elle était assise par terre, contre le mur, les jambes ouvertes, au milieu d'une flaque rouge et brune qui n'arrêtait pas de grandir. Les intestins s'étaient entièrement barrés et formaient entre ses cuisses un grouillement noirâtre qui fumait légèrement. Ses gémissements s'étaient transformés en un seul râle ininterrompu, presque imperceptible. Ses yeux glaireux étaient plein d'eau, mais ils ne voyaient déjà plus rien. Elle ne ressemblait pas à Janet Leigh, pas du tout.

Là-dedans, ça puait les entrailles chaudes, la bouffe en décomposition, la merde en formation, le tout intégralement Fauchon. J'ai poussé la porte et je l'ai laissée se refermer derrière moi. J'avais une érection moyenne qui bosselait le jean noir d'Hopalong Cassidy, j'ai dû attendre trente secondes que ça passe, adossé à la porte des chiottes. Après je suis allé régler la note à la caisse, parce qu'il y avait aussi une vraie caisse et une vraie caissière devant la sortie de la salle. La note était également une vraie note : cent vingt-trois euros et des poussières, de quoi faire vivre un pauvre jusqu'à la fin de ses jours, à condition que ça ne vienne pas trop vite. Ma carte C.N.M. s'est parfaitement acquittée de cette tâche subalterne, et j'ai même ajouté un sourire personnel à la caissière par-dessus le marché. Je lui ai dit :

– A propos, je crois qu'une cliente s'est trouvée mal dans les toilettes, il faudrait peut-être que vous fassiez quelque chose.

La caissière m'a assuré que ce serait fait dans l'instant, alors j'ai ajouté vicieusement :

– Une indigestion, je pense... la cuisine.

La tronche qu'elle a tiré à ces mots pourtant anodins m'a procuré beaucoup de satisfaction. J'ai quitté presto *Aux délices de K-Pok*, moi non plus je n'étais pas loin de l'indigestion.

10

Dehors, je suis allé m'asseoir sur une balancelle de l'allée Salvador-Allende et, pendant que la balancelle me balançait, j'ai demandé à Jules de fixer mes deux derniers gibiers. Je n'avais plus envie de forcer, il pouvait bien me rendre ce service, d'ailleurs il est là pour ça. Jules s'est branché sur le réseau pop, et il a eu mes renseignements en moins de temps qu'il n'en aurait fallu à un vigile pour demander l'heure à un bègue. Coup de pot, les deux gibiers marnaient à la Banque Mondiale du Pétrole et de l'Uranium Réunis, que j'avais déjà chouffée et qui était à deux pas.

J'ai sauté de la balancelle, qui m'a dit :

– Au revoir, petite fille, j'espère que tu t'es bien amusée avec moi.

Je n'ai même pas pris la peine de répondre et j'ai marché avec énergie vers la banque. Un chien blanc avec de longs poils qui lui cachaient les yeux m'a aboyé après, le bruit de mes éperons n'avait pas dû lui plaire. Les chiens sont vraiment de sales bêtes. Même si j'étais un riche, je n'aurais pas de chien.

Dans le hall de la banque, je suis passé par une cabine automat de renseignements pour fixer les deux gibiers. L'un était répartiteur itinérant et avait son burlingue au trente-troisième étage, le second, qui était une seconde, était consultante, et créchait au quarante-neuvième étage, tout en haut. Je me suis fait passer une projection tridi des lieux, avec les accès publics ou non. Naturellement, une cabine de renseignements n'est pas aussi bavarde avec le vulgum pecus. Mais Jules serait capable de faire parler un mort. Des morts, il allait y en avoir deux dans pas longtemps, avant cinq heures. C'est bien de crever avant cinq heures, la Banque des Organes a tout le temps d'envoyer une équipe à votre chevet sans avoir à payer d'heures sup à ses découpeurs.

J'ai pris une cabine interne et je suis monté jusqu'au cinquantième étage, en compagnie d'une demi-douzaine de riches ou d'employés de riches, qui avaient des têtes de riches ou d'employés de riches, la différence est impossible à faire, ce pourquoi je ne la fais pas. Au cinquantième ce n'étaient plus les bureaux mais l'étage de relaxation, pour les clients et les touristes. Comme je passais devant une porte ouverte sur un intérieur gentiment bleu, une fille qui se tenait sur le seuil m'a demandé si je voulais un massage, ou une câlinerie, ou bien la regarder faire des trucs avec une copine, ou avec un autre monsieur, ou se faire des choses toute seule, ou avec un chien, ou un mulet, ou... J'ai dit non merci, sans même lui demander si avec un crocodile ça n'aurait pas été possible. Elle était jolie et bien foutue, grande, laquée par le soleil ou un produit de remplacement, elle avait une grosse poitrine qui remuait sous son bustier en écailles roses et translucides, et de longues et magnifiques cuisses bronzées qui sortaient de son minuscule short blanc moulé sur son coquillage bombé appelant à venir y chercher la perle avec les dents. Elle m'a envoyé un grand sourire violet ouvert sur des dents blanches et carrées, voraces, du genre à vous bouffer tout cru, boisson comprise.

Je crois qu'elle n'aura pas eu grand mal à trouver quelqu'un d'autre pour lui prouver son savoir-faire et sa bonne volonté tarifée. J'ai poussé une porte ordinaire sur laquelle était inscrit TERRASSE PANORAMIQUE, et je me suis retrouvé sur la terrasse panoramique, qui panoramiquait sur toute la vallée des Cèdres, vu que la B.M.P.U.R. en est le bâtiment le plus élevé. J'étais seul sur la terrasse. Je suis allé m'accouder un moment à la rambarde, et j'ai regardé les lointains, avec la lumière qui scintillait et la brume de chaleur qui ondoyait, tout le merdier. Très loin, vers le nord-est je pense, mais ça n'a pas d'importance, la tour Eiffel avec son troisième niveau tronqué perçait la lumière scintillante et la brume ondoyante. Et plus loin encore, mais là je n'étais pas très sûr de n'être pas le jouet d'une hallucination touristique, la basilique du Sacré-Cœur flottait, trois boules de glace vanille au bout d'une nappe grise. Au-dessus, le ciel continuait d'être bleu comme au cinoche, avec les griffures mouvantes des nefs individuelles, et même quelques petits nuages délicats, lavande ou roses, soufflés à l'aérographe par des concepteurs environnementaux, mais pas pour faire pleuvoir, juste pour faire joli.

Le joli, on s'en lasse vite. Je suis allé à l'autre extrémité de la terrasse, où se dressait un empilement de casemates débordant de la paroi de la tour. C'est là que se trouvaient les moteurs des ascenseurs extérieurs privés des employés de la banque. Dans un renfoncement, il y avait une petite porte métallique ordinaire, avec une serrure ordinaire. Les mots INTERDIT AU PUBLIC - DANGER étaient peints en rouge sur la porte. L'œil d'un guincheur était fixé sur moi. Je l'ai rendu aveugle en pulvérisant un aérosol opacifiant sur sa lentille. Il n'a pas protesté. Après je me suis attaqué à la porte avec ma multiclé, un bon matos anglais pour braqueur à l'ancienne, et la porte s'est ouverte sans que j'aie eu à prononcer une formule magique du genre *Sésame, fais choir ta bobinette...*

Dans le réduit aux machines ça sentait le métal chaud et l'huile bouillante, et des treuils se mettaient brusquement en route avec un vrombissement éprouvant. J'ai trouvé l'endroit stratégique que j'étais venu chercher, j'avais bien mémorisé le plan soutiré à la cabine, et j'ai collé une spécialité maison sur l'axe de la bobineuse choisie.

J'ai été bien content de me tirer de cette caverne schlinguante pour aller à nouveau respirer sur la terrasse. Respirer sans filtres, c'est un plaisir que les riches ne doivent pas apprécier. En passant derrière les casemates, je me suis rendu compte qu'après tout je n'étais pas seul sur la terrasse, ou alors le type en vert avec un chapeau à plume, un carquois à l'épaule et un arc à la main qui se tenait debout contre la rambarde sud était arrivé après moi. Je me suis approché. Je lui ai lancé :

– Salut, Robin des Bois...

Il s'est retourné, m'a souri.

– Salut, Hopalong Cassidy, il m'a fait.

Je lui ai souri en réponse, parce que lui au moins avait maté mes sapes du premier coup d'œil. Mais en même temps j'étais étonné, maintenant qu'il me faisait face, de constater que je ne connaissais pas cet archer des altitudes. On n'est pas si nombreux, dans le métier, pour ne pas avoir repéré toutes les têtes, au Stand, à l'entraînement ou dans des stages. Lui, je ne l'avais jamais vu. Un nouveau, sans doute, ou alors un muté. Il s'était fait la tête d'Errol Flynn dans le film de Curtiz et Keighley, avec la moustache et les petites bouclettes derrière les oreilles.

– T'as un bel instrument, j'ai fait, en désignant l'arc d'un coup de menton très Randolph Scott.

Il a cligné de l'œil, très Errol Flynn.

– C'est un Guillaume Tell Spécial de chez Itashi... Un Compound Laser Magnum, avec puissance et allonge réglables, démultiplication entre trente et soixante-cinq pour cent. J'ai un stabilisateur en fibre de carbone, un repose-flèche Springy ajustable, un viseur Olympic avec double réglage micrométrique et lunette scanner. Une portée utile de deux cent cinquante mètres, avec un correcteur automatique pour le vent, l'humidité atmosphérique et tout le bordel. Tiens, tu vas voir...

Il m'a désigné la tour la plus proche, dont la terrasse dépassait les cèdres, à certainement plus de cent cinquante mètres de nous. Sur la terrasse, un groupe d'une dizaine de clampins regardait le paysage. Robin des Bois a pris une flèche dans son carquois. J'ai remarqué que sa tête n'était pas une lame triangulaire, mais un cône prolongeant la hampe, comme une balle de pistolet. L'archer a fait des réglages compliqués qui évoquaient un photographe maniaque se préparant à prendre un cliché au 1/2500e par nuit noire, puis il a tendu son arc, qui ne comportait pas une mais trois cordes, chacune coulissant sur des roulettes différentes. Cette sophistication extrême me laissait froid, mais je faisais semblant de me montrer intéressé, par politesse. Travailler à l'arc, il faut être un peu dévissé, à mon avis.

– Regarde! a lancé l'archer.

La flèche est partie, je l'entendais encore siffler, avec les vibrations métalliques des cordes, alors que je ne la voyais déjà plus. Sur la terrasse visée, j'ai vu l'éclair de l'explosion avant d'en entendre le son, mat et noyé dans la rumeur qui montait de la vallée. Le gugusse tirait avec du matériel inconnu de Sitting Bull, et il n'avait pas lésiné sur la charge : là-bas, ce n'était pas un, mais trois gibiers qui étaient restés sur le carreau. Des gibiers? Le doute qui me grattait l'occiput depuis quelques secondes est devenu le vrai malaise.

– T'en as eu trois à la fois, chef, j'ai dit. Tu vas avoir des ennuis avec...

Il m'a coupé.

– Des ennuis? Oh! Tu vas bien, toi? Des ennuis? Et avec qui, tu peux me dire?...

Il s'est mis à rire, un rire haut et perçant qui ne ressemblait pas du tout à celui d'Errol Flynn. J'ai examiné ses poignets, et j'ai vu à ce moment-là qu'il ne portait pas de capteur bioser, pas de bracelet pour la puce, rien du tout. J'avais mis du temps à comprendre mon erreur, mais maintenant je savais : ce type n'était pas du tout un collègue de boulot, c'était un indépendant, un snipeur, un tueur fou qui tirait sur n'importe qui. Je me suis reculé d'un pas, de deux. Le snipeur riait toujours. Il a pris une autre flèche, avec une pointe classique celle-là, encore qu'elle était barbillonnée comme pour la chasse au bison. Sur la terrasse cible, des silhouettes bougeaient autour des trois étendus. L'archer a posé le talon de sa flèche sur la triple corde qu'il a tirée en arrière, un mouvement très cinématographique qui a fait saillir les muscles et les veines de son avant-bras droit.

– Vise un peu... Je vais m'en payer encore un!

J'avais encore reculé de deux pas. Je m'étais fourré dans la mélasse. Je n'avais rien à faire avec ce type, ce qu'il branlait ce n'étaient pas mes oignons, mais si je continuais à copiner avec lui les emmerdes se pointeraient à la vitesse grand L.

L'archer s'est tourné à nouveau vers moi. Sous son

chapeau vert orné d'une plume de faisan tout ce qu'il y a de classique, j'ai vu que les sourcils arqués d'Errol Flynn se fronçaient.

– Ben où tu vas, l'ami ? Ça t'intéresse pas, ce que je te raconte ? Les emmerdes dont tu me parlais, tu vas pas me faire croire que ça viendrait de toi ?

Je ne voulais rien lui faire croire du tout. Le problème, c'est que la pointe barbillonnée de la flèche à bisons était maintenant pointée, c'est bien le cas de dire, en plein sur mon sternum. Hopalong Cassidy est peut-être le tireur le plus rapide de l'Ouest, mais il y a toujours un moment où il faut se rappeler qu'entre le costume et celui qui le porte, il y a une paille, et même des fois c'est une poutre. Pour l'adresse, je n'ai rien à me reprocher. Mais la vitesse, ce n'est pas spécialement un problème, dans le métier. J'aurais été prêt à parier, mais je ne voyais pas avec qui, que le snipeur était capable de me trouer la poitrine avec son harpon avant que j'aie eu le temps de saisir la crosse de mes 45. Et en l'absence de pari, je n'avais pas spécialement envie qu'il essaye pour la gloire. J'ai cherché une excuse du style « je crois que j'ai laissé le gaz allumé sous mes haricots », ou « ma bobonne m'attend et elle est pas du genre à supporter les lapins », mais je n'arrivais pas à trouver quelque chose de convaincant. Je n'osais même plus reculer. L'archer fou a encore tendu son engin, de l'endroit où j'étais j'ai entendu le frottement des cordes sur les poulies, mais je n'ai pas osé lui conseiller d'y mettre de l'huile.

J'ai contracté mon diaphragme en me disant qu'il fallait quand même que je tente de sortir mes foutus colts. Et le miracle s'est produit, ou le pot, ou simplement le foutu hasard. Une horde de types en vert avec de gros casques sphériques a surgi derrière mon dos d'une trappe dans la terrasse, j'ai entendu des détonations, j'ai senti siffler des balles près de ma figure, et la flèche du snipeur m'est passée pas loin du bide. Mais déjà son bras désarticulé et éclaboussé de rouge pendait comme un chiffon. Il a à peine eu le temps de gueuler sa douleur que les types en vert l'entouraient et le tabassaient avec leurs fouets neuro, une ration à assommer un mammouth. Moi j'étais très entouré aussi, j'ai vu le gros œil noir de plusieurs Magnum à quelques centimètres de ma figure, et plusieurs bidules neuro se balancer au-dessus de mon chapeau. Les Verts arrivaient comme les carabiniers, mais si je ne protestais pas illico ils allaient commettre une bavure regrettable, surtout pour moi.

J'ai gueulé que je n'avais rien à voir avec le snipeur, j'ai précisé qui j'étais et ce que je faisais là, sans reprendre mon souffle, et j'ai ajouté qu'on pouvait vérifier en sortant délicatement la carte du C.E.P. que j'avais dans ma poche poitrine. Ça a été fait aussitôt, la délicatesse en moins. Je ne prétendrais pas que les Verts sont devenus plus aimables, mais quand même je n'avais plus leurs tromblons dans la gueule.

– C'est bon, c'est bon... a grogné le chef. Vot' présence aux Cèdres nous était connue, bien sûr. Mais vous étiez pas localisé. Et on peut jamais savoir à qui on a affaire avant de vérifier, pas vrai? Et puis qu'est-ce que vous foutiez avec ce dingue?

J'ai assuré le chef que notre présence commune sur le toit était un pur effet du malicieux hasard.

– Mais dites, ce que je ne comprends pas, ai-je ajouté, c'est comment il a pu passer...

– Passer où? Pour entrer à CENTRE, vous voulez dire?

De sous le masque d'insecte a filtré un rire genre lion qui éternue – encore que je n'ai jamais entendu éternuer un lion.

– Mais il est pas entré! Vous voulez rigoler! Personne peut entrer à CENTRE sans nous passer entre les pattes, cette blague! Lui? (Il a désigné le corps étendu qui attendait sans doute une évacuation par hélico, à moins qu'on ne le laisse crever sur place.) C'est un gars d'ici, pardi... Ces salopards de nantis, ça s'ennuie. Alors pour passer le temps, ça fait toutes sortes de conneries. Mais des comme ça, on peut pas permettre, vous comprenez...

Je comprenais, et je lui ai dit. Après j'ai pu descendre au trente-troisième, et j'ai pénétré sans me faire annoncer dans le bureau d'Ismaël N'Goro, répartiteur itinérant, en me servant du code sucé à la cabine. Ismaël N'Goro était assis derrière un bureau. Il a levé la tête à mon arrivée mais je ne l'ai pas regardé en face. J'ai débité tout d'une traite le baratin officiel, qui commence par :

– En vertu des pouvoirs qui me sont conférés par le ministère de la Population...

J'ai à peine pu aller jusqu'au bout que le répartiteur avait sauté de son siège. Même du coin de l'œil, je me suis rendu compte que son visage avait viré au gris. Les Nègres, quand ça pâlit, c'est pire que les Blancs. Il a bredouillé :

– Mais c'est pas possible... Pas moi... C'est une erreur... C'est sûrement une erreur...

Marrant : quand on leur annonce qu'ils vont être effacés, les riches disent toujours que c'est une erreur. Les pauvres savent bien que ça n'en est pas une. J'ai tiré une première balle, qui a fait une éclaboussure rouge sur le boubou blanc d'Ismaël N'Goro, à l'endroit de son nombril. Il a dû trouver que ça faisait sale parce qu'il l'a couverte avec ses mains, en criant :

– Attendez ! C'est une erreur...

Je lui ai envoyé une deuxième balle, à quelques centimètres de la première. Il a sauté en arrière, a déplacé une de ses mains pour couvrir le deuxième trou. Il a dit :

– Ecoutez... arrêtez ! C'est une erreur...

A la troisième balle, son dos a heurté la paroi vitrée au fond de la pièce. Il a hoqueté :

– Je vous jure... C'est une erreur.

A la quatrième balle, il n'avait plus assez de mains pour les presser sur tous ses trous et empêcher le sang de faire des rigoles jusqu'au bas de son boubou. Mais il répétait toujours :

– C'est une erreur...

Je lui ai encore tiré deux balles, pour finir le barillet de mon 45 que j'avais rechargé dans les douches. Ses mains et ses avant-bras étaient en charpie, mais les tripes, le foie et l'estomac qui étaient dessous devaient l'être aussi.

Quand je suis sorti de la pièce, je l'ai entendu murmurer :

– ... erreur.

Il avait de la suite dans les idées, Ismaël. Mais désormais, ça ne lui servirait plus à grand-chose.

Trois ou quatre individus des deux sexes étaient debout dans le couloir. Ils me regardaient tous, mais personne n'a rien dit, personne n'a fait un geste. Je suis passé au milieu d'eux et, le temps que j'entre dans la cabine de l'ascenseur, le nombre des spectateurs avait doublé ou triplé. Mais personne ne pipait.

Je suis descendu jusqu'au rez-de-chaussée. Dans le hall, je suis allé prévenir une hôtesse humaine vêtue aux couleurs de la banque, noir chamarré d'or, que la consultante Véra Chotylowa était sur la liste du C.E.P., et qu'en conséquence elle ne devait pas bouger de son bureau, où j'allais la rejoindre dans les cinq minutes. J'ai apprécié en connaisseur l'impassibilité du visage de l'hôtesse. J'ai fait mine de retourner vers les ascenseurs, mais je suis sorti de la banque par une petite porte, hors de la vue de l'hôtesse. J'ai contourné le bâtiment pour rejoindre la face opposée aux entrées principales, là où circulent les ascenseurs extérieurs privés de ces messieurs et dames. Je suis arrivé juste comme une cabine dorée, en forme de scarabée, se mettait en branle, tout là-haut, au quarante-neuvième étage. La cabine est descendue de quelques mètres, il y a eu une explosion étouffée venant de la terrasse. Les câbles de soutien de la cabine sont devenus mous. La cabine en forme de scarabée s'est penchée sur le côté, elle s'est détachée de la tubulure hémisphérique où elle glissait, et elle a chuté jusqu'au sol, où elle a éclaté comme une ampoule de lampe. Des gens autour de moi, qui avaient suivi l'incident, ont lancé des *oh!* et des *ah!* Plusieurs personnes se sont précipitées vers l'endroit de la chute. Qu'est-ce qu'ils croyaient pouvoir faire? Qu'est-ce qu'ils s'attendaient à voir? Je suis reparti lentement par le milieu de la place Ahmed-Ben-Bella, mes éperons sonnaient sur les dalles, mes holsters frappaient mes cuisses en cadence. C'est drôle comme les riches qui se savent sur la liste du C.E.P. croient pouvoir y échapper...

Mais on n'y échappe pas. Non, on n'y échappe pas.

Avant de m'engouffrer dans une bouche du R.S.R., j'ai regardé une dernière fois les cèdres et les tours de verre et de métal. Ce décor me faisait gerber. Je savais à quoi il me faisait penser : à la ville de *Things to come*, de William Cameron Menzies (1936, G.-B.), *Everytown.* L'histoire était tirée du roman d'un illustre inconnu, H. G. Wells. C'est un mauvais film. De la science-fiction. Je déteste la science-fiction, à part quelques exceptions comme *Forbidden Planet, Invasion of the Body Snatchers,* ou à la rigueur *Time Machine.*

J'ai pris le Corail qui m'a déposé sous la porte Mitterrand, et là j'ai pris le Jaune ordinaire qui m'a ramené chez moi. 7 heures 39, m'a dit l'araignée tic-tac. Une chiée journée, courte mais bonne.

11

Chez moi tout était comme d'habitude : ma figure dans le hublot grossissant du miroir, cette pauvre crevure de Moby Dick errant dans son aquarium, l'air tiède acidifié par l'ozone, le panorama gris-bleu de la plaine à travers la vitre.

J'ai fait comme d'habitude, *tske-tske-tske-tske* à Moby, les futes en tas sur le lit avant de passer au nettoyeur, et la douche pour m'enlever toute la merde de la journée, et la cabine à ions négatifs pour me vider de l'intérieur, et mon do-in sur le tapis de relaxation. Après j'ai passé une robe de chambre. Ce n'était pas mon Brando, mais un truc chamarré avec un dragon ailé dans le dos, du genre de ce que porte Yul Brynner dans *The King and I,* de Walter Lang, qui n'a aucune parenté avec Fritz. Celle-là ne m'avait coûté la peau de rien, parce que le sapeur qui me l'avait vendue n'avait pas cherché à me faire avaler qu'elle avait véritablement appartenu à Brynner.

Mais on ne sait jamais.

J'ai tourné un moment autour du coin cuisine, mais je n'avais pas faim. Les machins Fauchon me restaient sur l'estomac, probable. Alors pour prendre de l'avance j'ai débarrassé le four aux journaux de toutes ses saloperies, que j'ai enfournées dans le recycleur avec l'aide de deux Kasawaki obligeants, et qui étaient obligés de l'être.

Ensuite j'ai commencé à démonter mes Frontiers, sur une page de journal étalée sur le lit. Sur la page, je pouvais lire :

ENCORE UNE VICTOIRE DU MINISTÈRE DE LA POP!

Les statistiques mortalité-santé du mois écoulé viennent d'être livrées par le CCH MULTIVAC **du ministère. La courbe générale fait apparaître une fois encore 1/ une régression des causes de mortalité par maladies « classiques » aussi bien que par maladies dites « de l'environnement »; 2/ le resserrement des inégalités devant la mort a) selon les sexes, b) selon les catégories sociales; 3/ une progression continue et subséquente des espérances de vie dans la population.**

C'est un succès spectaculaire d'un programme de santé finalisé, dont le fer de lance est la systématisation des contrôles de dépistage bi-annuels en cabines POLYMYCIN **Thomson-Brandt. L'implantation dans tout l'hexagone des cabines** POLYMYCIN, **dès au-**

jourd'hui réalisée grâce à l'augmentation de 8% du budget santé du ministère de la Pop, a été le coup décisif porté à la « crise létale » (un terme bien abusif!) des dernières années du siècle passé et des premières années de celui-ci.

Au seul titre des maladies les plus en pointe pour ce qui est de la morbidité, à savoir les maladies mentales, les maladies respiratoires et les maladies du système digestif (intoxication alimentaire), on note pour le mois écoulé une régression respective de 0,9%, 1,1% et 1,5%...

Je ne suis pas allé plus loin, parce que la suite, avec l'ensemble des statistiques et les chiffres au point près, se trouvait sur une des pages intérieures. Après coup, j'ai même trouvé étonnant d'en avoir tant lu. Je connais bien le baratin santé du ministère de la Pop, non pas parce qu'il m'emploie, mais parce que ledit baratin s'étale partout, sur des panneaux muraux, en audivi, et sur la totalité des canaux. J'attends simplement le moment où ils prétendront que plus personne ne meurt. De maladie, je veux dire. Mais à mon avis, en faisant le calcul, on s'apercevrait qu'il y a longtemps que ce moment est dépassé.

Quand j'ai eu fini les revolvers, j'ai encore tourné devant le coin cuisine. Mais je n'avais toujours pas faim, alors j'ai décidé de m'asseoir devant le visiphone. C'est rare quand j'écoute les messages en rentrant du boulot. Ce soir j'avais envie. On a bien le droit de changer d'avis. Et j'avais eu raison de changer, parce qu'à côté de deux ou trois bavasseux pro qui voulaient me fourguer leur merde, il y avait un message de Jos. Jos me disait :

– Je n'ai plus pensé que tu devais travailler aujourd'hui. Moi, je ne travaille pas. J'avais envie de te voir... On aurait pu aller se promener dans un parc. Ou alors aller dans un restaurant d'un Temps Libre. Ou dans un zoo... J'ai pensé à ça : un zoo. J'aimerais bien aller voir les bêtes, tu sais... Les grosses. Tu n'aimerais pas ça? Enfin... je ne sais pas. C'est une idée que j'ai eue comme ça. Mais tu n'es pas là. Tant pis. Je ne rappellerai pas ce soir. Je ne passerai pas non plus te voir. Une copine m'a appelée tout à l'heure. Je t'ai parlé d'elle plusieurs fois. Accrassiah. Une fille des Antilles, tu sais. Elle est magnifique. Vraiment magnifique! Il faudrait que tu la voies. Tu tomberais amoureux d'elle du premier coup. Accrassiah fait le même... le même métier que moi, tu vois. Elle était déprimée, aujourd'hui. Alors je lui ai dit que j'irais la voir et qu'on mangerait ensemble, ce soir, et qu'après on regarderait un film sur un canal. Ça sera peut-être un de ces films que tu aimes. On sera un peu ensemble comme ça, hein? Et puis je passerai peut-être demain. Ou si tu veux m'appeler? Je ne sais pas si je vais sortir, demain. On pourrait sortir ensemble. Mais c'est comme tu veux... Au fait, ce matin, je suis allée me faire examiner dans une cabine de diagnostic. J'avais une convocation. Tu es content? La cabine m'a dit que je n'avais rien, rien du tout. Mais je le savais bien. Alors voilà, je vais éteindre. Je crois que je n'ai plus rien à dire... Je t'embrasse. A bientôt.

L'écran est redevenu gris verdâtre. J'ai attendu un moment, devant l'écran, en pensant à des trucs. D'ailleurs je devais déjà penser à des trucs en écoutant Jos, parce que je ne savais déjà plus très bien ce qu'elle m'avait dit. J'ai repassé le message. Jos m'a paru pâlotte. Elle portait une blouse bleu clair qui paraissait terne à côté de ses yeux. Dans le V du col de sa blouse, j'ai vu qu'elle portait une petite chaîne en or. Jos a souri, et ses incisives un peu de travers ont produit une brève irisation à la surface de l'écran. Elle a dit : *Je n'ai plus pensé que tu devais travailler aujourd'hui. Moi, je ne travaille pas.* (Elle a haussé les épaules, son regard s'est voilé, ses paupières ont battu. J'ai cru qu'elle allait être absente un moment. Mais non, parce qu'elle m'a encore regardé bien en face à travers l'écran, et elle a continué :) *J'avais envie de te voir...* (Elle souriait à nouveau.) *On aurait pu aller se prome-*

ner dans un parc. Ou alors aller dans un restaurant d'un Temps Libre. *Ou dans un zoo...* (Elle souriait toujours, et puis son sourire est devenu sec, dur, figé. Cette fois elle s'absentait vraiment. Elle a baissé la tête, et j'ai compris que ses mains, que je ne pouvais pas voir sur l'écran, fouillaient dans son sac. Elles en ont ressorti une TCHANG, et le briquet en forme d'éléphant qui crache le feu par la trompe. Elle a porté la cigarette à sa bouche, elle l'a allumée, et dans le mouvement sa bague en forme de serpent Ourobouros a tracé une queue de comète brillante dans le granulé de l'écran. Elle a aspiré et rejeté trois bouffées de fumée, en même temps je la sentais qui revenait. Quand ses yeux ont retrouvé leur profondeur vibrante, avec le petit nuage gris en bas de son iris gauche, elle a dit :) *J'ai pensé à ça : un zoo. J'aimerais bien aller voir les bêtes, tu sais... Les grosses.* En disant « les grosses », ses mains se sont écartées autour de son visage, et la fumée a tracé autour de son visage un mince ruban ovale et translucide. Ensuite elle a continué à parler, et je l'ai écoutée jusqu'au bout, et je regardais bouger ses lèvres juteuses, et je regardais sa main avec la bague qui allait et venait devant sa bouche. Je l'ai écoutée jusqu'au bout, jusqu'à ce qu'elle me dise, curieusement, *je t'embrasse,* comme elle le fait toujours dans ses messages visiphonés, et qu'elle me dise *à bientôt.*

Après j'ai regardé encore un moment la surface vide de l'écran, et puis j'ai éteint, et j'ai regardé si P.T.Télémat avait quelque chose pour moi, mais il n'y avait rien d'intéressant. La nuit était venue, et j'ai demandé à la fenêtre de faire le noir pour ne pas avoir à supporter toutes les lumières du dehors. J'ai commandé quelques trucs à bouffer, que le crachoir m'a crachés, et que j'ai bouffés en écoutant la bande de *The Glenn Miller Story,* un Anthony Mann de 1954, avec Jimmy Stewart dans le rôle du trompettiste. J'ai pris un film au hasard sur Canal 67, manque de bol c'était un Coppola de 91 et j'ai vraiment dégusté. Pour faire passer, je me suis sorti la bande de *To have and to have not,* de Howard Hawks, qui n'est pas toujours bon, mais là l'était, bon. C'est dans ce film que Lauren Bacall rencontre Humphrey Bogart, ou l'inverse. Les derniers mois de sa vie, Bogey était si faible et si maigre que Lauren le sortait de leur voiture et le portait dans ses bras jusqu'au court de tennis où Samuel Goldwyn faisait des parties.

Mais peut-être que ce n'est pas très malin de penser à des trucs pareils avant de s'endormir.

12

Le lendemain je ne bossais pas. J'ai fait la grasse en écoutant Elvis, j'ai appelé Jos une fois, ou deux, ou trois, mais elle n'était pas chez elle, j'ai regardé cinq fois *Doughboys,* le deuxième Keaton parlant rebaptisé en français *Buster s'en va-t-en guerre,* ce qui n'est pas con, et puis *Little Big Horn* de Charles Marquis Warren, *Sound of Fury* de Cy Enfield, et *Tarzan à New-York,* un Richard Thorpe superbe, avec ce vieux Weissmuller, superbe aussi.

La journée a coulé comme ça, piano piano.

Quand il n'y a plus eu une goutte de jus je me suis couché, et huit heures plus tard approximativement je me suis levé. Le terminal faisait OUINHOUINHOUINH..., c'était le ministère qui me sonnait. Je suis allé regarder les noms des gibiers du jour défiler sur l'écran. Il y en avait neuf. Le nom du neuvième m'a fait un peu tiquer, mais un peu seulement. Mon champ d'action, cette fois, c'était l'Aéroplage. En langue de tous les jours, l'Aéroplage, on appelle ça les quartiers intellectuels. C'est pas coton. J'ai parcouru une deuxième fois la liste des noms et des adresses, et je l'ai effacée. Jules avait tout enregistré, naturellement, mais les noms, je les connaissais quand même par cœur, je les avais mémorisés dès la première lecture. C'est le métier.

Je suis allé mater ma gueule dans le miroir, les piquants de ma barbe faisaient nettement sale. Je me suis vaporisé du dépilatoire P.U.K. et quand j'ai regardé le miroir une nouvelle fois, j'ai vu que ma gueule avait retrouvé son aspect habituel.

J'ai choisi une tenue et des armes, et je suis sorti.

13

Mon premier jouait de l'orgue de Barbarie à un carrefour, entre la rue Franz-Kafka et la rue Gaston-Couté. Je ne sais pas qui sont ces deux zigs et je m'en fous. C'était un vieux, avec une barbe et des vêtements merdeux, rouge et noir, genre Moyen Age ou je ne sais quoi. En jouant, il chantait :

Les bourgeois n' pensent plus qu'à la guerre
Pour liquider le stock des gens
Paraît qu'y a trop d' machines sur Terre
Trop d'ouvriers
Trop d' paysans
Trop d' fonctionnaires
Mais y' a jamais trop d' militaires!

Du moins je suppose que c'étaient bien des militaires qu'y avait en trop, parce que ma balle lui a traversé la gorge juste comme il prononçait *milit*... Après, il ne pouvait plus rien dire.

J'ai laissé les regards des clampins et des clampines qui l'écoutaient se poser sur moi longtemps. Je souriais, j'avais les jambes en équerre, et mon pistolet fumant au bout du bras. Il ne faisait pas vraiment beau, mais il y avait quand même assez de lumière dans le ciel pour m'envoyer une ombre pâle au bout des pieds et, je pense, m'auréoler d'un contre-jour esthétique. Mon pistolet, c'était un Nachita 357, un engin de la police japonaise, gros, noir, pas très précis, mais qui fait du bruit.

Quand j'ai jugé que j'avais fait suffisamment d'effet, j'ai tourné les talons pour reprendre mon petit bonhomme de chemin, comme on dit dans les bouquins, ou alors seulement dans les bulles des bédés.

Mon deuxième, je l'ai trouvé sur un tournage vidéomatic, et je l'ai étendu idem le premier, avec une autre 11,7 du Nachita, à part que lui c'est pas à la gorge que je l'ai visé, mais dans le bide, pour changer un peu, pour faire durer le plaisir. Le sien, je veux dire.

Quand je suis parti quelqu'un a crié : *Fasciste!* Ça ne m'a pas fait rire, mais ça ne m'a pas mis en rogne non plus. Ça ne m'a rien fait, en quelque sorte. Ce qui m'avait mis en rogne, plutôt, c'est que le réalisateur vidéomachin que je venais d'effacer s'appelait Samuel H. Fuller. Il y a des coïncidences durailles, ou alors des types qui ont la grosse courge. Là, j'aurais plutôt parié pour la grosse courge. En plus, l'endroit où il tournait sa merde, Samuel H., s'appelait place Vincent-Price, il fallait le faire aussi.

Mon troisième, qui était une troisième, s'appelait Marian Velasquez, un nom qui me disait vaguement quelque chose, mais vaguement seulement. Elle faisait de la peinture quand je l'ai trouvée, sur le mur d'une école baptisée centre Ivan-Illich. Je ne sais pas qui c'est et je m'en tape. Marian Velasquez n'avait pas spécialement l'air d'un peintre, plutôt d'un travailleur coréen en train de décaper l'enceinte d'une caserne : elle était enveloppée dans une combiprotec jaune et portait de grosses lunettes, elle travaillait au gazographe lourd, elle était environnée d'un nuage de peinture rouge qui se déposait sur le mur en virgules chiasseuses annonçant un cancer du côlon-rectum avancé. Je n'avais pas envie de serrer de trop près ce gibier crachotant. Alors je lui ai fait le coup de l'arroseur arrosé, comme ça on restait dans le cinoche. Dans son dos, j'ai écrasé le tuyau du gazographe sous mon talon, en même temps que j'injectais une aiguille de pan-strychno dans le caoutchouc. Quand le jet a cessé de fuser, Velasquez a tourné l'embout de son projecteur contre sa paume gauche, en manœuvrant la gâchette. J'ai levé le pied, la peinture a recommencé à gicler, en même temps que l'aiguille de pan-strychno, qui s'est enfoncée dans sa main à travers son gant. Ou du moins, raisonnablement, c'est ce qui a dû se passer, parce que je suis parti à peine levé le pied du tuyau. Ciao, bambino.

Mon quatrième était encore une quatrième, elle faisait une conférence, ça veut dire qu'elle bavassait dans un micro, debout sur la scène d'une salle rectangulaire qui schlinguait la cigarette et la merguez de chien pourrie, devant une cinquantaine de ramollos effondrés sur des bancs. La quatrième s'appelait Zaza Foulquié, et sa conférence portait sur « Les structures référentielles d'analité chez Jean Genet ». Je ne sais pas qui c'est et je m'en pogne. Pour entrer dans la salle Vladimir-Boukovski, j'ai dû lâcher cinq nickels à une face de rat de sexe indéterminé qui m'a filé en retour un sale coup d'œil de taupe. Faut dire que pour venir accomplir mon devoir dans les quartiers intellectuels, j'avais mis un treillis camouflé genre para que seuls les nègres oseraient encore porter, et encore c'est pas sûr, avec une casquette commando et des rangers chinois, à clous. C'est ma tenue *spécial intellectuels,* qui fait chier les intellectuels, parce qu'ils n'aiment pas les militaires.

Je me suis avancé dans l'allée et je me suis arrêté à dix mètres de Zaza Foulquié. La Kalachnikov est partie à ce moment-là, mais ce n'était pas une éjaculation précoce, c'était moi qui avais décidé en mon âme et conscience de lâcher la purée sur la grosse. Les douze ou quinze balles de 7,62 ont giclé en moins de deux secondes vers la cible et l'ont toutes atteinte, à une ou deux unités près. C'était moins que les spermatos d'une décharge normale, mais ça a suffi pour faire monter Zaza au ciel, et tout de suite après la faire redescendre en enfer par le chemin le plus court. La Kalachnikov n'est peut-être pas ce qu'on fait de mieux comme fusil d'assaut, mais une arme qu'on fabrique depuis un siècle, c'est tout de même du bon matos. La rafale avait fait un bataclan terrible dans la salle Vladimir-Popov, et tous les intellos s'étaient levés en moins de deux, ou alors s'étaient couchés en moins d'une sous les bancs, les mains sur la nuque, comme on avait dû leur apprendre dans les cours d'autodéfense.

Quand je suis repassé devant la face de rat de l'entrée, je lui ai quand même donné ses cinq nickels, en précisant :

– Pour la couronne.

Ensuite j'ai mis Jules au piquet pour une heure, il était plus que temps que je fasse la pause-café. Les quartiers intellectuels sont plus petits que les autres quartiers, ils forment juste une espèce de virgule entre l'est de CENTRE et la partie la moins craignosse de la nécrozone. Les quartiers intellectuels ressemblent assez aux quartiers pauvres. On y trouve le même genre de rues étroites aux maisons basses, à demi croulantes, et rapiécées avec des bulles en fibres, en plastiverre, ou en mousse de carbone filée. Et il y a autant de monde dans les rues, même si on n'y voit pratiquement pas de flics ni de pubs tridi, parce que les intellectuels n'aiment ni les uns ni les autres.

La différence, c'est que dans les quartiers intellectuels il y a des tas d'endroits qui n'existent nulle part ailleurs, et qui sont la raison d'être des intellectuels : des librairies avec tous ces bouquins que je ne lis jamais, des galeries de peinture avec divers produits de l'imagination humaine, des cabarets ou théâtres où les spectacles ne sont pas des projections, mais sont réellement joués devant vous par des artistes en chair et en os qui font des gestes avec leurs bras et disent des mots avec leur bouche.

Une autre différence avec les quartiers pauvres, c'est

que les quartiers intellectuels sont pleins d'intellectuels.

Les intellectuels sont chiants, chieurs, chieux. Les intellectuels sont laids, ils ont la peau râpée, le crâne chauve, les yeux chassieux, le nez qui coule, les dents qui branlent, les oreilles Dumbo. Les intellectuels ne se font pas retaper, ils se foutent de leur extérieur, chez eux tout se passe à l'intérieur, sauf quelques-uns, les tantouses ou les chaudes-queues, qui eux sont pommadés comme des... Les intellectuelles femelles c'est pire, c'est pomme ridée ou haridelle, c'est mamelles aux genoux ou manche à balai, c'est de l'os ou de la graisse à char d'assaut, c'est du détritus d'humanité, du tue-l'amour monté sur pattes. Ou alors, quand il y en a qui sont bien, elles sont vraiment bien, vraiment très bien, elles ont des joues comme des brugnons et des yeux comme les flammes des hauts fourneaux, elles rient avec soixante-quatre dents et leurs lèvres corail sont des rideaux de théâtre, leurs cheveux coulent comme le soleil quand il se couche derrière des falaises de grès rouge, et leurs seins libres sous le coton orange des tuniques indiennes sont comme des oranges d'Israël quand se lève le vent qui vient d'Orient. Oui, quand elles sont bien, elles sont vraiment très bien. Moi j'en ai connu une et...

Quand elles sont bien, elles sont vraiment très bien, et alors on peut se demander ce qu'elles foutent avec leurs singes, à part se faire foutre, naturellement. Mais ça, c'est pas mes oignons.

Je n'aime pas les pauvres. Je n'aime pas les riches. Mais ce n'est rien à côté des intellectuels. Les intellectuels, je les hais. C'est aussi simple que ça, je les hais, ça me part du fond des tripes et ça me remonte jusqu'à la racine des tifs, je n'y peux rien, c'est comme ça.

Le pire, c'est que je ne prends même pas un panard d'acier bleu en travaillant dans les quartiers intellectuels. Le pire, c'est que je trouve le boulot ici aussi glaireux que partout ailleurs, et que je n'ai qu'une idée, finir vite et me tirer schnellousse.

Mais j'avais faim et soif, et je suis entré au hasard Balthazar dans un bistrot bondé dont la façace peinte en beige portait ces mots :

CHEZ SIMONE DE BEAUVOIR

on peut boire

Ça m'allait parfaitement, mais il a fallu que je joue des coudes, du talon, de la crosse, pour arriver à me visser sur une chaise libre, à une table où cinq intellectuels parlaient de choses et d'autres que je me suis forcé à ne pas écouter. J'ai bien vu qu'ils regardaient avec insistance ma casquette avec l'insigne en bronze des commandos de choc de la marine d'intervention britannique, mon treillis nègre, mes rangers cirés et chinois, la Kalachnikov qui me pendait dans le dos, les grenades à fragmentation fixées sur la poitrine, le Nachita qui gonflait son étui et le Bowie fidèle attaché à ma cuisse, j'ai bien entendu une mocheté dire tout haut : « Vous avez vu ce qu'il trimbale, le gugusse ? », mais l'unique effort visant le contact humain auquel je me suis livré a été dirigé vers un serveur, à seule fin d'être servi, ce qui m'a pris facile une demi-heure car les intellectuels sont aussi doués pour l'efficacité manuelle que moi pour l'alexandrin. J'ai pu enfin avoir une assiettée de purée de soja, il n'y avait rien d'autre parce que c'était la journée d'aide à l'Afrique. Je l'ai fait passer avec deux *Cuba Libre,* infect mélange de Coca et de rhum, j'ai fini par un café ignoble et je suis parti. La puce s'est excitée rue Mircea-Eliade, je ne sais pas qui c'est et je m'en empapaoute, elle a fait tut-tut-tut, ça voulait dire que le gibier était dans sa turne, et sa turne c'était une grosse couille de métastyrène jaune à travers la paroi de laquelle on voyait bouger une ombre en transparence, le gibier. Elle était accolée, la couille, contre la paroi d'une maison XVIIIe salement amochée, au niveau du second étage. C'est comme ça que j'ai eu mon cinquième, en tirant une grenade incendiaire dans la couille. Elle s'est immédiatement enflammée, avec une intense lueur verte, et elle s'est mise à couler le long de la paroi, en laissant sur la pierre des traînées charbonneuses et fumantes. En arrivant au sol, elle n'était déjà plus qu'une pomme trop cuite et affaissée sur elle-même, couverte de grosses cloques noires laissant échapper des éruptions de pus orange. Ça avait peut-être crié à l'intérieur, mais maintenant ça se taisait. Et la puanteur nocive qui se dégageait de la chose provenait beaucoup plus du métastyrène fondu que de la chair cramée. Un bras caramélisé sortait à un endroit d'un furoncle ouvert et, à un autre endroit, un pied recroquevillé, de la couleur de ces canards laqués qu'on vous sert dans les restaurants chinois, les bons. Deux intellectuels se sont approchés, sapés en blanc, 1925, Costa Brava.

– Pas mal, comme ready-made, a dit l'un.

– Picabia ou Duchamp aurait pu le signer, a dit l'autre.

– Ou Borgnol, a continué le premier, si on veut bien considérer que c'est un ready-dead.

J'ai eu mon sixième dans un théâtre de l'avenue Gérard-Fromanger, je n'en sais pas plus sur lui que sur les autres et ça me fait le même effet. Mon sixième était acteur, il jouait un rôle en toge dans une pièce d'un nommé Canus, titrée *Caligula.* Je ne sais pas qui est Canus, mais au moins, Caligula, je sais qui c'est parce qu'on le voit dans plein de films, notamment *les Gladiateurs* (1954), de ce bon vieux Delmer Daves, avec ce bon vieux Victor Mature. Quand je suis arrivé en haut des gradins du théâtre Armand-Gatti, mon gibier hurlait : « Je suis encore vivant ! » Je l'ai ajusté à la lunette et je lui ai envoyé une giclée ni vu ni connu, comme un connard de snipeur.

Après, il ne l'était plus, vivant.

Ma septième, je l'ai eue près d'une petite placette dont j'ai oublié le nom. Une troupe genre cirque donnait un spectacle, avec cracheurs de feu, clowns, danseuses, écuyères sur chevaux de bois, et tous ces trucs. Je me suis glissé dans les premiers rangs, pour regarder. J'aime bien. Mais je n'étais pas là pour aimer bien, alors je me suis vite reculé, la tenue léopard qui me collait aux miches n'allait pas des masses avec les plumes, les paillettes, les fanfreluches, les fards, et la musique des cuivres et des tambourins. Moi, c'est une autre musique que j'allais jouer. Mon écran me désignait une femme qui passait, des cheveux rouges, un grand châle, une grande jupe volante, vieux rose, un bébé dans le dos, dans une espèce de hotte à l'Indienne Sioux. C'était une de ces intellectuelles qui entrent dans la catégorie des vraiment bien. Elle marchait vite, elle regardait droit devant elle. Il fallait que je me dépêche. Je me suis posé en équilibre sur mes jambes, j'ai sorti mon Nachita, j'ai tendu le bras droit en me menottant le poignet de la main gauche. La première balle a cueilli la femme en haut de la cage thoracique et a projeté des morceaux de côtes un peu partout, la deuxième l'a presque coupée en deux en lui traversant le bassin. Les six autres... je me demande bien pourquoi j'ai largué les six autres. J'ai extrait le chargeur vide, je l'ai laissé tomber sur le trottoir, j'ai enfilé à la place un chargeur plein. Le canon du Nachita était tiède sous mes doigts. De bonnes âmes avaient déjà ramassé le bébé, qui bien sûr n'avait rien, il était juste taché. Deux types se sont plantés en face de moi, un chauve avec une tête ronde et des lunettes (des lunettes!), un maigre avec le nez tordu et des cheveux blonds qui lui tombaient jusqu'à la taille.

– Pourquoi vous faites ça? m'a dit les-lunettes.

– Laisse tomber! a dit nez-tordu.

J'ai replacé le Nachita dans son holster.

– Hein? Vous pouvez me dire pourquoi vous faites ça? a répété les-lunettes. Vous n'allez pas me dire que c'est parce que vous croyez que c'est juste?

– Laisse tomber! a répété nez-tordu. De toute façon, si ce n'était pas lui, ce serait un autre...

J'ai bouclé le holster et j'ai tourné mes gros talons chinois à clous.

– Pourquoi vous répondez pas? a crié dans mon dos

les-lunettes. Mais pourquoi ils répondent jamais, ces enculés, ces chiens de garde, ces...

– Laisse tomber, a coupé nez-tordu. T'as rien à dire. Tout le monde est libre.

Il avait eu le mot de la fin, nez-tordu : tout le monde est libre.

J'ai eu mon huitième dans une cave. Il faisait du bruit musical avec une batterie de synthés Yamaha. Il composait, il enregistrait, ou alors il répétait, au choix. Tout le monde est libre. J'ai balancé une frag dans la cave, par le soupirail, grand style. Le bruit de la frag a terminé en point d'orgue le bruit des Yamaha, et ensuite il n'y a plus eu de bruit du tout.

Il m'en restait encore un, parce que j'en avais neuf sur ma liste. Mais j'avais beau pianoter sur la puce, rien ne venait.

C'était bizarre, parce que c'était précisément celui dont le nom m'avait tiré l'œil, ce matin. Et ce qu'il y avait de plus bizarre encore, dans l'histoire, c'est que Jules restait obstinément muet.

Je lui ai demandé :

– Qu'est-ce qui se passe, mon chou, c'est la grève ?

Jules est resté silencieux quelques secondes et m'a répondu d'un ton très impersonnel :

– Ton dernier gibier n'a pu être localisé. Tu peux rentrer...

C'est ce que j'ai fait, sans me faire prier, sans même discuter.

Le Jaune m'a taillé un chemin peinard jusqu'aux CENT ROSES, mon château de cartes, entrée 37. J'ai jeté mes filtres, c'était juste des absorbants normaux, l'air dans les quartiers intellos est raisonnablement craignosseux. J'ai sorti ma carte de résident, et je me suis avancé vers la fente. C'est à ce moment que j'ai vu qu'il y avait quelqu'un, quelqu'un de planqué, ou alors s'il ne se planquait pas il faisait drôlement bien semblant, dans l'angle de la bouche, là où il n'y a pas trop de lumière. Réflexe à la con, j'ai fait sauter le rabat de mon holster comme le type sortait du renfoncement et que son ombre désarticulée s'allongeait vers moi. Il a lancé un drôle de coup de sifflet étouffé, et a dit :

– Fais pas le con, c'est moi.

Quand il a été en pleine lumière, je l'ai reconnu. C'était Mac Steranko.

14

– Alors, je lui ai dit, qu'est-ce que c'est que tout ce mélo?

Mac Steranko marchait de long en large devant moi. Il avait toujours une sale gueule jaune, et toujours ses tics, l'œil droit qui clignait comme s'il avait chopé dedans une bille de pluto vitrifiée, la bouche qui se tordait, sa main droite qu'il passait sans arrêt dans ses cheveux gris jaunâtre clairsemés. Il portait une combiprotec anonyme, vert sombre, vaguement vigile, qui serait passée inaperçue aussi bien dans les quartiers pauvres que les quartiers intellectuels ou les quartiers ouvriers.

Il m'avait demandé de le faire entrer, ce que j'avais transmis vocalement à la bouche. La bouche n'avait pas fait de difficultés, puisqu'elle a mes empreintes vocales et qu'elle sait reconnaître quelqu'un qui parle sous une contrainte physique ou psychotrope. Je lui avais quand même dit :

– Tu sais que tu vas être enregistré?

Et il m'avait répondu, avec une grimace à la Richard Widmark :

– T'occupe, c'est mon affaire.

Je ne sais pas qui avait écrit ses dialogues, mais ce n'était pas brillant.

Maintenant il était dans ma turne, je m'étais assis sur mon pieu après avoir fait *tske-tske-tske* à Moby

Dick, à qui il manquait trois nouvelles écailles et qui avait encore pâli, après m'être débarrassé de la plus grande partie de mon barda, et après avoir donné l'ordre à la porte et au visiphone de me foutre la paix même en cas d'urgence.

– Tu es sûr qu'ils ne t'ont pas collé un œil et une oreille quelque part? m'a dit Steranko.

Il a arrêté sa déambulation pour me fixer de ses yeux brun-vert, il a passé sa grande main maigre aux doigts poilus dans ses mèches filasseuses. A qui il ressemblait? A John Ireland? A Edgar Buchanan? A un méchant des *fifties,* en tout cas.

– Où veux-tu qu'ils me les aient collés? Dans le derche? Pour la vue, ça serait pas du luxe, et pour l'oreille, ça laisserait à désirer. Il n'y a que pour l'odeur que...

J'ai avalé ma langue quand je me suis rendu compte que mes dialogues étaient encore plus mauvais que les siens. Mais j'ai quand même glissé :

– Tu peux parler tranquille. Je suis assermenté, ne l'oublie pas. Tu l'étais bien, toi, dans le temps...

Je pense que c'est cette allusion au « temps », celui qu'on appelle en général le « bon vieux », qui l'a fait rigoler. Il a tranché l'air de sa main, a haussé les épaules, et tous ses tics se sont déclenchés en même temps, plus quelques autres, qu'il ne m'avait pas encore servis.

– Ecoute, il a dit, cessons de déconner. Je suis venu parce que j'ai découvert quelque chose de grave. Bon... c'est pas moi qui l'ai découvert, c'est un camarade. (Cette expression de pauvre m'a surpris, mais je n'en ai rien laissé paraître.) Un type qui bosse aux statistiques, au ministère. Et bien placé, hein! Chef de service à la direction Santé. Il s'appelle... je ne sais pas si je dois te dire son nom... Bon, puisque j'ai commencé, autant aller jusqu'au bout. Il s'appelle Mirosliv Ervan, retiens bien son nom... C'est un type ferré, côté technos. Eh bien, il a découvert qu'il y a une liaison directe entre l'intégration des résultats des dépistages en cabines POLYMYCIN, et *Atropos!*

Il a laissé passer plusieurs secondes, le doigt tendu vers moi. Et il a ajouté :

– Tu comprends ce que ça veut dire?

J'ai aussi laissé passer plusieurs secondes pour ne pas être en reste côté suspens, et je lui ai avoué que non, je ne comprenais pas.

– Chiottes! Tu es bien toujours le même... Tu fais ton boulot sans te poser de questions, pas vrai? Du moment que la paye tombe et que tu as une turne peinasse?

Il a secoué sa tête pleine de tics. Il commençait à me fatiguer, surtout que fatigué, je l'étais déjà, par une journée à la con et un boulot à la con. N'empêche que c'est vrai, la paye tombait et j'avais une turne passable.

– Bon, excuse-moi, a-t-il repris au bout d'un moment. Je m'énerve. Mais si je suis venu te voir, c'est quand même que tu es le seul qui... enfin. Et puis c'est tellement énorme, tu comprends?

Je lui ai dit que je voulais bien essayer de comprendre, mais alors il fallait qu'il cesse de tourner autour du recycleur à merde.

– Bon, c'est simple : le soi-disant Contrôle Egalitaire de la Population chie à côté de son trou. Le soi-disant tirage au sort, c'est truqué! *Atropos* est contrôlé en pédale suisse par le ministère de la Pop... On encule le popu depuis la mise en service des cabines POLYMYCIN! Et si c'est pas depuis le début, c'est pareil : on nous encule! Les belles déclarations sur l'égalité devant la stabilisation démographique, c'est de la merde premier choix, non retraitée. Tu comprends, camarade? C'est truqué! Ton boulot, il est truqué! Les gibiers que tu effaces, ils sont pas tirés au sort par *Atropos*... ils sont choisis par le ministère. Tu comprends? Tu comprends? Le gouvernement se débarrasse de... de...

J'ai profité du moment où il commençait à s'emmêler les pédales, suisses ou pas, le camarade, pour lui offrir mon ricanement numéro trois.

– Steranko, tu débloques. Ton histoire, elle est vieille comme *Atropos*. Elle est vieille comme l'instauration du Contrôle Egalitaire... Tu le sais bien. Il y a toujours eu des gens ou des groupes pour n'être pas d'accord. C'est normal! Personne a envie d'être tiré au sort pour l'effacement. N'empêche qu'en gros, ça marche. Tu le sais bien puisque tu as fait partie du truc. Ça marche parce que les gens, ils pensent c'est pas sur moi que ça va tomber, c'est sur mon frangin. Fatal! Alors bon, de temps en temps on s'excite, dans les rangs. On dit c'est truqué! On dit le Gouv se débarrasse de.... Mais de qui, hein? Y' en a eu, des commissions qui contrôlaient le Contrôle... Des experts qui ont ausculté *Atropos* sur tous les poils du cul. On n'a jamais rien trouvé, jamais rien prouvé. Ça tient pas debout. Le Gouv ne truquerait jamais une institution comme le Contrôle. Pas seulement parce que ça lui retomberait dessus gros comme une deux-cents mégatonnes, mais bordel! tout simplement parce que ça servirait à rien! De qui veux-tu qu'il se débarrasse en Suisse, le Gouv? De quels opposants? Y' en a plus. Les Brigades, les Marcheurs, tous ces cloducs? Ils ont disparu de la circulation depuis l'âge de pierre... La police fait bien son boulot, camarade. Faut pas tout confondre. Nous, on est là pour le Contrôle, un point c'est marre...

Moi aussi, j'en avais marre. Je n'avais même plus de souffle. Les doigts de mes mains et de mes pieds n'auraient pas suffi pour compter les semaines, et même les mois, depuis que j'avais parlé le quart autant que ça. Steranko m'a répondu avec ses tics, et tout de suite après avec sa voix sèche et précipitée qui me brassait les oreilles.

– Ben dis donc! Belle tirade! Tu as bien appris ta leçon... Tu dois pas rater un stage de recyclage psycho, hein? Moi j'avais déjà mauvais esprit, dans le temps. C'est pour ça qu'on m'a prié de changer de talent. Tu sais que je travaille dans un canard de merde? Faut bien gagner ses nickels, pas vrai? Bon. Reprenons depuis le début. Mirosliv Ervan a découvert une liaison entre les dépistages en cabines automat et *Atropos*... Il y a bien une raison, non? La raison, elle saute au paf! Le tirage au sort est truqué. Les gibiers qui se retrouvent chaque jour sur la liste pour l'effaçage, *Atropos* les prend parmi les gens qui se sont soumis au dépistage obligatoire – obligatoire, tu me suis! – bi-annuel... c'est pas de la poudre, ça!

Mon ricanement est descendu d'un cran.

– C'est peut-être bien de la poudre, mais aux yeux, Steranko... En admettant qu'il y ait une liaison, ça veut dire quoi? Qu'*Atropos* intègre d'une manière ou d'une autre les gens qui passent au dépistage dans son recensement quotidien, rien de plus. Parce qu'à ton avis, il choisirait *qui,* dans les POLYMYCIN?

A l'accélération des tics, j'ai bien vu que j'avais emmerdé Steranko. Il me l'a d'ailleurs avoué franco.

– Ben oui, ça, je ne sais pas. Il faudrait que Mirosliv fasse un gros boulot. Et il doit y aller mollo. Pour le moment, c'est vrai, on n'a rien trouvé. On n'a pas encore le dénominateur. *Qui* est choisi, parmi les gus qui passent par les cabines, et *pourquoi?...* Je ne sais pas. Tu aurais pas une idée, toi qui es encore dans le boulot?

Je lui ai dit que mon boulot ne consistait pas à avoir des idées, mais simplement à le faire, le boulot.

– Déconne pas, il m'a dit. C'est sérieux! Tu vois le lièvre? Si on trouve, c'est le méga-scandale! Le Gouv saute... C'est la révolution, mec!

Cette fois, je lui ai fait mon ricanement 0,5. Il me fatiguait tellement que ça devenait même duraille d'écarter les lèvres d'un centimètre de chaque côté pour lui prouver mon attention et ma sympathie. En plus je ne voulais rien lui prouver. Je lui ai dit que son lièvre était si ratatinosse qu'il n'arriverait pas à courir un cent mètres avec des prothèses. J'ai quand même ajouté :

– Ce Mirosliv... comment ça se fait que tu sois collé avec lui? J'ai cru entendre le mot révolution, tout à l'heure... Ou alors j'ai rêvé? Tu vas pas me dire que vous faites partie d'un groupe de mords-moi-le-nœud, maintenant?

Sa main a encore tranché l'air, et il a reniflé en clignant de l'œil. Il s'était remis à marcher de long en large devant moi. Pour ne pas le quitter des yeux, je devais tourner la tête d'un côté et de l'autre, comme un spectateur de match de tennis.

– Ça serait trop beau... Il n'y a pas de groupe. Il n'y a rien, pour l'instant. Juste Mirosliv et moi. Je l'ai connu quand je bossais encore au Contrôle-mon-cul. On est restés potes. Ça va te faire rire, Ducon, mais tu vois, on a des choses qu'on partage. Le sens de la justice, par exemple...

Il m'a regardé par en dessous, il s'était arrêté pendant deux ou trois secondes. Mais je n'ai pas ri, alors il a redémarré, son et image.

– Alors comme deux c'est pas beaucoup, pour agir, j'ai pensé à toi. On était potes aussi, dans le temps... hein?

Il m'a encore regardé, alors j'ai cherché dans ma tête un souvenir qui aurait pu évoquer ce temps où on aurait été potes, mais rien n'est venu. J'étais fatigué, le temps passait, il fallait que je me décide.

– J'ai hésité, je te le cache pas. J'étais pas sûr de toi. Je le suis toujours pas. Mais qui ne risque rien n'a rien, pas vrai? J'ai mis du temps à venir parce que... je ne sais pas. Je me méfie. J'ai peut-être trop fouiné, déjà. Je suis peut-être parano, mais j'ai eu plusieurs fois l'impression d'être suivi. Je suis peut-être déjà fixé. Je ne voulais pas te mouiller pour rien. Et puis aujourd'hui, Mirosliv a pu bloquer le biofeedback de ma fiche, à la banque Pop. Je ne peux plus être localisé par mon *pou*. J'en profite... ça va pas durer!

Dans tout ce que m'avait dit Steranko, il y avait au moins une chose que je venais de comprendre. Et il avait raison au moins sur un point : ça n'allait pas durer – moins encore qu'il le pensait.

Pendant qu'il était en train de me raconter sa vie, j'avais commencé à tripoter mon Nachita, que j'avais ramassé sur mon lit. Sans avoir l'air de rien, je jouais avec le chien et le cran de sécurité, clac, clic, clac, clic. Quand Steranko m'a jeté :

– Alors, qu'est-ce que tu vas faire?

J'ai simplement répondu :

– Mon boulot.

Et d'un même mouvement j'ai débloqué le cran, j'ai levé le bras, j'ai rabattu le chien en arrière et j'ai pressé la queue de détente. Le pistolet a sauté dans ma main, la 11,7 est rentrée dans la poitrine de Steranko juste sous le sternum, comme on nous l'apprend à l'entraînement, et lui a fait éclater le cœur.

Steranko a bondi en arrière, il est venu heurter le mur contre le poster de Bogart, il avait l'air très étonné. Steranko, pas Bogart. Bogart ne s'étonne jamais de rien.

J'ai regardé Steranko glisser le long du mur et s'asseoir sur son cul. Après il a basculé vers la gauche, et puis il est venu s'aplatir le nez dans ma moquette. Sa bouche était restée ouverte sur son tic, son œil brun-jaune me regardait encore. Un peu de sang avait giclé de son dos quand la balle l'avait traversé avant de faire un trou dans le mur, et avait éclaboussé le veston noir de Bogey. Steranko m'aurait vraiment fait chier jusqu'au bout.

Mais il était parti au pays des grandes chasses sans connaître les réponses à ses questions. Il était parti avec une seule certitude : on n'échappe pas au Contrôle, pas plus que les poules n'échappent au furet.

Le neuvième nom de ma liste de ce matin, celui qui m'avait fait tiquer, c'était le sien.

15

Trois Multimate sont sortis de leurs trous pour venir renifler Steranko. Pour eux, le cadavre n'était qu'une grosse saloperie à évacuer au plus vite. C'était aussi ce que je pensais, mais Steranko, même s'il tenait moins de place mort que vivant, était néanmoins un trop gros morceau pour eux.

J'en ai vu un commencer à laper le sang avec sa trompe. Un autre tirait les cheveux du cadavre avec ses pinces, il croyait peut-être que c'était de la toile d'araignée. Le troisième ne faisait rien, il regardait ses deux copains, si ça se trouve il les encourageait avec des trains d'ondes revigorantes.

Je ne pouvais quand même pas les laisser faire. Je les ai renvoyés dans leurs trous, j'ai rebranché mes systèmes et j'ai appelé l'antenne de la Banque Nationale des Organes de la R.I. J'ai dit à l'antenne qu'il y avait chez moi un client encore chaud, mais qu'il fallait qu'on se dépêche si on voulait récupérer encore un litre ou deux de sang. J'ai ajouté qu'à ma connaissance tout le contenu du corps devait être bon pour la reprise individuelle, à part le cœur qui pouvait à la rigueur être donné au chat, si toutefois elle avait un chat, l'antenne.

Mais j'en doutais.

Dès que j'ai eu coupé la communication, le visi a sonné. C'était Jos. Elle n'avait pas l'air d'aller bien. En parlant elle souriait tout le temps, mais ce n'était pas son vrai sourire, et je connais le vrai sourire de Jos.

Jos m'a dit :

– J'ai déjà appelé plusieurs fois, mais tu étais coupé. J'aimerais... j'aimerais bien te voir un moment, si tu peux. Tu peux? J'ai eu une journée... une journée fatigante. Je ne vais pas très bien. Je n'ai pas envie de bouger. Est-ce que tu ne pourrais pas venir un moment? Juste un moment, tu sais... Le temps que tu veux. Mais ça me ferait plaisir. D'accord? Tu viens?

Je ne l'ai pas laissé parler toute seule, de temps en temps je répondais par un grognement, ou une syllabe, ou une consonne. Juste avant qu'elle coupe, je lui ai même dit toute une phrase qui signifiait en trois mots que je venais.

J'ai dit à la porte de laisser entrer l'équipe de la Banque des Organes qui viendrait emporter le client qui imbibait la moquette, j'ai dit à la moquette de ne pas s'en faire, on la nettoierait, et je suis sorti.

Jos a son espapt à l'autre extrémité de la R.I. J'ai parcouru des couloirs mobiles et d'autres qui ne l'étaient pas, j'ai pris des ascenseurs, j'ai été raisonnablement emmerdé en chemin par des pubs excitées et des groupes ludiques qui l'étaient tout autant, mais l'aventure en est restée à un stade anodin. Au bout du parcours, j'ai sonné à la porte de Jos, et la porte m'a fait entrer.

Jos était assise en lotus sur son lit, le buste droit, la nuque vaillante, les bras en décontraction, les métacarpes reposant sur les condyles fémorales. Elle n'était pas devenue subitement transparente, mais je sais bien comment fonctionne un corps, comment tous les trucs qu'on a sous la peau s'articulent et font qu'on est vivant, ou alors qu'on est mort.

Je me suis assis par terre, en face de Jos, et dans la même position approximativement. La pièce était embuée d'une fumée que les recycleurs atmosphériques étaient impuissants à purifier à mesure que Jos la produisait, la fumée. Elle avait un cendrier BLACK & DECKER à côté d'elle, mais il devait être naze parce que les mégots n'étaient pas broyés et débordaient. On aurait pu croire qu'elle avait invité un escadron de cow-boys MARLBORO à partager son lit, mais je savais bien qu'elle avait tout fumé elle-même. Pendant que je m'asseyais, elle avait planté un nouveau mégot dans le BLACK & DECKER et allumé une cinquante millième TCHANG.

Mais je n'ai rien dit. Je l'ai simplement regardée sourire, et cette fois c'était un vrai sourire, même si le bleu de ses yeux était bien pâle, et la tache grise bien grise. J'ai attendu qu'elle me parle, mais elle ne semblait pas pressée de parler. Je n'étais pas pressé non plus. J'ai attendu.

Au contraire de moi, qui ne touche jamais à l'organisation de ma piaule, Jos change tout, tout le temps. Là, elle avait transformé l'espapt en tente bédouine en plein désert, et c'était assez réussi. Tout le parterre était recouvert d'un granulé doux et doré, genre sable. Son lit était au centre d'une grande tente aplatie, orange vif, avec des pendeloques dorées. J'avais dû me baisser pour entrer dans la tente, qui était pleine de coussins de couleur. Il y avait aussi des miroirs ordinaires, quelques meubles bas en bois damasquiné, et des tas de boîtes rondes incrustées de nacre, de mica, de verre coloré. Les murs étaient masqués par un diorama tridi total, qui montrait des dunes avec leurs ombres violettes, des palmeraies qui tremblaient dans le vent et les mirages, des caravanes qui passaient et des chiens qui aboyaient. Au-dessus, le plafond était un dôme si bleu qu'il en paraissait noir. C'était beau. Jos a du goût. Je ne sais pas si elle construit ses décors pour elle ou pour son boulot. Et en plus je ne veux pas le savoir.

Elle ne disait toujours rien, elle fumait, elle y mettait beaucoup d'application. Sa bouche se pinçait sur le filtre de la cigarette, puis s'arrondissait quand elle recrachait la fumée. Son bras lisse, rond, rose, montait et descendait, et j'aimais la façon dont son poignet droit ployait quand elle le reposait sur son genou. Elle était habillée d'un immense truc blanc genre bédouin, une chéchia ou je ne sais pas comment on appelle ça, en tissu très léger mais absolument opaque.

Le temps passait, je la regardais, elle ne disait toujours rien. Je ne voulais pas parler le premier. Je n'avais rien de spécial à lui dire. Elle a fini par y aller quand même.

– J'ai eu encore une dure journée... Il y a des types qui sont vraiment complètement fous...

Je n'aime pas quand elle me parle de ça, alors je n'ai rien répondu, et je n'ai pas vraiment écouté ce qu'elle m'a encore dit sur le sujet. Elle a ajouté :

– Il y a eu une femme, quand même. Avec elle, c'était très bien. Heureusement, sinon j'aurais craqué. Elle était douce... J'aime bien les femmes. Je crois qu'il n'y a qu'avec elles que...

Elle s'est interrompue, elle m'a regardé d'abord en souriant, puis elle a ri vraiment, silencieusement mais longuement, comme si elle avait trouvé très drôle ce qu'elle venait de dire, ou les pensées qui nageaient sous les mots.

Moi, je n'ai pas trouvé à rire dans ce qu'elle a dit, alors je n'ai pas ri, ni souri. Elle a fini par se lever, elle était debout sur son lit, elle oscillait un peu, son grand truc blanc pendait jusqu'à ses pieds comme un drapeau pacifique un jour sans vent. Elle s'est étirée, j'ai entendu des tendons craquer quelque part à l'intérieur de son corps. Elle a sauté du lit, elle est venue près de moi et m'a regardé de haut, ni absente ni tout à fait là, une attitude que je ne reconnaissais pas. Elle m'a dit :

– Je suis contente que tu sois venu, tu sais?

Je n'ai rien répondu. Elle a ajouté :

– Je ne t'ai pas dérangé?

J'ai répondu que non, elle ne m'avait pas dérangé, pas du tout. Elle a dit :

– Je suis très fatiguée, tu sais. Je vais me coucher, maintenant...

J'ai compris ça comme une invite à partir et je me suis levé. Dans un des miroirs ovales de la tente, je me suis vu me lever, sombre, vert, long, à côté d'elle, petite, pâle, lumineuse. Debout près d'elle j'ai senti une bouffée de son parfum, ou alors seulement son eau de toilette, ou seulement son savon, une odeur d'herbe ou de fleurs poussées au soleil et broyées fraîches dans une coupe de grès.

Sa main, douce et légère, est venue cercler mon poignet.

– Tu restes?

Je ne sais pas trop ce que je lui ai dit, ni même si je lui ai dit quelque chose. Sa main a fini par quitter mon poignet, mais je continuais à sentir le poids de ses doigts sur ma peau. Elle s'est reculée, elle a baissé les yeux, je sentais qu'elle allait s'absenter. Au loin dans la pièce les palmiers bougeaient, une caravane passait, des chiens la regardaient sans aboyer. Je n'avais pas envie que Jos s'absente à l'intérieur d'elle-même juste au moment où je partais. Très vite, je lui ai dit :

– Je suis fatigué, moi aussi. Une rude journée pour la reine. Mais le zoo... On pourrait y aller dimanche?

Je regardais sa bouche, et sa bouche s'est mise à sourire de nouveau. Elle a relevé la tête, je regardais ses yeux, ils m'ont semblé à nouveau très bleus. Ses lèvres se sont écartées et j'ai regardé ses incisives qui se marchaient dessus. Elle m'a dit :

– Ho! oui... S'il te plaît. Au zoo, dimanche... C'est une bonne idée. Je ne m'en souvenais même plus. Merci!

Elle a ri encore et m'a lancé :

– Tu es vraiment moche, avec cette combi militaire!

Elle riait. Je lui ai dit que c'était le boulot. Après j'étais parti, je ne me suis pas retourné dans le couloir, je n'ai pas su si elle était restée longtemps ou pas devant sa porte sur le désert, immobile dans sa grande robe blanche, avec le bleu du ciel sur ses épaules, comme un tournage devant l'écran du *bluescreen.*

La banque avait déjà enlevé Steranko quand je suis arrivé chez moi. Il y avait une fiche officielle magnétisée sur la porte, avec les indications habituelles, **Sur la demande de... avons pris livraison de...** Au feutre, un des banquiers corporels avait ajouté : *Pas si impec que tu nous l'avais annoncé, ton client... A première écographie, il a un cancer primaire du foie.*

J'ai froissé la feuille dans mes doigts. Sur la moquette, les Kasawaki finissaient de démoléculiser le sang et de bouffer la poudre sèche qui résultait de la manœuvre. Il restait juste les quelques taches sur Bogart, mais elles avaient séché, elles ne se voyaient presque plus sur le costume noir.

J'ai fait mes trucs et je me suis couché. Il était moyennement tard, mais l'araignée tic-tac, qui avait dû prendre ses renseignements auprès de mon moniteur bio-rythmique, me pressait de m'endormir sans attendre la venue du Messie.

De toute façon il ne vient jamais la nuit, et je n'avais pas envie de m'endormir. Je n'avais pas non plus envie de me faire une toile. Je brassais. Toutes ces histoires à la con me brassaient. Pourquoi est-ce que Steranko m'avait raconté son roman, avant de passer à l'effacement? Il n'aurait pas pu la fermer et se laisser saigner en pensant à la patrie? Et pourquoi est-ce que je l'avais écouté, au lieu de lui dire bonsoir tout de suite? Le pas de bol, c'est qu'il se soit trouvé sur ma liste. C'était ça, le pas de bol. On est dans les quatre-vingts furets, dans la capitale. Et Steranko était tombé sur moi. Ou c'est moi qui étais tombé sur lui. Les surprises du boulot.

Subitement, j'avais des démangeaisons partout. Je me suis gratté la poitrine, l'aine, les couilles, et entre les doigts de pieds. Je me suis gratté l'aisselle gauche. Sous la peau, entre les poils, je sentais rouler la petite bille dure du *pou.* Qu'est-ce qu'il m'avait dit, cette enflure de Steranko? *Mirosliv a bloqué le biofeedback de ma fiche à la Banque Pop.* Ça voulait dire qu'il n'était plus relié au Fichier Pop national. Son *pou* avait été shunté. Il n'était plus fixable. C'est pour ça que Jules avait été incapable de le repérer, c'est pour ça que Steranko ne craignait pas d'être tracé quand il était venu aux CENT ROSES. Alors comme ça, un haut responsable de la Section Santé s'amusait à faire joujou avec la Banque Pop. C'était du pas beau. Et Steranko parlait de justice? Justice mon cul.

Je me le suis gratté. C'était doux et malléable. Et

puis merde! Qu'est-ce que ça pouvait bien me foutre, leurs histoires? *Pour l'instant il n'y a que Mirosliv et moi.* Eh bien, maintenant que *moi* avait été effacé, il ne restait plus que le Mirosliv. Celui-là, s'il continuait à faire le con, il allait être viré presto et envoyé sur Vénus pour terraformer dans la joie.

Mais qu'est-ce que ça pouvait me foutre, pluto! Rien, rien et rien. Je me suis à nouveau gratté l'aisselle, mon *pou* dansait sous la peau granuleuse. On me l'avait greffé lorsque j'avais neuf ans. Maintenant on les greffe à la naissance. Tout le monde est relié en permanence à la Banque Pop. Tout le monde, sauf ceux qui se font shunter. C'est grâce au *pou* que les statistiques baignent. *Pou* : Polymodule Organique Unidirectionnel. Grâce au *pou,* le Ministère Pop peut fixer n'importe quel citoyen, où qu'il se trouve, à n'importe quel moment. Grâce au *pou,* la police peut fixer un asso dangereux. Grâce au *pou*, Jules me fixe mes gibiers. Grâce au *pou,* JE peux être fixé. Et alors? Je ne suis pas un asso, et par dérogation spéciale les furets ne peuvent pas être tirés pour l'effacement.

L'effacement : Contrôle Egalitaire de la Population. 400 000 citoyens et citoyennes de notre beau pays, tirés au sort chaque année pour être effacés. Un peu plus de 4 000 personnes chaque jour. Tirés de la Banque Pop par *Atropos*, l'IBM 469 qui tient les ciseaux. Tirés au sort de manière rigoureusement démocratique, égalitaire, tout ce qu'on voudra, mille fois vérifiée par des commissions de spécialistes. Rien à dire : ça marche. Oui camarade, ça marche. On laisse les vioques peinards, on laisse les femmes faire des enfants si elles en ont envie, pour ne pas les stresser dans leurs pulsions maternelles. Mais au bout, il y a l'effacement, qui peut toucher n'importe qui. *N'importe qui,* sauf les effaceurs, les contrôleurs : les furets, comme on a fini par nous appeler. Moi, et quatre cents autres assermentés mâles ou femelles qui quadrillons le territoire, et suffisons à contrôler soixante millions de citoyens. 400 000 effacements chaque année (il y a sans doute une légère progression), et ça suffit pour que la population reste rigoureusement stable. Sans quoi ce serait l'effondrement économique.

C'est aussi simple que ça. Il n'y a pas besoin d'imaginer des truquages. On a trop schproumé, dans le temps, sur les truquages. Conneries. Pas de main dans l'ombre choisissant en Suisse les ennemis de l'Etat. L'Etat baigne. Il n'y a plus d'ennemis, de moins en moins d'assos durs, juste des dingues, comme le snipeur de l'autre jour. Et eux, les flics s'en chargent. Un furet ne fait pas un boulot de flic. Un furet contrôle.

Mon aisselle me démangeait de plus en plus. Le *pou* me bouffait la viande comme un véritable pou. Il allait peut-être me gicler de l'aisselle et se barrer sur ses petites pattes de silicium. Pourquoi est-ce que je brassais comme une ménopausée avant son injection de folliculine-C?

Steranko avait été sur la liste. Sur *ma* liste. Et Steranko, si on voulait, pouvait être considéré comme un ennemi de l'Etat, avec ses conneries. Bon – c'est pour ça que je brassais? Coïncidence. Coïncidence, et rien d'autre. Point à la ligne.

Steranko prétendait qu'Atropos *choisissait* les poulets à effacer. Il les choisissait parmi ceux qui passaient une visite en cabine POLYMYCIN. Ça ne tenait pas debout. Ça s'effondrait avant même de lever la queue. Les cabines POLYMYCIN servaient au dépistage automatique des maladies, point à la ligne.

Une cabine POLYMYCIN ne pouvait pas détecter ce qui se trouvait dans les méninges d'un ausculté. Point à la ligne.

Est-ce que Steranko était passé en cabine avant de se retrouver sur la liste de l'effacement? Je n'en savais rien. Il ne me l'avait pas dit. Je ne lui avais pas demandé. Je m'en foutais. Je m'en fous toujours. Et de toute façon, même si je ne m'en foutais plus, une simple supposition, je ne pourrais pas le savoir, point à ligne.

Mon *pou* me démangeait toujours. Il ne se décidait pas à se barrer. Si, je pouvais peut-être le savoir. En allant le demander à Mirosliv Ervan, chef de service à la direction statistique de la Santé. Mais quelle que fût la réponse, au cas où j'en obtiendrais une, qu'est-ce que ça prouverait? Rien. Mirosliv n'était pas fiable. C'était un asso mineur, un dingue du soupçon social.

Les cabines POLYMYCIN permettaient le diagnostic précoce des maladies. C'était le fer de lance de...

Et merde! Je me suis gratté la poitrine, et je suis descendu vers l'estomac. Comme tout le monde, j'étais passé plusieurs fois en cabine POLYMYCIN. On y reste un quart d'heure, on subit une écoscopie, une thermoscopie, des numérations sanguines et cellulaires... Il n'y a rien d'anormal là-dedans. J'étais passé plusieurs fois en cabine. Je n'avais rien remarqué. Mon ventre s'est mis à me démanger d'une façon paranoïaque. Quelqu'un d'autre était passé en cabine il n'y avait pas longtemps. C'était hier. Ou avant-hier? Mon ventre était en feu. J'ai regardé, j'ai vu qu'à force de me gratter j'avais déclenché des allergies. Mon ventre était tout rouge.

Je me suis levé, j'ai composé le code de Jos. Ça a sonné longtemps avant qu'elle réponde. Elle devait dormir. Il était plus d'une heure du mat, et l'araignée tic-tac me cognait sur le crâne, à l'intérieur. Je ne pouvais pas lui dire de cesser. Elle m'aurait envoyé chier.

Jos a enfin répondu. J'ai vu à sa figure que je l'avais réveillée. Elle a grogné :

– Oh merde!... C'est toi? Qu'est-ce qu'il y a? Je dormais...

Jos est rarement grossière. Je l'avais réveillée. J'étais tapé, de l'avoir réveillée pour rien. Je ne savais plus quoi lui dire. Elle avait l'œil en berne et le cheveu balai. Elle était belle quand même. J'ai essayé de lui raconter un charre à propos des cabines. Qu'il y avait eu des accidents. Est-ce que pour elle ça s'était bien passé? A travers l'écran, ses yeux m'ont regardé comme si j'étais un échappé des cuves.

– Quels accidents? Qu'est-ce que tu veux dire? Bien sûr, ça s'est bien passé. Pourquoi tu me demandes ça maintenant?...

Je lui ai dit... Je ne sais pas ce que je lui ai dit. J'ai sans doute essayé de lui faire préciser ce qu'on lui avait fait, parce qu'elle m'a répondu :

– Mais comme d'habitude. Ecographie et... le reste. La prise de sang, le... Ecoute, j'ai sommeil. S'il te plaît!

– Tu n'as pas eu d'examen spécial? Ou des questions qui... enfin, je ne sais pas.

– Des questions? Depuis quand une cabine pose des questions? Et je n'ai pas eu d'examen spécial. Je sais à quoi tu penses... Mon vieux truc. Mais c'est guéri depuis quatre ans, tu le sais bien. La cabine m'a dit que j'allais bien. Elle ne m'a pas envoyée chez un spécialiste, si tu veux savoir. Mais au nom du ciel, pourquoi tu me demandes tout ça à cette heure!

J'ai encore bredouillé quelque chose, je lui ai dit que je m'excusais, et je lui ai souhaité bonne nuit. Elle a souri, et l'écran s'est rempli de brouillard.

Je suis retourné me coucher. Sale connard de Mac Steranko. A cause de lui j'avais réveillé Jos pour rien, pour rien, pour des conneries.

Une dix-mégatonnes a explosé à côté des CENT ROSES, tout le château de cartes a vibré pendant dix minutes. Ou alors c'était juste le tonnerre. Ou alors le sang qui me montait au cerveau. Des conneries, quoi.

La vie n'est faite que de conneries, le plus souvent.

Foutue journée.

16

– Faut d'abord que tu le chopes, m'a dit Gourilevicz. Mais pas avec un magnétiseur ou rien... Non : faut que tu le chopes avec tes mains. Comme ça !

Il a eu un geste d'étrangleur et a ri grassement – comme on dit peut-être dans les bouquins.

– T'es sur une surface de mille mètres carrés. En gros cinquante mètres en profondeur sur vingt de large. Un paysage, tu vois : avec de l'herbe, des rochers, quelques arbres plastoc. On le lâche devant toi, par une trappe dans le mur. C'est à ce moment-là que tu dois l'attraper. Faut courir, tovarich !

Il a encore ri. Ce n'était pas tant son rire qui me gênait, que les postillons sur la gueule. Mais j'ai fait bonne figure. Alec Gourilevicz mesure deux mètres et pèse cent trente kilos. C'est du moins l'impression qu'il donne, et elle ne doit pas être loin de la vérité. Il ressemble à Rondo Hatton, un acteur américain qui a fait quelques métrages dans les années 40. La pub le présentait comme la seule star pouvant jouer les monstres sans maquillage. Il a tourné des trucs comme *House of Horrors* ou *The Brute Man,* des productions Universal qui n'ont pas fait date dans l'histoire de la peinture à l'huile.

– Alors j'ai couru ! a continué Gourilevicz dès qu'il a eu fini de m'arroser. Et j'ai fini par l'avoir, en plaqué, après m'être payé deux pelles... Mais c'est fou ce que ça peut gigoter, ces bestiaux ! Alors bon, je le prends de la main gauche par les oreilles... ça a des oreilles sacrément longues... et du tranchant de la main droite, je lui balance un shuto sur les vertèbres cervicales. Radical ! Le plus choucard, c'est qu'on appelle ça le coup du lapin. Le coup du lapin !...

Je me suis courbé sous l'averse. Après, Gourilevicz a dû se sentir à sec, parce qu'il s'est interrompu un moment pour faire le plein. A l'autobar du Stand, les distributeurs de boissons ont la forme de meufs étendues sur le dos, les pattes en l'air. On peut se servir dans un gobelet, ou alors faire directement minette. Mais il y a longtemps que ce genre de stimulation nous laisse de glace. Même Gourilevicz s'est servi dans un gobelet – un truc pétillant et alcoolisé qu'il a sifflé d'une traite.

Et c'est reparti.

– Tu vois, une fois que tu lui as fait craquer les vertèbres, tu le suspends tout de suite la tête en bas, en l'attachant à une branche par les pattes de derrière. Et avec un petit couteau pointu, tu lui enlèves un œil. Le sang pisse par là, jusqu'à ce que l'animal soit vidé. Bien sûr tu peux tout laisser pisser par terre, mais tu peux aussi récupérer le sang dans une cuvette. Après, tu le détaches et tu lui enlèves la peau. Alors ça, je peux te dire, c'est pas de la flanelle!... Y' a toujours des endroits où cette saloperie veut pas se décoller. Enfin bref, j'y arrive. Après, tu dois lui ouvrir le ventre pour enlever ce qui se bouffe pas : la rate, les boyaux où y' a plein de merde, tout ça... Là, pas de probloc! Et après, les mecs, après...

Gourilevicz s'est tapé sur la panse. On aurait dit King Kong s'apprêtant à dévorer Fay Wray. Il était passé du singulier au pluriel parce que sa faconde avait attiré plusieurs autres furets qui s'étaient collés à nous. On formait une sacrée chouette bande de bons copains.

Gourilevicz a sifflé un autre gobelet de champagne kurde et a écarté les bras comme une diva.

– Après, tu te prépares ta bestiole comme tu veux. Un lapin, si t'as la main, tu peux faire des sauces... Moi, je l'ai juste fait rôtir en barbecue. Mais c'est comme ça, hein! C'est *comme ça!*

Il a fait claquer ses doigts épais comme des jambons. Tab Muraccioli, qui avait pointé son grand nez avec retard, a froncé ses sourcils épais et noirs.

– Mais de quoi y cause, le gros tas? Quelqu'un peut me mettre dedans? De quoi tu causes, gros?

Le gros lui a envoyé dans l'estomac un poing lourd comme une presse à blindage, que Muraccioli a évité avec une grâce de danseuse.

– C'est un nouveau truc, Ducon! C'est ouvert depuis une quinzaine. Ça s'appelle le club Nemrod. C'est une Fondation RICARD. Le club Nemrod, ça dit sur ses pubs : « *Chassez, tuez, apprêtez et mangez vous-même votre animal favori.* » Pas besoin de faire un dessin, hein! Tu choisis ta bestiole – une vraie, pas un simu! – et on te lâche avec elle dans un enclos. A toi de te démerder à mains nues et avec tes guibolles. C'est le panard de cuivre rouge, c'est moi qui vous le dis!

– Mais y' a quoi, comme bestioles? a fait Ann Belek. Pas de la grosse? Pas des... des loups, ou des ours?

– Ah ben dis! Faut pas te toucher, ma chatte! T'as du lapin, du rat, des taupes, des castors, des clebs, des bêtes comme ça, tu vois... Le plus gros, c'est un cochon. Mais un cochon, autant te dire, j'ai pas demandé le prix! Rien qu'un lapin, ma chatte, c'est déjà un mois de salaire qui y passe!

Il y est allé encore un coup de son rire à écorner les montagnes et à arroser un désert de taille moyenne. Ça lui a redonné soif et il a pris un nouveau gobelet de champagne. Cette scène charmante de franche camaraderie et de grosse rigolade se passait au Stand d'entraînement de la corporation. Je ne me sentais pas particulièrement rouillé, mais j'avais décidé d'aller faire quelques cartons. C'était une idée qui m'était venue à mon réveil. Et je m'étais réveillé tôt.

Le Stand se trouve quelque part dans le périmètre des R.I., dans un petit bloc conique réservé aux furets, qu'on appelle le trou. Et on n'y tire pas sur des cartons, bien sûr, mais sur des simus tridi électroniques. On peut s'exercer à armes réelles – chaque furet retrouve au Stand les outils dont il se sert habituellement – ou alors avec des moniteurs intégrés qui permettent de calculer vos points au dix millième près. Mais qu'est-ce que ça peut foutre, le dix millième près? Un gibier, on l'efface ou on le rate, c'est tout. Moi, je m'exerce toujours à armes réelles.

J'avais fait le tour – le Magnum 44, le Colt 45, le Nachita, le gros Howitzer à guidage câblé, la Kalachnikov, la Winchester 93, l'Armalite Ar 20, et quelques autres trucs. J'étais arrivé à un total de 94, 6. C'était correct. Je ne suis pas le meilleur pour tout, mais l'un dans l'autre... Et puis qu'est-ce que ça peut foutre?

J'étais allé au bar, et Gourilevicz m'était tombé dessus. Chaque fois qu'on se trouve ensemble au Stand ou dans un autre endroit du trou, Gourilevicz me tombe dessus. Comme il est gros, je m'écrase. Je dois lui être sympathique, probable. Je me demande bien pourquoi. Je ne fais rien pour. Ni avec lui, ni avec personne. Mais c'est comme ça.

Quand je me suis tiré du bar, Gourilevicz m'a collé. Il m'a dit qu'il regagnait aussi son gourbi, où l'attendait un beau petit cul. Gourilevicz aime les beaux petits culs de petits garçons. Il ne doit pas leur faire du bien. On est descendus jusqu'à la station privée du Jaune, qui se trouve dans les sous-sols du trou. Pour une fois, ça ne me dérangeait pas de copiner. Même, ça m'arrangeait. Je n'aurais pas eu besoin du troisième degré pour me faire avouer que je n'étais pas venu au Stand spécialement pour tirer, mais plutôt pour humer l'atmosphère.

Je brassais encore. Ça me résinait les neurones, cette histoire. J'avais envie de tout envoyer chier, et pourtant il fallait que je creuse.

En attendant la rame, Gourilevicz a sorti d'un distributeur un sandwich aux algues. Il en a fait deux bouchées. Entre la première et la deuxième, il m'a demandé si ça ne me dirait pas de l'accompagner un de ces quatre au club Nemrod. Je lui ai fait mon sourire 234 bis pendant qu'il faisait un sort aux algues en engloutissant sa deuxième bouchée, et j'ai attaqué mine de rien sur Mac Steranko.

Parler boulot entre furets n'est pas spécialement ce qu'on appelle dans les bouquins un sujet tabou. Mais en règle générale, on la ferme. Pour une fois, je pouvais bien enculer le général. Gourilevicz m'a écouté en comprimant ses petits yeux bleu layette entre les saucisses pur cochon d'Inde qui lui servent de paupières. Je lui ai couché une version expurgée du drame, sans préciser que Steranko m'avait proposé de manger à son râtelier, et bien sûr sans nommer Murosliv Ervan, qui était devenu une « source inconnue » jaillissant en plein désert de Gobi. Et j'ai terminé par un envoi du genre :

– Qu'est-ce que tu en dis, de ces embrouilles, toi? Tu as rien entendu traîner, de ton côté, sur les cabines, ou sur un nouveau bruit de truquage?

Gourilevicz m'a regardé de haut. Ça ne lui était pas difficile. J'ai remarqué que pour une fois il ne se marrait pas. Sa ressemblance avec Rondo Hatton en était drôlement accentuée.

– Tu veux que je te dise, ce que j'en dis? J'en dis rien, voilà ce que j'en dis. Moi, je fais mon boulot, j'écoute pas les fouinards. Les fouinards du genre Mac Steranko. Tu vois comment ils finissent, les fouinards? Attention! Ne me fais pas dire ce que j'ai pas dit... Que Steranko ait été tiré pour l'effaçage, ça veut rien dire. Je dis seulement qu'il y a une justice, voilà tout. Mais supposons que Steranko soit pas sorti d'*Atropos,* supposons... Tu veux que je te dise? S'il avait continué à fouiner et à répandre sa merde, ça aurait pas fait un pet qu'il lui serait arrivé un accident... qu'il ait rencontré du plomb, quoi. Comme Jack Fueron. T'as pas connu Jack Fueron? Il était de la corporation. Mais il avait des idées... Il a si bien foutu sa merde qu'un jour il s'est trouvé éjecté. Pas seulement de la corporation, mais de ce monde, si tu vois ce que je veux dire...

Gourilevicz a fait tourner sa langue sur ses lèvres. C'était peut-être qu'il cherchait ses mots, ou alors il avait encore faim. Dans le tunnel carrelé de jaune, un grondement montait, une rame qui s'amenait. Mais Gourilevicz n'avait pas fini, pas encore.

– On a un bon boulot, tu sais. Peinard, une paye correcte, sans compter la défonce si t'aimes ça. Alors le boulot, on le fait et c'est marre. Ecoute les conseils d'un vieux de la vieille... Fais ton boulot, et pense pas trop. Tiens! voilà mon carrosse. Je monte. Le beau petit cul, tu sais... A la revoyure, tovarich!

Le Jaune a embarqué Gourilevicz et a pistonné le tunnel. La prochaine rame serait pour moi. J'étais debout près de la paroi jaune de la station. J'étais en face d'une rampe lumineuse, et les carreaux étaient tellement bien briqués que je voyais ma gueule s'y refléter, démultipliée, comme un fantôme dans l'œil d'un ivrogne. Mais autant que je pouvais m'en rendre compte, j'avais la même que d'habitude, de gueule.

Qu'est-ce qu'il m'avait déballé, Gourilevicz? *On a un bon boulot, une bonne paye, on est là pour bosser et pas pour penser.* C'est marrant, un autre type avait dit les mêmes mots, il n'y avait pas vingt-quatre heures. Un type que je connais bien. Moi.

Je suis monté dans ma rame. Il fallait que je me retrouve peinard chez moi pour me décrasser le karma. Et il y avait une autre chose qu'il allait que je fasse dare-dare.

Contacter Mirosliv Ervan.

17

Mon boulot demande un certain nombre de facteurs psychiques. L'un d'eux est le manque d'imagination. Pourtant, je n'avais pu m'empêcher de fabriquer une image de Mirosliv Ervan. Je l'aurais bien vu en jeune excité au crâne rasé et au teint bilieux. Ou quelque chose comme ça.

Le type que j'avais devant moi ne correspondait pas du tout à cette image. C'était un homme de quarante-cinq - cinquante ans, long et mince, plus grand que moi, avec des cheveux blond cendré, des yeux bleu pâle, des grandes dents régulières, un menton qui avançait. Le total semblait naturel. La seule chose qui ne l'était pas, naturelle, était sa main gauche, une main bionique Unilever avec les exotendons plaqués sur la peau sans poil, qui passaient sous la chair au niveau des articulations.

Mirosliv Ervan était calme, il avait toujours l'air de chercher longtemps ses phrases. Il me faisait penser à Max von Sydow, un acteur suédois qui avait fait une bonne partie de sa carrière dans son pays enneigé, avec un réalisateur chieur dont j'ai oublié le nom, avant de passer à Hollywood à l'époque où Hollywood n'était déjà plus Hollywood, et de finir à Cinecitta, comme beaucoup, et en pire. Cette ressemblance ne me le rendait pas particulièrement sympathique, car je n'aime pas particulièrement Max von Sydow.

Maintenant, j'attendais qu'il crache, en bouffant avec précaution ma purée de krill que je faisais passer avec un blanc d'Alsace moyen.

J'avais sonné Mirosliv Ervan au ministère quelques minutes après être rentré chez moi. Je l'avais eu sans problème. Je lui avais dit qui j'étais, et que je voulais lui parler d'urgence. Dans un premier temps il n'avait pas eu l'air de comprendre, alors je lui avais dit que c'était en rapport avec Mac Steranko, qui entre parenthèses et entre-temps était mort par effaçage. Je lui précisais ce détail au cas où il l'ignorerait.

Ervan l'ignorait, mais je n'ai pas vu l'expression neutre de son visage changer notablement. Il a laissé passer quelques secondes et m'a dit que son travail prenait fin à 17 heures, il m'appellerait si je voulais bien lui communiquer mon code.

Tout baignait entre nous, car je voulais bien. Il a appelé, pour me dire qu'il était préférable de ne pas échanger ce genre de conversation depuis son bureau, où sa ligne était probablement surveillée. Il ne voulait pas non plus venir chez moi. Ça recommençait à sentir le complot de bédé. Nous nous sommes finalement mis d'accord pour un Temps Libre éloigné aussi bien des CENT ROSES que du Ministère Pop. Le rendez-vous était à 18 heures, et j'ai eu juste le temps de prendre un Jaune qui, dans son parcours de surface, traversait un sombre paysage de décombres industriels squatterisés par des pauvres encore plus pauvres que les pauvres ordinaires, qui obscurcissaient le ciel d'octobre par une multichiée de feux. Je me suis demandé s'ils brûlaient de la brique, ou s'ils se faisaient cuire entre eux pour bouffer. Assis en face de moi, deux miliciens en combi jaune chiasse avaient étalé leurs bottes boueuses autour de mes jambes. Ils puaient et communiquaient par ondes courtes, sans avoir enlevé leur casque terne où les lettres M U, peintes en noir, évoquaient un continent disparu.

Le Temps Libre APOLLON était coincé entre de gigantesques unités de production pas du tout décombrées, qui produisaient je ne sais quoi avec énormément de bruit et de fumée. APOLLON avait été construit pour ressembler à un temple grec, ou romain, ou égyptien, ce qui prouve bien qu'il ressemblait à n'importe quoi. Il était entouré de quelques parterres d'herbe où une horde de loquedus, parmi lesquels des abos et même un couple de kras, grouillaient en attendant l'hiver, ou alors le printemps.

L'intérieur de l'APOLLON était à peu près correctement insonorisé. On ne se croyait plus à bord d'un bombardier orbital en mauvais état, seulement d'un T-92 sur le chemin de la victoire. J'ai fait demander monsieur Ervan par le circuit contact, et comme monsieur Ervan était effectivement arrivé avant moi, il m'a fait répondre par le même circuit qu'il m'attendait au salon Parménide. J'ai atteint l'endroit en suivant des flèches roses qui se déplaçaient devant moi sur les murs marron. Mirosliv m'attendait à une table et s'est levé à mon arrivée. Il a même fait le geste de me tendre la main, mais il l'a ravalé, son geste, pas sa main, en constatant que je ne répondais pas. Nous sommes restés plus ou moins silencieux le temps qu'on commande un cass' et qu'on en mange avec difficulté la plus grande partie. Les restaurants des Temps Libres voudraient bien avoir la classe des restaurants des quartiers riches, mais c'est un combat gastronomique perdu d'avance, même s'ils emploient une foutritude de serveuses et de serveurs dont la seule utilité est de faire baisser le pourcentage des chômeurs dans les statistiques.

– Vous vouliez me parler de Mac Steranko, je crois? a commencé Ervan en découpant son dessert (un melon d'eau à pâleur hydroponique) avec toute la précision de sa main bionique.

Je lui ai raconté la vérité non expurgée, qu'il a calmement écoutée en mâchant la pulpe corail du melon avec ses grandes dents.

– J'ai eu raison de ménager cette rencontre hors des yeux et des oreilles indiscrètes, a murmuré Ervan après sa pause réflexion. Mais puis-je vous demander ce que vous me voulez exactement?

Ce que je lui voulais? Si je l'avais su moi-même, j'aurais été foutrement content. Mais je ne le savais pas, et c'était cette ignorance qui me iodait les glandes.

– Ervan, arrêtez de jouer les chochottes. Un pote à vous vient me dire que vous avez découvert un truquage sur *Atropos*... Et précisément il se trouve sur la liste du jour. Et précisément c'est moi qui dois faire le boulot. Et précisément, ce pote à vous était autrefois un collègue de boulot à moi. Ça fait beaucoup, pour un homme aussi épris que moi de sa tranquillité... Vous croyez pas que vous devriez m'en dire un peu plus? Juste pour que je me fasse une idée avant de...

Miroslív Ervan a souri du bout des dents.

– Avant de quoi?...

– Attention, Ervan! Ne me faites pas dire ce que je

n'ai pas dit. Je ne suis pas un flic. Je suis un Contrôleur de Population. Et je n'ai pas non plus l'âme d'un blaze. Vos histoires, je m'en tape. Je ne veux pas qu'elles m'éclaboussent, c'est tout. Si je veux en savoir plus, c'est pour me garer les miches. Juste avant de tout oublier. D'accord?

– Très bien, a fait Ervan en rassemblant les pépins de son melon dans un coin de son assiette, du bout de son couteau. Alors laissez-moi rectifier quelques-unes de vos affirmations hâtives... Mac Steranko n'était pas... un pote. C'est quelqu'un que j'ai connu en difficulté, quand il a été renvoyé du Contrôle, et que j'ai essayé d'aider, sans toujours y réussir... J'ai sans doute eu le tort de lui faire part de mes soupçons. Et lui a eu le tort de vous en parler. Quant à *Atropos*, je ne prétends pas... (Il a eu un mouvement d'épaule) pas *encore* qu'il y a truquage. J'ai simplement découvert tout à fait par hasard, au cours d'un transfert technique, que les fiches d'une partie des consultants en cabines POLYMYCIN étaient versées à *Atropos*. Mais d'une part la dérivation est codée, et bien sûr je ne possède pas le code. Je ne sais donc pas qui fait l'objet de ce transfert illicite. D'autre part je n'ai pas accès, vous vous en doutez bien, à *Atropos*. Je ne peux donc pas savoir ce qu'elle fait des données soustraites à mon MULTIVAC... ni si elle en fait véritablement quelque chose. Vous pensez bien que le tirage quotidien est toujours surveillé par une commission dont les membres... Mais vous savez tout ça. Vous voyez, il n'y a pas grand-chose, en fait. Qu'est-ce que je pourrais vous apprendre de plus?

– Ho! mais des tas de choses, Ervan. Vous avez quand même bien une idée des renseignements transmis par les cabines à votre MULTIVAC? Et puis...

A cet instant une nuée de serveurs, au moins deux ou trois, je n'ai pas compté, est venu bourdonner autour de notre table pour nous demander si on ne voulait pas un alcool, ou des cigares, ou des euphos, des oniros, des aphros, ou alors passer dans une salle qui... Ils faisaient du bruit, ils étaient vêtus de jupettes grecques ou égyptiennes, et ils ne portaient rien dessous, à part ce que la nature leur avait donné. D'après ce que j'en voyais, ils avaient été gâtés, ou alors c'étaient encore des prothèses bioniques. Je les ai envoyés chier, et ils y sont allés.

– Et puis vous n'allez pas prétendre que vous vous sentez blanc comme poudre... Parce que, sinon, pourquoi ce rendez-vous en Suisse? Et si vous me parliez de la possibilité de shunter un *pou*?

– Ha? il vous a dit ça aussi... C'est vrai, on peut annuler le biofeedback de quelqu'un, si on a accès à sa fiche. Il suffit d'effacer son code. Mac Steranko était très nerveux... à la limite de la paranoïa. Il se croyait surveillé, filé. Il m'a demandé de le faire. Je l'ai fait. Mais vous savez... la société policière, c'est plus un mythe qu'une réalité. Il n'existe nulle part une carte Pop où soixante-dix millions de citoyens seraient tracés en permanence. C'est une sûreté, rien d'autre. Mais on rencontre toujours des gens, principalement parmi les asos, qui ont le stress du *pou*. Vous savez qu'il y en a qui se font charcuter, ou se charcutent eux-mêmes, pour l'exciser? La plupart en meurent, inutile de le préciser... Pour ce qui est de ma situation, elle est telle que je vous l'ai annoncée : ma ligne au ministère est sous surveillance. Comme tout le monde, rien de plus, rien de moins... Je préférais vous rencontrer dans un lieu neutre. Sans faire de paranoïa, un fonctionnaire Pop est enserré dans un carcan de règles de prudence et de réserve. Mieux vaut ne pas en dire trop, n'est-ce pas? La société où nous vivons est fragile. L'équilibre ressources-population est fragile. D'où la primauté des statistiques. Nous sommes des pions indispensables, mais comme on dit, un pion peut en chasser un autre...

– Il peut être chassé de la manière Steranko? C'est ça, le fond de votre pensée?

– Mais non... mais non. L'affaire Steranko, c'est un

hasard, je vous assure. Ça peut tomber sur n'importe qui, n'est-ce pas? Sur moi, sur...

Il s'est rendu compte à temps qu'il allait dire une bêtise. J'ai enchaîné :

– Mais les cabines?

– Les cabines ne recueillent et ne transmettent que des données strictement médicales, vous le savez bien. Ce ne sont pas des machines à lire dans les pensées. Les cabines sont là pour faire le tri entre la population en état de santé, et les malades à risque létal. Si une cabine détecte chez un sujet une maladie grave, le diagnostic est banquisé chez moi, et le malade est dirigé vers un hôpital ou un spécialiste...

– Une minute! Savez-vous si Steranko est passé en cabine, avant d'être tiré pour l'effaçage?

Un silence. Et puis il a lâché :

– Il y est passé, en effet. Il me l'avait dit. Mais ça ne prouve rien, je vous le répète : Je ne peux pas faire de statistiques à partir de données qui ne me sont pas accessibles. J'ai bien ma petite idée, mais...

– Mais quoi?

Mirosliv Ervan a laissé ses yeux bleu pâle glisser à travers la salle qui se remplissait de fonctionnaires ou d'assistés venus terminer leur journée de boulot ou de glandage devant une assiette de pseudo-spécialité grecque ou égyptienne. Il y avait de tout, dans l'assistance. Des femmes plutôt belles et des femmes plutôt moches, des vigiles, des flics ou des miliciens qui n'avaient pas quitté leur combi, des ouvriers qui n'avaient pas quitté leur pneuma ni leur gueule fatiguée, des solitaires mornes et des groupes bruyants, des dragueurs et des dragueuses tarifés ou pas, des miards avec leurs parents, de la densité humaine suante et soufflante, des visages, des visages, des visages...

– L'équilibre de la société est fragile. Mais c'est quand même un équilibre. Il y a des pénuries, une division de classes qui est presque arrivée au point d'être une division en castes étanches – mais l'équilibre demeure, avec le minimum de troubles. Pourquoi?

Parce que la politique du gouvernement est dirigée tout entière sur la sécurité et la santé. On a éliminé ou presque la violence urbaine...

– Vous n'avez jamais mis les pieds dans la nécrozone, monsieur Ervan!

Le statisticien a eu son petit sourire ironique et a laissé passer quelques secondes, pas démonté.

– Je ne fais que vous résumer les points forts de l'action gouvernementale – ou sa propagande, comme vous voudrez. Je disais donc qu'on a éliminé la plus grande partie de la violence urbaine, les sources de pollution sont régulées, la prévention est le fer de lance de l'action médicale. La population se sent rassurée. Chacun se dit : je risque beaucoup moins de contracter une maladie grave que mes parents. Je ne risque pas de me faire assassiner à chaque coin de rue. Je fais mon travail dans des conditions sanitaires satisfaisantes. Pourquoi me poser des questions? Pourquoi bouger? Reste le Contrôle... Mais c'est passé dans les mœurs. C'est un arrêt du destin. Immuable... Immuable, vraiment? Combien de personnes sont effacées, chaque année, à votre avis?

– 400 000?

– Cette année, le chiffre se situera autour de 567 000.

Je crois avoir lâché un petit sifflement très bogartien.

– Ça grimpe, on dirait...

– Comme vous dites, ça grimpe. Et ça a grimpé en même temps que les cabines POLYMYCIN ont été mises en service sur tout le territoire.

J'avais l'impression que Mirosliv Ervan voulait me faire dire quelque chose, ou comprendre quelque chose, mais je n'arrivais pas à trouver quoi. Mon petit cerveau de furet était incapable de nouer les liens qu'il aurait fallu que je noue. J'étais dans le noir. Je n'arrivais pas à en sortir. Il y avait cette donnée : *Atropos* truquait le tirage à partir des cabines POLYMYCIN. Mais ce n'était même pas du béton. C'était de la dentelle, on y voyait à travers, tous les discours de ce bavasseux d'Ervan n'avaient pas réussi à accoucher d'un fait concret. Je n'aurais jamais dû le rencontrer. Je n'aurais jamais dû chercher à démêler cette pelote qui m'était tombée sur le râble. Je n'étais pas fait pour. Je suis fait pour mon boulot, et rideau.

Maintenant il se levait, Ervan, il m'envoyait son petit sourire à attraper les mouches, il me laissait dans la toile...

– Si je peux me permettre de vous donner un conseil, c'est d'ouvrir les yeux, dans votre... heu... travail. L'observation directe vaut parfois toutes les statistiques. Regardez *qui* vous effacez. Et, à l'occasion, nous pourrons en reparler, qui sait? Je m'en vais, maintenant.

Sa grande silhouette en blouson démodé s'est glissée dans la foule. Il était parti. Bon vent, connard. Et que je n'entende plus jamais parler de toi. Je restais assis, je ne me décidais pas à me lever. J'étais en sueur. J'avais mis mon costume crème à la vanille avec mon panam, une chemise à rayures et une cravate saumon. A gerber. A se gerber dessus cinquante kilos de purée de krill. J'ai passé la main sous mon costard, j'ai tâté mon aisselle. Elle était gluante. Même à travers le polyamide, je sentais rouler la petite bille du *pou*. Est-ce qu'il n'allait pas se remettre à me démanger? Le stress du *pou*. Crevure de Mirosliv Ervan. Lui et ses grandes phrases, son calme onctueux, ses théories à la lèche-moi-le-cul. *Regardez qui vous effacez.* Justement, on regarde pas, connard. On regarde pas, on efface. On efface, et on réfléchit pas. Il n'y a que les miroirs qui réfléchissent. Encore une phrase à bouquin.

Je me suis levé, je me suis tiré. Pendant que je traversais le hall d'entrée, quelqu'un d'autre a tiré, *stonc-stonc*. J'ai vu une femme partir à la renverse à dix mètres de moi en aspergeant ses voisins. Appuyé à une colonne, un type en noir m'a fait un signe de la main. Je ne savais pas son nom. La ressemblance : James Coburn, *Our Man Flint*. Je ne lui ai pas rendu son salut. La porte m'a craché, j'ai marché vers l'entrée de la station du Jaune. Un des kras a voulu me toucher, je l'ai évité en courant pendant une vingtaine de mètres. Les rires ne m'ont fait ni chaud ni froid. Quand je me suis retourné, un peu avant de descendre dans la station, j'ai vu que le furet en noir était sorti lui aussi du temple grec ou égyptien. Il était tourné vers moi. Il semblait me suivre des yeux. Ou alors c'était juste une idée que je me faisais. Le soir venait, la lumière était mauvaise, les nuages grouillaient. Un Titan LOOCKED les frôlait en silence. Des casques de géants, tout noirs et percés de hublots, pendaient sous son ventre argenté. Des dômes pour les cités sous-marines. Pendant que le Jaune me propulsait, j'essayais de me concentrer sur la pointe des seins gigantesques de la fille café-au-lait qui était assise en face de moi. Je n'y arrivais pas. Je pensais à Mirosliv Ervan, *réfléchissez, regardez*, je pensais à Jos qui avait subi une visite en cabine, je pensais au furet qui était sorti du Temps Libre pour me suivre des yeux. Il n'y avait aucun lien logique entre tout ça. Le seul lien logique, c'était moi.

De chez moi, j'ai appelé Jos pour savoir si elle allait bien. Elle allait bien. Je lui ai fixé un rendez-vous ferme pour le zoo, elle a dit oui oui, chouette, tu es un amour. *Oui oui chouette tu es un amour.*

Après je me suis enfilé quatre toiles.

Ça a porté quasiment au petit matin, l'araignée tic-tac en était folle.

J'étais crevé, mais en m'endormant je voyais encore James Coburn qui me regardait.

18

Dimanche est arrivé en douce, sur les onze coups de 11 heures que l'araignée tic-tac m'a frappés sur l'occiput, comme je le lui avais demandé avant de m'endormir. Mais ce n'étaient pas des coups *bing bong bong*, des coups boulot, c'étaient des coups *gratt gratt gratt*, des coups de plume, des coups de pattes d'araignée avec leurs longs poils noirs comme des plumes de corbeau, des coups du dimanche.

Je me suis levé en fredonnant *Singing in the rain* et je me suis mis en forme au mieux, extérieur et intérieur. C'était dimanche. Je voulais oublier la merde montante des jours précédents. C'était dimanche, et j'emmenais Jos au zoo. Une fois décrassé au-dedans comme au-dehors, j'ai regardé attentivement ma gueule dans le miroir à grossissement maxi. Hélas! elle était comme d'habitude, ma gueule. J'ai cherché comment je pouvais bien me saper pour faire plaisir à Jos, mais j'ai eu beau tourner la question dans ma petite cervelle, je n'ai pas trouvé. J'ai pensé un moment à l'appeler pour lui demander comment elle se sapait, elle, afin d'être en harmonie, mais je n'ai pas osé, ça aurait eu l'air con, Jos se serait marrée, elle m'aurait lancé une vanne, elle aurait dit des trucs. Alors j'ai simplement passé un jean 1960 et une chemise à rayures même époque, James Dean. J'ai ajouté des boots basses. Le sapeur des CENT ROSES est un as. Je me suis encore regardé dans le miroir, mais il a une fois encore obstinément refusé de me dire que j'étais la plus belle.

Alors je suis allé prendre Jos avec ma gueule de tous les jours. Elle m'a dit que j'étais bien mais que j'avais une tête fatiguée. Je l'ai crue sur parole. Elle a avancé la main, et son doigt, son index droit, est venu se poser sur mon front, un peu au-dessus du creux entre les sourcils.

Elle a dit :

– Ta ride, là. Elle est plus creusée que les autres jours...

J'ai souri sans répondre. Je sais bien que j'ai une ride à cet endroit-là, au point *In Do*, le troisième œil.

C'est le siège de l'âme, et c'est pour ça que les femmes hindoues l'ornent d'une tache de couleur. Si votre *In Do* est lisse et brillant, c'est que vous êtes fondamentalement en bonne santé. C'est ce qu'on dit. On dit aussi qu'au moment de la mort, le point réapparaît, comme une tache bien visible. C'est ce qu'on dit. Mais une balle à cet endroit-là fait un trou, bien visible aussi.

– On y va? a dit Jos. Moi, je suis prête...

Elle l'était : elle avait mis ce jour-là, pour être plus à l'aise, cotillon simple, rose pâle, et souliers plats, ce qui la faisait paraître vraiment petite à côté de moi. Mais ces foutues boots à la James Dean avaient des talonnettes mexicaines.

Comme j'étais prêt aussi, on y est allé. Le zoo était loin, mais pour éviter de prendre le Jaune j'ai appelé un aéro, qui s'est posé gracieusement dans les dix minutes sur la terrasse sud des CENT ROSES, qui possède sa zone d'envol. L'aéro était une llible automat. Nous avons pris place sous la coupole, juste au-dessus des gros yeux rubis, et lorsque nous nous sommes assis ensemble, nous avons senti fléchir sous notre poids les pattes d'acier articulées de l'animal volant. Jos a ri. Elle m'a dit que j'avais les moyens. Je lui ai répondu que j'étais peu dépensier. Elle m'a dit que c'était bien vrai, à part mes films. Après elle n'a plus rien dit, ou presque, et quand je la regardais je voyais ses yeux bleus bouger sans arrêt, se posant sur les constructions qui défilaient sous nous dans la transparence laiteuse de la brume de chaleur engluant la perspective.

Le zoo était une aire rectangulaire et plate. La llible s'est posée, son voco nous a demandé si nous avions fait bon voyage et nous a remerciés de ne pas avoir sali les coussins. Jos a ri, mais pas moi. J'ai glissé ma carte dans son suce-pognon, et j'ai bien cru entendre un *miam-miam* significatif. Après nous sommes entrés dans le zoo, où il faisait frais, où il y avait du vent, où l'air était embaumé de parfums de fleurs violents, de feuilles grasses et d'herbe rôtie.

Jos voulait voir tout de suite les éléphants, parce que ce sont ses animaux favoris, avec les escargots. Je ne lui ai pas demandé si elle plaisantait ou non, et nous sommes allés voir les éléphants, en nous laissant guider par le pulsar orange du traceur qu'on avait récupéré à l'entrée. Les éléphants se trouvaient dans une immense savane d'herbe jaune et craquante, plantée d'arbres en bosquets dont les troncs étaient le plus souvent pelés comme des bananes, c'étaient les éléphants qui bouffaient l'écorce, on les voyait faire, leur grande bouche molle ouverte sous leur trompe roulée en coquille d'escargot.

Il y avait plusieurs groupes d'éléphants qui roulaient dans la savane, des grands rochers gris et ridés qui se déplaçaient en ondulant, avec une souplesse et une grâce surprenantes pour des bêtes aussi grosses et aussi lourdes. Au bout d'un moment un éléphant s'est approché de nous, ce devait être une femelle car un petit l'accompagnait, presque soudé à son flanc granitique. Il n'avait pas encore de défenses et il essayait de téter en marchant, avec sa trompe dont l'extrémité était encore rose.

L'éléphante s'est arrêtée à quatre ou cinq mètres de nous, elle nous a regardés successivement avec son œil droit, puis avec son œil gauche, deux pierres brillantes entourées de longs cils féminins, elle a levé la trompe et a barri, comme si elle voulait nous saluer. Je sentais les doigts fins de Jos autour de mon poignet. Ensuite l'éléphante a fait demi-tour pour aller rejoindre son groupe, sa parentèle, qui se composait d'un grand mâle, de trois autres adultes plus petits, et de cinq jeunes de tailles diverses.

Jos a dit :

– Dans un livre indien que j'ai lu autrefois, l'auteur comparait la démarche d'une jeune fille avec celle d'un éléphant, pour faire bien sentir combien elle était gracieuse.

Elle a ri, et plusieurs autres visiteurs qui regardaient les éléphants avec nous ont fait écho à son rire. J'ai regardé derrière moi, nous étions une douzaine devant les éléphants. Il n'y avait aucun enfant, les enfants ne s'intéressent pas aux animaux, ou alors seulement aux hologrammes de dinosaures, dans leurs foutus jeux électroniques. Je ne connaissais personne. Il n'y avait pas de raison que je connaisse quelqu'un ici, dans ce zoo. Nous sommes restés encore un long moment devant les éléphants, nous avons assisté à un combat entre deux mâles, avec les défenses qui faisaient un bruit de bois mort en se heurtant, et à la naissance d'un petit. Deux autres femelles aidaient la parturiente en l'épaulant pendant que, vacillante et accroupie, elle mettait bas, et en projetant de l'air sur son crâne et ses oreilles avec leur trompe, pour la rafraîchir. Le petit était maigre et haut sur pattes, tout plissé comme un vieillard. Pendant tout l'accouchement, la main de Jos est restée crispée sur mes doigts, et je savais pourquoi.

Sur toute la savane pesait un ciel d'un bleu féroce. Il faisait très chaud et je transpirais. J'ai passé la main sous ma chemise à rayures, j'ai senti la petite bille du *pou* sous mon aisselle. L'odeur des éléphants était prenante, lourde, avec des bouffées aigres. Je commençais à en avoir assez, des éléphants. Et j'avais soif. L'araignée tic-tac m'a appris qu'il était 2 heures et des poussières, il était plus que temps d'aller casser une petite croûte. J'ai dit à Jos qu'on pouvait aller manger un truc, si elle voulait, et qu'après on irait voir les escargots.

Elle a ri, mais j'ai bien senti qu'elle aurait voulu rester encore dans le périmètre aux éléphants. Et, tandis que nous nous laissions emporter par la rampe mobile qui conduisait à la cafette, sa main est restée agrippée à la mienne.

Nous nous sommes assis dans un box et nous avons commandé des trucs. Avant de m'asseoir, j'ai jeté un regard dans la cafette, mais je n'ai pu reconnaître personne parmi les dîneurs, et personne que j'aurais pu repérer déjà quand nous étions chez les éléphants.

– Tu es nerveux? a demandé Jos en mâchant son soja en salade.

On pouvait bouffer à la cafette du zoo des prétendues spécialités des pays où vivaient les animaux. Jos avait pris un avocat, une salade de soja germé, de la purée de mangues, des beignets de bananes et un morceau de noix de coco. J'avais commandé comme elle, sauf les mangues, et avec du poisson en plus, de l'anguille. Je ne savais pas d'où provenaient toutes ces choses et je préférais garder mon ignorance bien au chaud sous ma casquette.

Nous avons terminé par un café Arabica passable et nous sommes repartis à l'aventure dans les couloirs du zoo. Jos voulait voir les crocodiles, et nous sommes allés voir les crocodiles. C'étaient des crocodiles marins, les plus gros de tous, ils peuvent atteindre huit mètres, et les plus dangereux de tous, les seuls qui attaquent l'homme, ou qui l'attaquaient. Ils étaient d'un vert presque noir et se prélassaient sur le sable, à demi cachés dans des roseaux. Ils m'ont fait penser aux vigiles des quartiers riches. Ils avaient comme eux des masques blindés et de grosses pattes courtes et griffues.

Il faisait chaud, là aussi, dans la resserre aux crocos. Je ne me sentais pas bien. Mais je résistais comme je pouvais, pour Jos. Je sentais des gens se presser dans mon dos, et je n'aimais pas ça, surtout que le périmètre réservé aux visiteurs était sombre, pour faire contraste avec l'intense luminosité de la côte méridionale des Philippines. J'ai dit à Jos :

– Partons...

Elle m'a dit :

– Attends : la mère crocodile va faire ses œufs, le traceur vient de l'annoncer.

Je n'avais même pas entendu. Mais j'ai regardé avec elle la mère croco pondre ses œufs, et les enterrer dans le sable, et rester là à les garder, chassant les varans et les chacals d'un seul claquement de ses mâchoires. Quand les petits crocodiles approchent du moment de l'éclosion, ils poussent des cris à l'intérieur de la coquille. Grâce à l'amplification, on entendait très bien les cris, et on a vu la mère déterrer les œufs, et aider ses petits à sortir des œufs, et les accompagner jusqu'à la mer, et les regarder d'un œil inquiet se faire rejeter sur le sable par les rouleaux, petites branches noirâtres miaulant sans bruit de toute leur gueule distendue aux dents de lait transparentes.

Quand nous sommes sortis de la resserre aux crocos, nous sentions l'iode et la vase. Nous sommes allés voir ensuite les loups courant en meutes d'une douzaine dans les steppes neigeuses, et Jos riait en voyant les louveteaux déraper sur la glace et se faire souffler dans le cou par leur mère. Nous sommes ressortis les lèvres gercées, mais nous avons retrouvé la chaleur dans la savane aux lions, qui ressemblait à celle des éléphants. Nous avons vu des hyènes tuer une antilope, puis être chassées par un groupe de lionnes qui ont laissé la place à un vieux mâle qui a mangé le meilleur, les viscères chauds, qui avaient une odeur écœurante, tandis que ses femelles attendaient...

Jos a ri et m'a lancé un coup de coude dans les côtes. Je me suis écarté pour esquiver, et en me tournant j'ai repéré un type debout à quelques pas derrière moi. Je dis repéré parce que je l'avais déjà remarqué à la cafette : ce n'était pas bien difficile, il avait les cheveux blancs et surtout une prothèse oculaire totale, un servochamp, qui lui faisait une sorte de visière d'acier en bas du front, avec juste une fente de quelques millimètres de hauteur au milieu, qui luisait dans la pénombre, rouge. Avec cet appareil, il était impossible de savoir dans quelle direction il regardait. Je me suis retourné plusieurs fois pour voir ce qu'il faisait. Je pensais aux six cents aiguilles de platine qui étaient plantées dans son cerveau, et je souhaitais que ça lui colle une migraine à le faire hurler la nuit.

– Tu veux qu'on s'en aille? Tu en as assez? m'a demandé Jos.

Je lui ai dit que oui, j'en avais assez de ces bouffeurs de charogne, mais qu'on pouvait aller voir d'autres bestioles, des araignées si elle voulait, et elle a poussé un grand rire de fausse terreur, oh non! pas les araignées.

Nous sommes passés devant le type au servochamp, mais il n'a pas fait un geste, ni bougé la tête, quand je l'ai frôlé exprès. En tout cas, il n'avait rien dans les mains, pas de micro directionnel ni d'œil télescopique. Mais je sais bien qu'il en existe de miniaturisés, avec orientation automatique, qui peuvent avoir l'apparence d'un grain de poussière métallique dans un pli de votre combi. La seule chose que j'ignorais jusqu'à présent, c'est qu'un furet équilibré pouvait devenir parano du jour au lendemain. Et je n'étais pas heureux de me rendre compte que ça m'arrivait à moi.

L'homme au servochamp n'était pas sous les arbres où nous avons regardé se balancer des paresseux.

– Si je ne me réincarne pas dans un éléphant, voilà dans quoi je voudrais me réincarner, a dit Jos.

Elle a ri, et une fille de son âge, avec une peau couleur bronze et des cheveux très rouges et très frisés, qui regardait les paresseux près de nous, a ri avec elle. C'était une belle nuche, avec de beaux seins retenus par un bustier métallique et de belles fesses moulées dans un sarong brillant. *Je crois que je m'entends mieux avec les femmes*, m'avait dit Jos il n'y avait pas si longtemps. Elle était sans doute prête à bien s'entendre avec cette pouffe homéoliftée des pieds à la tête.

– Tu sais comment s'appellent ces bestioles, de leur vrai nom? a dit la fille à Jos.

Jos a répondu qu'elle ne savait pas. La fille l'a pincée légèrement au bras. Jos a fait : « Aïe! » et la fille lui a dit :

– Elles s'appellent justement comme ça... et elle est partie en riant.

Jos souriait encore, en se frottant le bras, quand nous avons quitté le périmètre aux Aï. Je commençais à en avoir plus qu'assez du zoo. Le merdier était que Jos n'en avait pas encore assez. Et je lui avais promis, je la sortais. Haut les cœurs! Nous avons encore fait du couloir et nous sommes allés voir les ours, et encore du couloir et nous sommes allés voir les hippopotames. Sur la berge de la rivière aux hippos, le type au servochamp était là, accoudé à la rambarde. Il n'a pas jeté un regard vers nous, mais allez savoir, avec son bidule. Mon *pou* me démangeait. J'avais envie de l'arracher avec mes ongles. *La plupart du temps ils en crèvent*, avait dit Ervan. Les hippos ouvraient des bouches grandes comme des entrées de Jaune. Ils puaient la pourriture et le végétal en décomposition. Ou alors ce n'étaient pas eux, c'était seulement ce marigot aux eaux jaunes de boue, qui cuisait sous un soleil féroce. *On ne peut pas surveiller 60 millions de citoyens*, avait dit Ervan. Sûrement. Mais on pouvait quand même en tracer quelques-uns. Je pouvais être au nombre de ces quelques-uns. Je pouvais avoir été tracé dès ce matin, quand j'étais sorti de mon espapt, et on m'avait envoyé un flic au derche, qui enregistrait ce que je disais à Jos. Des fois que je lui refilerais en douce des petits secrets compromettants sur *Atropos*. Et si j'étais œillé et oreillé depuis toujours? Dans mon espapt? *Tu as pas connu Jack Fueron? Il avait des idées. Il a foutu sa merde. Et il a fini par être éjecté. Pas seulement de la corporation, mais de ce monde..*

Conneries... Je ne foutais pas la merde. Elle m'était juste tombée dessus à l'impro. Et je ne disais rien à Jos au sujet d'*Atropos*, rien de rien. Je ne lui avais jamais rien dit. Elle ne savait rien. Elle était hors du coup, totalement. Je n'avais pas de mouron à me faire pour elle. Elle ne risquait rien. Elle ne risquait rien.

– Connerie!

– Mais qu'est-ce que tu as? Après qui ou quoi tu en as?

– Rien... personne. Fatigué, c'est tout.

– Bon. On va voir les dauphins, et après on s'en va. Moi aussi j'en ai assez... Tout ce monde... tout ce monde!

Jos s'est absentée une minute, c'était la première fois que je la voyais s'en aller, aujourd'hui. Après elle a souri et nous sommes allés dans l'aquaplan aux dauphins. Le type au servochamp était invisible. Connerie. L'aquaplan aux dauphins était bourré de monde. J'avais des jambes dans les miennes, des coudes dans les couilles, des couilles dans les fesses. L'endroit était sombre, bleu. Il pouvait arriver n'importe quoi. Connerie. Ça sentait la mer, le varech, le sel, les grands fonds, et c'était étudié pour. Les dauphins attirent toujours beaucoup de popu. Mais ce n'est pas parce que ce sont des animaux qui ont une intelligence comparable à celle de l'homme (encore que ce ne soit pas flatteur pour les dauphins), ce n'est pas parce que ce sont des animaux vifs, gracieux, souriants, beaux comme des dieux aquatiques. C'est parce qu'on se sert d'eux pour les guerres et les missions d'espionnage, farcis de neuristors et de microprocesseurs, c'est parce que maintenant on les envoie sur Vénus, dans les cales des vaisseaux-mouroirs, avec 90% de perte, et que...

C'est pour ça que les gens se pressent dans l'aquaplan aux dauphins.

On y est restés vingt-quatre minutes, l'araignée tic-tac me mordait le cerveau avec ses chélicères d'iridium. Mais je n'ai pas vu l'homme au servochamp. Nous avons été les derniers à quitter l'aquaplan, je ne voulais pas voir en pleine lumière toutes ces têtes, toutes ces têtes, ces gueules, ces statistiques ambulantes. Jos m'a fixé. Elle m'a dit :

– Tu as tout à fait une sale bobine, maintenant. C'est encore à cause de ton travail, n'est-ce pas?

– *Tais-toi!*

J'ai hurlé. Ou peut-être que je n'ai pas hurlé. Peut-être que j'ai juste murmuré, ou alors mes lèvres sont restées bouclées et j'ai juste crié à l'intérieur de mon crâne. Je ne sais pas. Ça n'a pas d'importance. Ce que j'ai fait, c'est appliquer ma main, très fort, sur la bouche de Jos. Ses yeux bleus, tout près des miens, se sont agrandis de surprise. Elle n'a pas l'habitude que je la touche. Mais elle n'a pas cherché à reculer ni à se dégager. Elle est restée immobile, bien droite, et puis j'ai senti sa bouche s'ouvrir contre ma paume et ses incisives se refermer contre ma chair, et mordre ma chair, dans la partie tendre, entre le pouce et l'index. Elle m'a fait mal. Peu à peu sa bouche s'est desserrée, et j'ai retiré la main.

Nous étions seuls dans l'aquaplan, les dauphins rôdaient autour de nous, fouettant l'eau bleue de leur queue et de leurs nageoires. L'un d'eux est passé tout près de moi, j'ai vu son œil presque humain cligner, j'ai vu sa bouche à l'expression presque humaine s'ouvrir dans un ricanement ironique, du genre : *Tu as voulu faire ce boulot? Démerde-toi, maintenant...*

Le dauphin n'était qu'à deux ou trois mètres de moi quand sa forme a commencé à onduler, à se troubler, à se dissoudre. L'eau s'est éclaircie, s'est évaporée, l'aquaplan a repris en trois secondes sa réalité conne de cube aux parois d'acier, nettes et brillantes. L'odeur est restée un moment, et le bruit océanique, puis cela aussi a disparu, quand le dernier quartz du sensitron a cessé de vibrer dans sa gaine.

Nous n'avions plus rien à faire ici, nous sommes sortis du cube vide, nous sommes sortis du zoo.

La nuit était en train d'épaissir, mais haut dans le ciel le blanc d'œuf figé de quelques cumulus était encore illuminé, rose orangé dans le bain outremer. Un statoplane a décollé devant nous sur l'aire d'envol du zoo, dans le rugissement discordant et la fumée grasse de ses moteurs à gaz bio. Je n'ai vu nulle part l'homme au servochamp. L'horizon vers l'ouest était rose carminé, mais j'étais incapable de deviner s'il s'agissait du soleil couchant ou d'un incendie qui aurait transformé une R.I. en torchère cosmique. Il faisait frais et bon, un vent léger rasait la plaine et venait s'engouffrer sous la robe de Jos, la faisant danser avec des caprices moussus. Le tissu fin se plaquait aux courbes de son corps, ses seins ronds et menus, la coupe ronde de son ventre. Jos a les chevilles fines, le genou rond, les cuisses pleines. Je la regardais. Elle a sorti une cigarette de son petit panier d'osier et l'a allumée. Je me suis rendu compte seulement à ce moment-là que c'était la première fois qu'elle fumait depuis que j'étais venu la chercher. Elle m'a dit :

– On rentre?

Je suis allé vers une borne et j'ai appelé un cybertaxi. Pendant tout le trajet, qui a duré près d'une heure, Jos s'est laissée aller contre moi, sa tête appuyée contre mon épaule. Elle n'a pas fumé d'autre cigarette, nous n'avons pas échangé un seul mot, et je crois bien qu'elle a dormi un peu. Deux fois j'ai demandé au cybertaxi si par hasard il n'aurait pas repéré un autre véhicule qui nous aurait suivis. Chaque fois le taxi m'a répondu d'une voix grave et exagérément cérémonieuse que je n'avais aucune crainte à me faire, son écoscope arrière était vierge.

Le véhicule nous a déposés devant mon entrée des CENT ROSES, qui dans la nuit m'a fait l'effet d'une monstrueuse termitière piquetée de lucioles vertes, roses, bleues et orange. J'ai regardé derrière moi avant d'être avalé par la bouche où j'avais poussé Jos, mais il n'y avait rien de spécial, il ne se passait rien, je n'avais pas de grelot dans la tête, tout allait bien.

J'ai raccompagné Jos jusque devant sa porte. Elle m'a demandé si je voulais entrer et manger quelque chose. Je lui ai dit non, je ne pouvais pas, je travaillais le lendemain. C'était vrai : je travaillais le lendemain. Jos a souri, elle me fixait droit dans les yeux, mais je la sentais au bord de l'absence. Je me suis dit que si je devais garder une image d'elle, ce serait celle-là : Jos debout devant sa porte, les jambes jointes, les bras serrés sous sa poitrine, Jos avec son petit panier d'osier contre son flanc, Jos vêtue légèrement de sa robe rose moulante, Jos la bouche entrouverte sur ses incisives irrégulières, Jos et ses mèches en épis, de tous les blonds possibles, Jos et ses yeux si grands et si bleus, avec la tache grise qui fonçait, qui s'élargissait.

Je me suis dit ça – voilà l'image que je pourrais garder d'elle. Et c'est bien celle-là que j'ai gardée, que je garderai toujours.

Après j'ai regagné mon espapt, et j'ai fait mes trucs.

Dans la nuit, j'ai rêvé à Jos.

19

Jos et moi, nous étions dans la caisse bringuebalante d'un wagon. Ce n'était pas le Jaune, c'était plutôt une sorte de tramway électrique antique, comme on en voit dans des tas de films des années 40, par exemple *Sabotage* d'Hitchcock. J'étais assis à côté de Jos sur la banquette. Jos avait les jambes repliées sous elle. Elle était vêtue d'une robe bleue que je ne lui connaissais pas. Elle fumait, elle était absente à l'intérieur d'elle-même, elle ne me regardait pas, son visage était obstinément baissé. J'avais quelque chose d'important et d'urgent à lui dire. Mais je ne pouvais pas, parce que tous les passagers du tramway avaient la tête tournée vers nous. Ils nous regardaient fixement, sans expression, pas menaçants, pas haineux, ils nous regardaient, simplement, les yeux fixes et morts. Il y avait des clampins ordinaires, des nuches, des vigiles, des cloducs, des kras, des skouilles, des n'importe quoi, tous confondus dans une même masse. Ils nous regardaient, et moi je n'arrivais pas à dire à Jos ce qui était si important que je lui dise. Et en fait, je ne savais même pas ce que j'avais à lui dire (ou alors je ne m'en suis pas souvenu au réveil), j'avais seulement ce sentiment d'urgence qui me pesait sur la poitrine à me faire mal, un sentiment qui peu à peu se transformait en terreur pure. Le tramway s'est arrêté, tous ses passagers se sont levés et sont passés devant nous en continuant à nous regarder. A les voir de plus près, j'ai constaté qu'ils avaient tous des têtes malades, des têtes pustuleuses ou cyanosées de gens à l'agonie. Soudain une idée m'est venue : c'étaient tous des gibiers. C'étaient tous des gibiers, et ma puce n'avait pas fonctionné, maintenant ils étaient en train de se barrer, ils allaient m'échapper. J'ai porté la main à mon holster de poitrine, mais je n'avais pas de holster de poitrine. J'ai porté la main à mon étui de hanche, mais je n'avais pas d'étui de hanche : je n'avais pas mon équipement boulot sur moi, les gibiers allaient m'échapper, ils m'échappaient, ils n'étaient déjà plus que des dos qui se délayaient dans le gris de la rue imprécise où le tram s'était immobilisé. J'ai voulu chercher du réconfort, un conseil peut-être, auprès de Jos, mais elle n'était plus sur la banquette. Elle n'était plus sur la banquette, elle était descendue du tram avec les gibiers, j'ai pu tout de même la repérer à travers les vitres sales, sa robe bleu vif qui dansait dans la pénombre, là-bas, près d'une porte où elle allait disparaître. Je me suis précipité hors du tram, j'ai crié *Jos*! j'ai couru vers la porte où sa silhouette avait été bouffée. Je suis entré dans un corridor crasseux de maison pauvre, une maison de pauvres dans laquelle s'entassaient des caisses et des caisses de cochonneries indéfinissables que je devais contourner ou escalader en montant l'escalier étroit et branlant qu'avait pris Jos avant moi. J'ai enfin débouché dans une sorte de cuisine enfumée, qui baignait dans une lueur pâle, gris-jaune. Jos était là, à côté d'une grande et vieille femme maigre vêtue de haillons gris. La vieille soulevait une trappe dans le plancher, et disait à Jos : *C'est par là...* Jos, sans me regarder, commençait à passer les pieds, puis les jambes dans l'ouverture carrée. Jos descendait, elle était maintenant enfoncée dans l'ouverture jusqu'à la taille, jusqu'aux épaules. J'étais paralysé. Je savais, de manière certaine, que si Jos descendait jusqu'au fond de cette trappe, je ne la reverrais jamais. La paralysie m'a quitté, je me suis précipité sur le rebord de la fosse. Le trou était très sombre, et je ne pouvais presque plus distinguer Jos, qui était maintenant plusieurs mètres au-dessous du niveau du plancher. L'intérieur de la trappe était comme un puits circulaire, avec les marches d'un escalier en colimaçon. Je voyais juste la tache pâle du visage que Jos avait levé vers moi. Son visage était un peu comme le reflet de la lune dans une casserole d'eau, avec seulement ses yeux qui restaient d'une netteté extraordinaire. J'ai dit : *Ne descends pas! Il faut que je te dise...* Mais je n'ai pu aller plus loin car je ne savais toujours pas ce qu'il fallait que je lui dise. Elle m'a répondu : *Moi, je n'ai plus rien à te dire.* J'ai crié : *N'y va pas, sinon on ne se reverra plus!* Elle m'a dit : *Mais il y a mille raisons pour qu'on ne se revoie plus...* et la tache lunaire de son visage s'est effacée dans l'obscurité du puits. J'ai hurlé : *Jos!* et c'est à ce moment que je me suis réveillé.

20

Je me suis réveillé. Le rêve que j'avais fait tenait encore tout l'intérieur de ma tête, comme une fumée tenace, lourde, grasse, qui ne veut pas évacuer une pièce non conditionnée. L'araignée tic-tac avait l'air affolé, j'avais l'impression qu'elle courait à toute allure entre ma nuque et mon occiput. Mon cœur faisait boum-boum sous mes côtes. Il était tôt, trop tôt, même pour un jour boulot.

Je me suis redressé sur mon lit, j'ai demandé à la fenêtre d'inverser sa polarité. Le ciel était encore noir. J'ai fait quelques exercices respiratoires, mon cœur a fini par se calmer. J'ai senti que l'araignée tic-tac bombardait d'ondes narcoleptiques mon Locus Cœruleus. Mais je n'avais pas envie de me rendormir. Je lui ai dit de cesser, à l'araignée, et elle a cessé.

Je me suis levé, sans faire la lumière. J'avais encore ce rêve qui me pesait sur le crâne. J'en voyais encore chaque image. J'avais envie d'appeler Jos, mais il était trop tôt. Je l'avais déjà bien assez emmerdée comme ça. Et puis je lui aurais dit quoi? J'avais fait un rêve. Et alors? Ce rêve ne signifiait rien, comme tous les rêves. Non, il ne signifiait rien, rien du tout.

J'ai fait mes exercices habituels, plus quelques autres qui ne l'étaient pas, pendant que le ciel tournait du noir au gris. Mais je ne suis pas arrivé à aligner mon karma à mon cycle circadien. Quelque chose n'allait pas, quelque chose de sombre et de dur, accroché quelque part dans mon futur, dans mon destin. C'était comme si je m'étais trouvé aux commandes d'une voiture de course, au moment de prendre un virage dangereux, pour m'apercevoir que le volant ne répondait pas.

Oui, c'était comme ça. Mais c'étaient aussi des impressions matinales, des conneries, des conneries.

Je suis allé voir Moby Dick, dont j'ai éclairé l'aquarium. Moby Dick était en partie caché sous la cale du bateau pirate, je voyais juste sa queue aux fines lamelles onduler dans l'absence de courant. Elle était maintenant transparente, sa queue. J'ai pensé que Moby Dick était transparent jusqu'à la tête, et qu'il n'allait plus tarder à crever. Tant pis. Tant mieux. Ça me ferait des dépenses en moins, je pourrais acheter une bande rare et chère que je n'avais pas encore, par exemple le *Samson et Dalila* de Cecil Blount De Mille (1946), avec Hedy Lamarr et Victor Mature, ou même *le Signe de la croix,* du même (1932), avec Frederic March et Claudette Colbert, les De Mille sont aussi rares que le pétrole.

Je me suis habillé en ordinaire, Superfecto, cosmoboots, Bogart, Borsa. Et je me suis équipé efficace, mon 44 Sauer & Sohn avec des frags, mon Howitzer de

66 sans recul avec un assortiment de *clusters* 837 BLU-01, et quelques grenades méchantes. J'avais réceptionné, dix minutes avant, la liste des gibiers du jour, que Jules avait enregistrée : j'étais à nouveau en service dans la nécrozone, il fallait que je sois blindé, je n'avais pas l'intention de faire de cadeaux, j'avais pris des projectiles sales, pour faire un boulot propre.

Je me suis enfilé mes filtres dans les naseaux et dans la gorge, et j'ai gagné les quartiers pauvres par le moyen le plus banal : le Jaune.

Dans les quartiers pauvres il pleuvait, ça puait, et les clodards y étaient plus nombreux et plus mochedus que jamais.

J'ai dit à Jules :

– Allons-y, Alonzo.

Il m'a répondu :

– Alonzo, mais *bistro.*

Le premier gibier était effectivement dans un bistrot, un *buve-in* COKE AND SMOKE dans la façade duquel étaient encore encastrés les restes d'un char à gaz qui l'avait percutée avant d'exploser et de cramer. Le décor était planté, et moi j'ai planté au Bowie mon premier gibier. Après j'ai bu un coke, c'est-à-dire une gorgée de coke, mais c'était tellement dégueu que j'ai donné le reste à un cloduc ravi.

Après j'ai continué le boulot, en passant d'une arme à l'autre pour varier les plaisirs, à part que c'était pas du plaisir, seulement le boulot.

Je me suis arrêté au sixième pour manger de la merde dans un *brique-fast* et j'ai enchaîné sur le septième, qui était une septième. Il pleuvait toujours mais je ne prenais même pas la peine de m'essorer. Ça puait toujours mais je n'ai même pas changé mes filtres. Je voulais seulement finir presto et me tirer. Et puis il y a eu le neuvième. La puce a fait *tut... tut... tut...* : gibier au gîte. Je me suis glissé dans un boyau de kevlar orange sale aussi tordu qu'un intestin replié dans son sac péritonique, et aussi plein de matières puantes. Je me suis dit que le citoyen Alphan Shomberg allait me rembourser cette reptation en dégorgeant ses intestins à lui. J'ai tiré le Bowie de ma botte. Le boyau était si étroit (la structure était enfouie sous les décombres d'un immeuble détruit par la vieillesse) qu'il m'a fallu au bout d'un moment prendre le couteau entre mes dents. Mais je n'ai pas pensé « si ma pauvre mère me voyait », parce que je n'ai jamais connu ma pauvre mère. J'ai enfin débouché du tuyau, dans la grande ventouse qui servait de crèche à Alphan Shomberg. C'était tout orange là aussi, à cause d'une lanterne au sodium détournée. Un écran placé en face de moi faisait une tache lumineuse bleue plus vive que le sodium. Alphan Shomberg était debout au milieu de sa ventouse. On aurait dit qu'il m'attendait, le con. C'était un type grand et maigre, chauve. Il portait une combi violette. J'ai vu qu'il y avait un badge électronique sur sa combi, sous son épaule gauche. Je me suis redressé en décoinçant le Bowie de mes dents serrées, en réussissant à ne pas arracher une dent avec. Mais ce n'était qu'une connerie de plus, je m'en suis rendu compte au moment où je la faisais, la connerie.

A trois mètres de moi, le citoyen Shomberg me braquait avec un engin offensif du type arme à feu, qu'il tenait à bout de bras, des deux mains, comme au cinoche, ou comme moi des fois. J'ai quand même dit :

– En vertu des pouvoirs qui me sont conférés par le ministère de la Population, j'ai le regret de devoir vous avertir que vous avez été tiré au sort pour...

Mais je me rendais bien compte que ma voix baissait d'intensité à mesure que je débitais les tranches de mon baratin. Je n'ai même pas terminé. Je voyais distinctement l'index du gibier se courber sur la queue de détente de son joujou, lentement, lentement, comme au ciné encore. Avec mon Bowie à la main, j'avais tout à fait la mine de l'emploi : second couteau, celui qui se fait plomber au bout de treize minutes de film.

L'index est arrivé en bout de course, j'ai entendu

distinctement la queue de détente heurter l'envers du pontet et, un dixième de seconde plus tard, la pointe du percuteur percuter l'amorce de la cartouche. C'était un chef-d'œuvre d'écoute, parce qu'en même temps, le gibier Shomberg, qui s'était pris pour un fauve, disait méchamment :

– Crève, furet de mes deux!

Je me suis dit en l'espace d'une nanoseconde, *d'accord, je crève,* tout en me demandant de ses deux quoi il pouvait bien vouloir parler. Mais rien ne s'est produit, l'amorce n'a pas pété, le contenu de la chambre de combustion ne s'est pas embrasé, aucune pointe d'acier, de plomb ou de cuivre brûlant n'a jailli du canon de son engin merdeux pour venir s'enfoncer dans mon ventricule gauche, ou droit, au choix.

Shomberg a secoué son truc en relevant le chien. Il gueulait :

– Saloperie de camelote!

Il m'a braqué à nouveau, il a à nouveau appuyé sur la détente, et à nouveau il ne s'est rien passé. Il a encore gueulé :

– Saloperie de merde de camelote japonaise!

Je me suis avancé d'un pas. Il a encore tripoté sa camelote, j'avais avancé d'un autre pas, le canon de son engin merdeux me touchait la poitrine. Le percuteur a cogné à vide une troisième fois.

– MERDE! a hurlé Alphan Shomberg.

Il avait une haleine à sécher un escadron de corbeaux. Il n'a rien ajouté, et il n'a pas non plus fermé la bouche. Au contraire, il l'a ouverte plus grand, et ça a schlingué encore plus. Je venais de lui prendre délicatement la taille de mon bras gauche, en lui plantant le Bowie au-dessus du pubis. J'ai remonté le bras sans trop forcer, je sentais la lame tailler dans la barbaque comme dans du pâté au soja. Je suis arrivé sur l'appendice xiphoïde du sternum, j'ai retiré la lame et j'ai achevé la croix en ouvrant le gibier de gauche à droite entre les deux épines iliaques, de la pure routine. Il avait voulu me plomber avec une arme japonaise, la justice immanente demandait à ce qu'il reçoive une mort nippone.

Il s'est courbé en arrière pendant qu'il commençait à se vider, je l'ai lâché et j'ai reculé. C'était trop tard, j'avais déjà ramassé plein de sang, de glaires, de merde et autres matières intestinales sur le devant de mon Bogart, mais pour une fois tant pis, la trouille qu'il m'avait collée pendant dix secondes valait bien un nettoyage.

Il s'est couché sur le dos en remuant les jambes, il avait les avant-bras levés, les mains qui tremblaient, doigts étendus, comme si pour rien au monde il n'avait voulu toucher les kilos d'ordures graisseuses qui lui sortaient du ventre. Sa bouche était toujours distendue, il essayait encore d'articuler quelque chose, une phrase, ou alors un seul mot, sans doute *non... non,* un adverbe d'usage courant, qu'on emploie souvent quand on vous force à faire quelque chose qu'on ne veut pas faire, ou quand on ne veut pas aller quelque part et que pourtant on y va. Lui, il allait très vite où il ne voulait pas aller. Entre les tortillons noirs de ses boyaux débordants, un jet de sang sombre giclait par saccades de son artère fémorale. Sa belle combi violette était entièrement constellée de gouttelettes, et ses mains aussi, et même sa figure, blanche comme un écran avant la projection d'un Minelli de bonne cuvée.

Son badge fonctionnait toujours. Je me suis penché, l'inscription clignotante proclamait :

NON
au soi-disant Contrôle
Egalitaire
de la Population

Ça prouvait au moins qu'un badge, même si c'est le commencement de la révolte, ne sert pas à grand-chose. J'ai ramassé son revolver, c'était un truc incroyable, en plastique, avec juste quelques ressorts essentiels qui se voyaient en transparence dans la coque blanchâtre moulée d'un seul bloc. Je n'avais jamais rien vu de pareil. J'ai essayé de lire la marque, mais il y avait juste sur la crosse un idéogramme en relief, incompréhensible pour moi. Saloperie de camelote japonaise! Et dire que ces faces de raves arrivent à écouler de la marchandise aussi vérolée... Pas étonnant que je sois encore vivant. Connard de Shomberg. Tu remues encore? Non, il ne remuait plus. Il avait dégorgé tout son sang, qui s'étalait comme une pieuvre à travers le sol de sa bulle orange. L'écran pulsait, le citoyen Shomberg avait choisi un canal d'information, des statistiques défilaient sur fond sonore de Strombo-letti. J'aurais déjà dû me tirer depuis longtemps. Je ne le faisais pas. Je ne pouvais pas me tirer. Des nœuds cosmiques étaient en passe de se nouer, là, dans cette bulle orange, entre l'écran qui bavassait, le gibier qui refroidissait, l'ombre du sieur Mirosliv Ervan qui rôdait, et mon rêve de la nuit dernière qui était revenu en traître me titiller les glandes...

J'avais failli me faire descendre par un gibier qui aurait voulu muter chasseur. Ce n'était pas un fait sans précédent. C'était rare, d'accord, c'était peut-être même exceptionnel qu'un citoyen tiré par *Atropos* essaye de faire usage de la force pour se débarrasser de son furet – mais enfin ça s'était vu, j'en avais entendu causer par les collègues. Il y avait eu quelques morts en service commandé, quelques furets saignés par des poules à qui il avait subito poussé des dents.

J'avais failli y tâter. Hasard? Qu'est-ce qui était arrivé à Jack Fueron, *éjecté dans l'autre monde,* comme m'avait dit poétiquement Alec Gourilevicz? Est-ce que son éjection n'avait pas pris la forme d'un accident en service? Je n'en savais rien. C'était simplement une idée qui me venait. Et l'autre idée, qui suivait, elle était toute simple, elle aussi : est-ce que le Ministère Pop ne m'avait pas envoyé délibérément sur un gibier dangereux, un gibier déjà fixé comme élément aso capable de jouer du pétard contre un Contrôleur?

Une manière velours de m'éliminer, pas de doute... A part qu'il y avait un doute, précisément. Je me faisais peut-être du cinéma. Mais peut-être pas. Au royaume des paranos, les paranos et demi sont rois. Et je préférais être quarante paranos à moi tout seul que me faire avoir à la confiance... Si le Ministère avait vraiment voulu me faire éliminer, c'est qu'effectivement j'en savais trop, ou qu'il le croyait. Ça voulait dire que Steranko était dans le vrai, qu'il avait mis le nez dans quelque chose de vraiment pas propre. Mais quoi?

Je me suis à nouveau penché sur le corps de Shomberg. D'habitude on ne regarde jamais ses gibiers. Ce sont des ombres à effacer, c'est tout. *Regardez qui vous effacez,* m'avait dit Ervan. Sans le vouloir, j'avais déjà commencé à regarder. Pas seulement dans le présent, mais aussi dans le passé récent : même une ombre, ça laisse des traces dans le cerveau, et on peut les retrouver si on se donne la peine de chercher. Et c'est vrai qu'il y avait un dénominateur commun. C'est le rêve qui me l'avait gentiment fourni, inconscient pas con, ce rêve où j'avais catalogué gibiers tous ces passagers du bus au visage cyanosé, pustuleux. Toutes ces têtes de malades. Toutes ces têtes de malades, comme la grosse Italienne que j'avais fait cramer dans sa graisse, la fille atteinte de dermite précancéreuse devant le *Gagnant-du-Jour,* le chomedu intoxiqué par son thermostère, le type rabougri que j'avais coincé alors qu'il sortait de sa tour, la nana squelettique dans son patio... et Steranko, avec son cancer primaire du foie. Des malades. Tous des *malades.*

Et Alphan Shomberg? Alphan Shomberg puait comme l'ouverture d'un déversoir d'ordures au bord de ce qui reste de la Méditerranée. J'avais déjà failli tomber raide quand il avait ouvert la bouche. Maintenant qu'il était raide à son tour avec le ventre ouvert, c'était la symphonie olfactive gerbante à la puissance dix, du pur Van Olbeck. Mais un intestin, ce n'est rien d'autre qu'un sac à merde. Un homme tout entier, ce n'est rien d'autre qu'un sac à merde. Nous ne sommes tous que des sacs à merde montés sur patte, et on marche, et on court, et on croit conquérir le monde, total on ne court qu'après son trou du cul.

Fin de l'envolée métaphysique. Pour ce qui était du sac à merde de Shomberg, je me suis aperçu qu'il n'était pas en très bon état. En plein milieu du déballage, il y avait une grosse masse grise que je n'avais pas remarquée, une masse à la fois spongieuse et dure, accrochée au gros intestin par des centaines de petits filaments qui pénétraient dans la paroi. Ma lame l'avait entaillée, révélant une structure filamenteuse compacte. Mon client avait un bon gros cancer du côlon – rectum pas loin de sa phase terminale. Le peu qu'il devait bouffer se transformait en merde sans pouvoir être évacué. Son ventre devait contenir des semaines ou des mois de merde. C'est pour ça qu'il puait tant.

Je me suis redressé. L'écran bavassait toujours, le canal info envoyait sa propagande dans l'œil et l'encéphale des téléphages. J'ai lu, en belles lettres cursives qui changeaient de couleur toutes les secondes :

L'ÉTAT PREND SOIN
DE VOTRE SANTÉ

VOTRE SANTÉ
NOUS INTÉRESSE

PRENEZ-EN SOIN
POUR NOUS AIDER

Ensuite il y a eu des statistiques. Je suis allé éteindre l'écran. Je crois que c'est à ce moment-là que j'ai compris. C'était à la fois énorme et dérisoire. C'était à la fois tellement machiavélique et tellement débile que je doutais encore de ma découverte. Mais pourquoi pas? Qui nous gouverne, si ce n'est un ramassis de débiles machiavéliques? J'ai enjambé Alphan Shomberg et son cancer, je me suis courbé pour m'enfiler dans le boyau. Dehors, il pleuvait toujours, une pluie fine, tenace, grasse, qui laissait des traînées noires sur mon Bogart. Avec le rouge qui s'y trouvait déjà, je me transformais en drapeau anarcho-syndicaliste. Mais je ne suis ni l'un ni l'autre, et Jules était en train de me sonner :

– Huitième gibier à dix heures, captain!

Huitième gibier *à dix heures!* Ce connard se croyait dans une escadrille de Tigres Volants ayant repéré des Mustang P. 51 déguisés en Messerschmitt, comme dans *Fighter Squadron,* de Raoul Walsh, 1948. J'y suis quand même allé, à 10 heures. Et je me suis fait mon huitième gibier, sans problème. Il faut dire que j'ai tiré à cinquante mètres avec mon Howitzer, ce qui ne lui laissait pas sa chance, au cas où il aurait voulu la tenter. A parano, parano et demi. J'ai eu aussi sans problème mes neuvième, dixième et onzième gibiers. Après c'était fini, ma journée était terminée. Je n'aurais jamais su si un autre gus de ma liste était un aso dangereux choisi exprès pour me flinguer. Je savais seulement, au choix, que j'étais fou ou qu'il fallait que je fasse extrêmement gaffe à ma peau de furet. J'avais brusquement l'impression qu'elle avait muté en peau de mouton, et c'était une impression plus que désagréable, une impression à vous foutre la méfiance de tous et de tout, à vous pousser à tirer le premier sur un seul regard pas catholique.

J'ai pu quitter la nécrozone en cybertaxi sans être arrivé à cette extrémité regrettable. En traversant les quartiers administratifs, je me suis fait arrêter près d'une cabine et j'ai appelé Mirosliv Ervan chez lui. Ça n'a pas répondu, il n'y avait pas de message enregistré pour annoncer une absence ou un retour, seulement la sonnerie qui stridulait dans le vide et l'écran qui restait gris.

J'ai à nouveau appelé Ervan deux heures plus tard, des CENT ROSES, pas de chez moi bien sûr, mais d'un poste situé dans un couloir à l'autre bout de la R.I. Même résultat. J'ai commencé à ressentir des picotements dans les épaules. J'ai bu un coup à un distributeur couplé à un audivi porno, j'ai attendu une demi-heure et j'ai appelé une troisième fois.

Il n'y avait toujours personne. Ça ne prouvait rien, le fonctionnaire était peut-être parti en vacances. Il était peut-être parti en vacances, mais les picotements ont redoublé. C'était comme si j'avais hérité d'une colonie de fourmis affamées qui jouaient de la mandibule sur ma peau pour savoir qui en boufferait le plus, et le plus vite.

J'ai retraversé les couloirs sur les rampes mobiles, une saloperie de boule volante à projection tridi m'a suivi un bon moment, en m'enveloppant de bouches géantes qui mâchaient une horrible purée verte, et en me hurlant aux oreilles : *SPEED-MAC! UN MÉLANGE D'ALGUES SÉLECTIONNÉES DES MERS DU SUD ADDITIONNÉ DE KRILL DE PREMIÈRE QUALITÉ! 4% DE LIPIDES, 9% DE PROTIDES, 11% DE GLUCIDES! SPEED-MAC POUR TOUS LES ESTOMACS, SPEED-MAC POUR TOUS LES COMPTES!*

Quand j'ai refermé dans mon dos la porte de mon espapt, les fourmis s'étaient rassemblées en un endroit que je connaissais bien désormais : mon aisselle gauche. J'ai espéré qu'elles pourraient peut-être décortiquer mon *pou.* Mais non, elles l'excitaient seulement, les salopes, et mon *pou* me démangeait plus que jamais.

Il fallait que je m'y fasse. Je n'avais plus rien à faire ce soir. Il n'y avait aucun message intéressant, rien de Jos, rien d'Ervan. J'aurais voulu appeler Jos pour lui raconter le rêve. Mais je ne l'ai pas fait.

Finalement, je ne tenais pas tellement à lui raconter ce foutu rêve.

Je me suis passé deux bandes, des polars, pour dire de me remettre dans le coup (rires). Je me suis passé *Underworld U.S.A.,* de Sam Fuller, et *Panic in the*

Street, de Kazan, avec Widmark et le grand Jack (Palance). Mais on ne peut pas dire que ça ait fait cesser les démangeaisons, ni même remonter mon moral au-dessus de la ligne de flottaison.

Je crois n'avoir pas beaucoup dormi.

Dans la matinée, j'ai essayé à nouveau d'avoir Ervan, d'abord chez lui, où sa ligne était toujours muette, ensuite au Ministère, où l'hologramme de service m'a annoncé sans autre précision que monsieur Mirosliv Ervan était absent pour la journée, mais qu'on serait heureux de m'aiguiller sur quelqu'un d'autre qui...

Ce n'était plus seulement que ça puait, ça en devenait carrément suffocant.

J'aurais pu avoir des détails de chez moi, en utilisant mon code pro. Mais bien sûr il n'était pas question que j'appelle de chez moi.

Je suis resté un moment dans la cabine du couloir, sans savoir que faire. Le pire, ce n'était pas que je ne savais pas quoi faire. Le pire, c'était la conscience que j'avais de ne pas savoir que faire. Il n'y a rien de plus merdeux que la conscience de soi. Ou alors il faut la prendre dans le sens du poil. Je me suis installé en lotus au milieu du couloir, et j'ai fait mes exercices de décontraction et de recentrage au milieu des locataires qui passaient.

Une fille aux seins nus m'a demandé :

– Tu veux pas que je t'aide?

Et deux pédés m'ont dit :

– Tu veux un coup de main?

C'est fou ce que les gens ont de l'imagination. N'empêche qu'ensuite je me suis senti mieux. J'ai même décidé d'aller au Stand. J'ai pris le Jaune, parce qu'après réflexion, il me semblait que même si *on* en voulait vraiment à ma peau, *on* hésiterait à foutre une bombe de gros calibre sur le Jaune, alors qu'un cybertaxi est beaucoup plus vulnérable.

Malgré tout, je n'ai pas été tranquille pendant tout le trajet. Il fallait que je résiste comme le Dernier des

Mohicans pour ne pas me lacérer l'aisselle gauche avec mes griffes. J'imaginais une petite lumière verte circulant sur un immense plan de la ville, quelque part à l'intérieur du Ministère Pop, ou du Ministère Pol. Cette petite lumière verte, c'était moi. Et j'entendais une voix qui disait : *Tu vois, ce point vert? C'est ce connard de furet aux oreilles trop grandes. Va falloir me l'éteindre...* Une autre voix répondait : *On y va, boss, et il est pas prêt de se rallumer.* Suivait un ricanement de cinquième catégorie.

Mais il faut croire que je vois trop de toiles, parce que je suis arrivé au Stand sans anicroches. Je suis allé prendre une douche parce que je suais comme un mineur en poste sur la mauvaise face de Mercure.

J'ai cherché Alec Gourilevicz, mais il n'était nulle part. J'ai fait une cinquantaine de cibles, je suis allé bouffer, je suis revenu au centre de tir. Gourilevicz n'était toujours pas là. Il ne viendrait pas aujourd'hui. Ce n'était pas que je me pâmais d'amour pour cette grosse masse de bidoche, mais il n'y avait personne d'autre ici à qui je me voyais demander des tuyaux sur l'élimination des furets trop curieux, genre Jack Fueron ou moi.

J'ai fini par descendre aux cabines des terminaux. Ici, je n'avais pas besoin d'employer mon code personnel, puisque seuls des assermentés peuvent pénétrer dans le Stand. Je me suis enfermé dans une cabine, j'ai demandé au Ministère Pop la liste des effacés de la veille.

Les noms ont commencé à défiler sur l'écran :

Georg Aaton
Aïcha Aba
Pierre Abab
Malvina Abalone

Bien sûr ce n'était pas ça qui m'intéressait. J'ai arrêté le défilement des noms, et j'ai demandé à l'I.B.M. 469 de me communiquer tous les renseignements disponibles au sujet du premier de la liste.

Le nom de Georg Aaton est revenu au centre de l'écran, suivi de quelques lignes.

S = M

Nat = Fr

Nais = 11.03. 2009/38040/Saint-Martin-d'Hères

Hab = Ceinture zone 27 sud, traverse Menahem-Begin 3 B

Prof = S n-As

N° SSS = 1 1 11 03 2009 38040 73 432 678 910865 45 6789 CRD 45677 03 567

Il n'y avait rien d'autre. Ça ne me suffisait pas non plus. J'ai un peu hésité, puis j'ai demandé :

« Antécédents médicaux ».

L'écran s'est brouillé, les quelques lignes ont été remplacées par l'inscription :

CONFIDENTIEL – NON COM

Je m'en doutais, mais j'ai encore essayé, avec Alphan Shomberg cette fois. Même résultat. Toujours pour Alphan Shomberg, j'ai demandé :

« Antécédents Pol ».

C'était aussi CONFIDENTIEL. Je me mordais la queue. Ça ne me faisait même pas mal. Il y avait pourtant une dernière chose que je pouvais essayer de savoir. J'ai demandé la direction du personnel du département statistiques santé. J'ai eu un répondant chair et os, un beau minet aux cheveux mauves. Je lui ai dit que je cherchais à rencontrer le chef de service Mirosliv Ervan, mais qu'il semblait pour l'instant absent de son poste. Pourrais-je savoir où le trouver?

Le minet aux cheveux mauves m'a répondu avec un grand sourire nickelé que l'actuel chef de service des statistiques santé était Christelle Lang. Mirosliv Ervan avait été envoyé en mission à l'étranger. Si je voulais bien donner mon nom et les raisons de mon appel, on se ferait un plaisir de me mettre en communication avec Christelle Lang. J'ai décliné l'invitation avec un sourire pareil, même s'il n'était pas nickelé.

J'ai retraversé le trou en hauteur et en largeur.

Parfois un furet me faisait un signe, et je répondais machinalement. Alec était toujours invisible. Je me sentais baisé. Pire : je sentais qu'on allait me baiser encore plus fort, avec une bite encore plus dure, et que cette fois ça allait vraiment faire mal.

Mais je ne pouvais pas encore deviner à quel point.

Je suis sorti du Stand, il était vers les 17 heures, le ciel était gris, le vent était mou, l'atmosphère fade, avec des relents chlorés. Je me suis baladé un moment sur le terre-plein, les mains dans les poches. Je pensais à l'écho vert de mes biorythmes sur l'écran géant. Je pensais que je faisais une belle cible. Mais je commençais à m'en foutre. J'ai suivi des yeux un corbeau, ou une corneille, qui tournait au-dessus d'un bosquet d'arbres pelés. Un éclair d'acier a jailli perpendiculairement à son vol, la double virgule noire est devenue une pelote chiffonnée perdant ses plumes entre des serres de métal. L'éclair d'acier est reparti en sifflant dans la direction d'où il était venu. Les riches trouvent toujours le moyen de s'amuser.

Je suis rentré chez moi en cybertaxi. Il n'a pas sauté, et je ne me suis pas fait plomber.

Je n'avais pas de message, et des heures plus tard, alors que l'araignée tic-tac essayait de m'anesthésier le cerveau, je n'en avais toujours pas. Le lendemain, je bossais. Malgré les efforts de l'araignée tic-tac, je n'ai pas pu fermer l'œil de la nuit. Je me demandais quel tour de cochon on allait bien pouvoir me jouer, cette fois.

Je l'ai su par l'écran qui me communiquait la liste de mes gibiers de la journée.

Pour ce qui était du lieu d'élimination, je n'avais pas à me poser de problèmes géographiques : c'était la R.I. des CENT ROSES.

Il y avait douze noms sur la liste. Mais je n'en voyais qu'un. Josyane Monchamp.

Jos.

21

Il s'est passé peut-être cinq minutes, ou dix, pendant lesquelles j'ai regardé l'écran avec les noms, avec *le* nom. Ensuite j'ai éteint l'écran et j'ai fait le code de Jos.

Il s'est passé peut-être cinq secondes, ou dix, avant qu'elle réponde, que l'écran s'éclaire et que son visage s'y dessine, un peu flou dans une lumière orangée. Jos avait un visage fatigué. Elle avait un visage fatigué, un visage du matin. J'ai regardé longtemps son visage, dont les trous d'ombre et les aplats de lumière vibraient dans la scintillation cathodique, comme ces films d'animation composés directement sur computeur. Je crois qu'elle m'interrogeait depuis longtemps quand sa voix m'est enfin parvenue clairement. Elle disait :

– Mais qu'est-ce qu'il y a? Qu'est-ce qui te prend? Tu sais l'heure qu'il est? Mais réponds, à la fin! Il y a quelque chose qui ne va pas? Si tu voyais ta tête!

Je ne voyais pas ma tête. Je voyais juste la sienne, la sienne, encore ensommeillée, et barbouillée de couleurs qui bavaient jusque dans le bleu de ses yeux.

Je suis quand même parvenu à parler. J'ai demandé à Jos si elle travaillait, aujourd'hui. Elle m'a répondu qu'elle ne travaillait pas, et que précisément elle aurait bien voulu en profiter pour faire la grasse, avec beaucoup d'huile. Je lui ai dit... je lui ai dit :

– Ecoute, Jos. C'est important. Ce n'est pas grave, mais important. Il faut que tu me promettes de ne pas bouger de ton espapt, sous quelque prétexte que ce soit. Tu ne bouges pas de chez toi, et tu n'ouvres à personne. A personne, tu m'entends? A personne, sauf à moi, et quand je viendrai je t'appellerai avant. D'accord? Tu me promets? Tu me le jures?

Jos a secoué la tête. Elle souriait vaguement. Elle

ressemblait plus que jamais à Jean Seberg, dans une bande mal repiquée d'un de ses films des années 60 trafiqué couleur.

– Mais tu es fou! Qu'est-ce que c'est que ces histoires? Pourquoi il faudrait...

Je l'ai coupée. Je lui ai raconté n'importe quoi, une histoire à propos d'une bande d'asos dangereux qui se seraient introduits dans la R.I. Je pense qu'elle m'a cru. Elle n'était pas bien réveillée. Elle m'a cru, j'ai vu ses épaules se soulever alors qu'elle aspirait après avoir soupiré. Elle m'a dit :

– D'accord, d'accord... Je reste bouclée chez moi. Je n'avais pas l'intention de sortir, de toute façon. Mais tu m'appelleras? Vers midi, par exemple? Et on pourrait...

Je l'ai encore interrompue pour lui promettre tout ce qu'elle voulait, j'ai encore regardé cette image baveuse qui me fixait avec une sorte d'indifférence lasse, et j'ai interrompu la communication.

Avant de prendre connaissance de la liste, j'avais déjà commencé à m'équiper. Jules grésillait contre mon épaule. Je l'ai arraché et ai jeté le mince boîtier noir sur mon lit. Je me suis aussi débarrassé de la puce.

J'ai encore attendu que plusieurs minutes passent, ou alors c'était beaucoup plus que quelques minutes, mais je ne savais pas, j'avais bloqué le décompte de l'araignée tic-tac.

Ensuite j'ai appelé la Direction du Contrôle Egalitaire de la Population, avec mon code pro. J'ai eu tout de suite un répondant chair et os, un des secrétaires personnels de Philip O'Neil. Je ne connaissais pas son nom, mais je savais qui c'était, et lui savait qui j'étais. Mais je n'ai pu déceler sur son visage le moindre étonnement, la moindre gêne. C'était un jeune homme au visage lisse et au crâne rasé. Il m'a souri et m'a demandé ce que je désirais. Je lui ai dit que je voulais une communication personnelle et urgente avec Philip O'Neil. Le jeune homme a élargi son sourire. Il avait des dents petites et nacrées, toutes cubiques, toutes pareilles. Il m'a dit qu'il était délicat de déranger M. O'Neil à cette heure. Je n'ai rien répondu, je me suis contenté de fixer un point situé à la base de son nez. En même temps, j'avais déclenché le blocage de la ligne. Si ce petit con ne me passait pas O'Neil, il ne pourrait pas se défaire si facilement de ma gueule. O'Neil est le deuxième secrétaire d'Etat auprès du ministre de la Population et de la Santé, pour les questions relevant du Contrôle Egalitaire. Le deuxième secrétaire d'Etat auprès du P.S. est responsable du fonctionnement démocratique d'*Atropos*. Il est responsable du fonctionnement démocratique du Contrôle Égalitaire, et de sa bonne marche. Philip O'Neil est le chef direct des furets.

Ce n'est pas un personnage public. Il n'apparaît jamais sur les canaux, ni nulle part. On dit même qu'il ne quitte jamais le ministère, où il a ses appartements. C'est pour ça que j'étais sûr de le trouver, de le coincer, de le faire cracher.

Je l'ai rencontré cinq ou six fois depuis que je suis contrôleur. Mais je suis sûr qu'il connaît mon fichier par cœur.

– Je vais voir ce que je peux faire... a murmuré le petit con de secrétaire.

Il a disparu de l'écran. A sa place, la bande habituelle de propagande du ministère s'est mise à défiler, avec le commentaire habituel à la con, et la musique dégoulinante de Charles Mingozzi. J'ai attendu. J'ai fini d'attendre quand la face couleur brique d'O'Neil est apparue sur l'écran.

Il avait l'air ennuyé, mais ça ne voulait rien dire : Philip O'Neil a toujours l'air ennuyé; en quelque circonstance que ce soit, le deuxième secrétaire a l'air d'être entre deux plaques. Mais ce n'est qu'une façade. O'Neil occupe son poste depuis l'établissement du Contrôle. S'il n'était pas d'une redoutable efficacité sous ses airs de gros matou castré qui dort, il n'aurait pas tenu le centième de son temps.

Philip O'Neil a soulevé une paupière. Son sourcil fourni et noir s'est soulevé en même temps.

– Oh! C'est vous... a-t-il fait d'un ton languissant.

C'était une belle découverte. J'étais sûr que ce bellâtre qui ne doit pas être loin du siècle d'âge avait eu communication de mon appel dans les dix secondes.

Comme je n'avais rien répondu, il a repris :

– Eh bien... Eh bien. Qu'est-ce que vous voulez, hein?

Philip O'Neil a exactement la voix de Jean Tissier. Je l'aurais très bien vu en étrangleur dans *l'Assassin habite au 21,* de Clouzot. Mais il n'étranglait jamais lui-même. Et je ne savais pas s'il faisait exprès d'avoir cette voix-là, ou si c'était naturel. Ce devait être naturel. Comment aurait-il pu connaître Jean Tissier, ce petit bureaucrate merdeux? Ou alors le bionicien qui lui avait greffé un voco après lui avoir enlevé son larynx bouffé par le cancer le connaissait, lui, Jean Tissier. Et il avait trouvé que cette voix mollassonne et faux-jeton irait bien au personnage. Dans ce cas, bravo!

– Oh! Ecoutez... Vous me dites ce que vous avez à me dire ou vous libérez la ligne... Je n'ai pas que ça à faire, moi.

Jean Tissier s'énervait. Je me suis décidé à lui répondre.

– Premièrement, je voudrais être libéré de mon service aujourd'hui. Deuxièmement, je voudrais qu'un de mes gibiers soit... soit mis en attente. Troisièmement, je voudrais discuter de tout ça avec vous maintenant, au Ministère, et pas par visi.

O'Neil a eu une belle mimique d'étonnement. Cette fois, il a poussé l'art jusqu'à soulever ses deux paupières et ses deux sourcils. Ses yeux, d'un magnifique vert émeraude, m'ont contemplé avec une insondable perplexité, qui lui aurait valu les félicitations de Lee Strasberg. Tout est faux, chez O'Neil. Ses cheveux noirs, partagés par trois mèches argentées et coiffés en arrière, la peau de sa figure couleur j'ai-passé-un-mois-aux-îles, ses iris gros-minet, ses dents, ses oreilles, qui paraît-il sont tombées comme des fruits blets lors d'un reskining où l'irradiation a été un peu trop poussée, et qui ont été remplacées par des appendices pointus genre M. Spock.

– Oh la la!... a fait le monstre. Sa main grasse a voltigé devant sa figure, aussi blanche qu'est bronzée sa courge. Qu'est-ce que vous me racontez? Si vous êtes malade, faites-vous déclarer pâle, mon vieux, et vous serez remplacé... Mais un gibier mis en attente, vous savez bien que ce n'est pas possible, allons! Où irions-nous si... Hein? Non, non, non. Cette demande m'étonne de vous, mon vieux. Vous êtes un bon – un très bon élément. Alors oubliez tout ça, et faites votre boulot, ou alors reposez-vous. Et puis nous discuterons un autre jour. J'ai à faire, vous savez.

Il a passé sa langue sur ses lèvres. Mais il n'est pas allé jusqu'à se passer la patte derrière les oreilles.

– Je pense que c'est avec moi que vous avez à faire, monsieur O'Neil. Nous pourrions parler de Mac Steranko, par exemple...

– Mac Steranko? Ah oui? vraiment... a-t-il grogné avec un ennui indicible. Celui-là...

– Et parler de Mirosliv Ervan.

– Mirosliv Ervan?... Oui... oui, Mirosliv Ervan. Mais qu'est-ce que vous lui voulez à Mirosliv Ervan? Il est aux Indes, mon vieux.

Les yeux verts de Philip O'Neil étaient devenus deux fentes. Il avait dû se tasser dans sa prothèse bionique, et sa grosse figure laquée avait commencé à s'enfoncer dans ses épaules massives moulées de Nevar arc-en-ciel.

– Et parler de cette liaison entre le CCH MULTIVAC et *Atropos*...

Les fentes vertes se sont détournées de l'écran. O'Neil ne me présentait plus que son profil de matou, coiffé Dracula.

– Vous me fatiguez, mon vieux... vous me fatiguez.

Vous ne pensez pas que vous allez un peu trop loin? Bon, d'accord, venez me voir. Je vous attends. Je vous décharge de votre service pour aujourd'hui. Allez, venez, vous me raconterez vos salades en détail. Mais faites vite, hein?

J'ai laissé passer quelques secondes. Je sentais mon cœur qui cognait, qui cognait, qui n'arrêtait pas de cogner.

– Il y a aussi ce... ce gibier à mettre en attente. Jusqu'à ce que nous ayons parlé.

Un silence. Les fentes vertes se sont brièvement posées sur moi. Nouveau geste de je-m'en-foutisme prononcé.

– Et... qui c'est, ce... gibier?

Silence.

– La citoyenne Josyane Monchamp.

Silence.

– Oui... Josyane Monchamp. Mais qu'est-ce que... Enfin, bon, d'accord, d'accord. Je vais mettre son nom en suspens. Mais vous me foutez dans la panade, mon vieux! Vous ne vous rendez pas compte. C'est totalement irrégulier. C'est du favoritisme. On ne peut pas toucher au tirage au sort, vous le savez aussi bien que moi... Il va falloir que je... Enfin, bon, n'y revenons pas. Je vous attends. Mais vous me foutez dans la merde, avec vos histoires...

Les fentes vertes se sont à nouveau tournées vers moi. Elles s'étaient un peu élargies. Et puis l'image matoise de Philip O'Neil a brutalement été remplacée par la bande de propagande. J'ai attendu encore une minute ou deux. J'étais en sueur, mon *pou* me dévorait l'aisselle. J'ai coupé, je me suis levé.

J'avais gagné. J'avais gagné pour le moment. J'avais gagné une heure ou deux de sursis pour Jos. Je n'en revenais pas. Est-ce que le peu que je savais était si dangereux pour O'Neil? Est-ce qu'il croyait pouvoir m'endormir? Ou m'acheter? Je n'en savais rien. Je n'avais rien à vendre, et je n'étais pas près de me rendormir, malgré ma nuit blanche.

J'ai défait ma ceinture à grenades, j'ai retiré mon 44 du holster intégré au Superfecto. Quand un furet n'est pas en service, il n'a pas le droit de porter une arme. Un furet n'est pas un flic. Un furet est un connard, un pauvre petit mecton qui croit être à l'abri, et qui se fait coincer comme le premier nécrozonard venu quand son heure est arrivée.

J'avais failli oublier mon Bowie. Je l'ai retiré de ma texane gauche et je suis sorti.

J'ai pris le Jaune à la station de la R.I. Il n'y avait qu'un changement pour le Ministère, je m'étais dit que j'y serais plus rapidement qu'avec un cyber. Et puis je me méfiais encore des cybers. O'Neil semblait d'accord pour me parler avant de me faire truffer, mais est-ce qu'on peut savoir?

Lui en tout cas, grâce à mon *pou*, il pouvait savoir mètre par mètre où je me trouvais, s'il en avait l'envie. C'est à ça que je pensais en regardant les gogos avachis sur les banquettes de la rame qui limait le tunnel à 180 km/h. Si j'avais pu contacter Ervan à temps, si Ervan n'avait pas disparu dans les replis du pouvoir bureaucratique, j'aurais pu lui demander de shunter mon empreinte, au moins pendant quelques heures. Ou d'essayer. Mais il ne servait à rien de rêver.

Je suis parvenu à la station où je devais changer pour prendre la direction Melina-Mercouri sans que la petite vieille qui égrenait son chapelet en face de moi ne m'étrangle avec, sans que le cloduc puant la vinasse qui s'appuyait sur mon flanc droit ne m'asphyxie d'un rot gerbeux, sans que le couple de rasdeps qui se pelotaient à ma gauche ne sortent de leur coquille des bites en acier chromé et m'épinglent contre mon dossier.

En marchant dans la foule le long du quai, je me disais que j'étais bon, que j'étais bon. Je me trompais simplement d'une consonne.

Je n'ai évidemment pas entendu le coup de feu, selon l'adage chaque fois vérifié qu'on n'entend jamais la balle qui vous tuera.

J'ai seulement ressenti une gigantesque poussée entre les omoplates, un coup précis de pic à glace entre ma troisième et ma quatrième dorsale, et j'ai vu le sol carrelé plein de mégots, de papiers, de capotes et d'emballages vides se précipiter sur mon nez dans un atterrissage en catastrophe.

22

Heureusement, je n'ai pas atterri sur le nez mais sur l'épaule gauche.

Je n'ai pas cassé du bois, je ne me suis même rien cassé du tout. Dans les cris qui commençaient à fuser, j'ai effectué un magnifique roulé-boulé qui m'a envoyé dans les jambes d'un gros type en pneuma mal gonflée qui m'est tombé dessus de tout son poids.

C'est ce qui m'a fait le plus mal. Je ne sentais déjà plus la balle mortelle qui m'avait percuté le haut du dos. J'ai roulé une nouvelle fois sur ma lancée, ce qui m'a débarrassé du type en pneuma, qui a roulé à son tour en fauchant comme des quilles une bande de mystiques en orange qui agitaient des mandalas en plastique.

En roulant, style Clint Eastwood ou Steve McQueen dans leurs meilleurs jours, ma main a plongé vers mon holster. C'était juste un réflexe, parce qu'au moment même où mes doigts touchaient le bord de l'étui intérieur, mon cerveau me disait qu'on était précisément le jour où les accessoiristes étaient en grève, ou alors que le film était trop fauché pour qu'on ait prévu des accessoires de sous le manteau.

Venue de nulle part, une deuxième balle a fait éclater une dalle à cinq centimètres de ma main. Il ne fallait surtout pas que je reste immobile une seconde. J'ai encore roulé, mais je ne pouvais pas passer ma vie à ça : le vulgum pecus avait fort bien compris que j'étais l'actuel gagnant du grand concours de tir au pigeon qui se déroulait sous son œil hagard, ravi et terrorisé à la fois. Les gens se barraient de mon cortex, je me trouvais maintenant au milieu d'un cercle entièrement vide de cinq ou six mètres de diamètre. Et il allait en s'élargissant, le con.

Une troisième balle m'a rasé le cuir chevelu. Cette fois, malgré les cris, j'ai fort bien entendu la détonation. Et j'ai repéré du coin de l'œil d'où venait le canardage : pas de nulle part ni du ciel, mais du haut d'un escalator qui se trouvait dans mon dos, au bout du quai.

Le gus m'allumait au Magnum. A cette distance, pas loin de cinquante mètres, il devait sûrement se servir d'un correcteur de visée. Mais il employait des balles ordinaires, pas des frags. Ça avait déjà au moins sauvé ma main.

J'ai pu me mettre à genoux et avancer comme ça sur deux ou trois mètres, avant de pouvoir me redresser et commencer à courir. J'atteignais la barrière ondulante des gus qui couraient devant moi quand une quatrième 44 a fait éclater la boîte crânienne rasée d'une abo qui avait eu la malchance de couper ma tangente. Le corps maigre et couvert de grandes fleurs fluorescentes est resté debout le temps que je passe devant lui. La boîte crânienne contenait tout ce que ce genre de boîte contient d'habitude, de la saleté grise et collante et une flopée de sang orange vif. Les gens éclaboussés ont redoublé dans le registre cris horrifiés. J'avais été éclaboussé aussi mais je ne criais pas. Je piquais tête baissée dans la foule. Il fallait que je reste collé à mes frères humains en débandade. Le contact charnel avec les multitudes est le meilleur bouclier que je connaisse quand on ne vous snipe pas au bazooka.

Ça a marché jusqu'au moment où un connard a crié : « A terre! A terre! » Il avait entendu ça dans un film, et le pire, c'est que ça a marché. Tout le monde s'est aplati, je suis resté seul debout, j'ai senti plus que je n'ai entendu une nouvelle 44 me siffler à l'oreille, et ce n'était pas manière de dire.

Il y avait un passage à ma gauche. J'y ai couru. Au moment de m'y enfiler, j'ai jeté en une fraction de seconde un regard derrière moi. Sur le quai illuminé aveuglément par tous les éclairs que se renvoyait le revêtement jaune, j'ai vu courir un type et, plus loin, un autre type. Ils étaient deux à me coller, un qui tirait, un autre qui suivait pour m'achever, probable.

J'ai foncé dans le passage, vide de toute présence humaine. Au bout, il y avait une porte marquée SERVICE. J'ai eu un coup au cœur, mais elle n'était pas fermée. Je l'ai poussée, et juste au moment où je m'enfilais dans une caverne obscure, j'ai vu une silhouette se dessiner à l'autre bout du passage. J'ai refermé la porte dans mon dos. Une nouvelle 44 a fait sonner le métal. J'ai rabattu un loquet, j'ai pris une pause de neuf secondes pour inspirer-rejeter trois fois. J'avais débloqué l'araignée tic-tac. Il n'y avait qu'elle pour me tenir compagnie. Autrement, je me sentais aussi nu qu'un bébé-éprouvette qu'on vient de sortir de son bocal et qu'on s'apprête à foutre au recycleur parce qu'il a poussé de travers.

Ce n'était pas tout à fait vrai : j'étais sorti sans arme, mais sous mon Superfecto j'avais quand même gardé ma carapace en kevlar trifilé. C'est elle qui m'avait sauvé de la première balle. Péchiney-Ugine-Kuhlmann, alléluia! Par-devant, la carapace me couvre jusqu'aux joyeuses. Mais derrière, elle ne va pas plus bas que la ceinture. Et comme on n'arrive jamais à courir plus vite que les balles, je pouvais toujours en stopper une dans les lombaires. Ou n'importe où ailleurs que dans ce petit rectangle ridicule. Une bastos, ça fait mal partout. Une 44, ça vous immobilise où que ça vous touche.

J'ai continué à tâtons, je me cognais dans des trucs métalliques qui pendaient du plafond, je me suis bugné le menton dans quelque chose qui ressemblait à une roue dentée, je me suis écorché la paume sur un machin pointu. Je devais être dans la salle de torture des employés du Jaune. Il fallait que je me tire de là presto.

J'ai finalement repéré un rai de lumière passant sous une porte. Elle était en bois. Derrière, ça causait. La porte était fermée, j'ai frappé, j'ai cogné du poing sur le battant. Ça a arrêté de causer, mais on ne m'a pas ouvert pour autant. On a seulement ouvert quand la porte métallique que j'avais bloquée a sauté en faisant un vacarme éprouvant pour les nerfs. Mes poursuivants mettaient le paquet.

– Qu'est-ce que c'est, qu'est-ce qui se passe? a bredouillé une binette effarée.

Je ne me suis pas attardé à répondre, j'ai bousculé un type en vareuse jaune, j'ai slalomé entre des tables et des bureaux, je suis sorti du local par une autre porte.

J'étais à nouveau sur un quai. C'était une ligne secondaire, il n'y avait pas énormément de peuple. J'avais quand même l'impression que tout le monde me regardait. J'ai couru. Une autre balle a couru après moi, mais elle est passée au moins à un mètre sur ma gauche. Le canardeur était un vrai manche, ou alors il s'énervait, il perdait ses moyens.

J'ai encore tourné à droite. Je me suis trouvé sur une rampe mobile qui allait dans le mauvais sens. J'ai couru à contresens. J'allais aussi vite qu'un escargot centenaire et goutteux. Un type qui portait une grande caisse de boîtes de boisson m'est arrivé en plein dessus. La caisse a volé, les boîtes se sont éparpillées dans tous les sens. Je tricotais. Il y a eu une détonation et un cri, mon courseur avait dû une fois de plus aligner un innocent, mais personne ne l'est. Je suis enfin arrivé au bout de la rampe. Mes jambes me faisaient mal. J'avais débouché sur un autre quai, un grand, bourré de monde. J'ai commencé à donner du coude dans la foule. Un haut-parleur s'est mis à gerber :

« *ATTENTION! ATTENTION! ANNONCE PRIORITAIRE... TOUS LES COULOIRS DE LA STATION MELINA-*

MERCOURI DOIVENT ÊTRE DÉGAGÉS. UNE POURSUITE DE CLASSE A *EST EN COURS. DANGER! DANGER!*» L'annonce a été répétée deux fois. Je n'aurais jamais pensé que ça irait jusque-là. Maintenant c'était officiel. J'étais une bête puante à éliminer.

J'ai continué à courir, on s'écartait de moi à vitesse + ∞, on avait bien compris que j'étais aussi dangereux qu'un paratonnerre un jour d'orage. J'ai couru. Je voyais des visages, des visages passer devant moi, striés de lignes floues, exactement comme dans une mauvaise bédé. Je crois qu'il y a eu encore un coup de Magnum. La poursuite de classe A en était à son max. Je me demandais qui O'Neil m'avait envoyé au cul, si c'étaient des gus d'une brigade spéciale, ou des types à lui. Mes poursuivants restaient pour moi de vagues silhouettes. Et je n'avais pas le temps de me retourner.

Je suis arrivé au bout du quai au moment où une rame y entrait, arrivant derrière moi contre la bordure où je trissais. A dix mètres, il y avait l'ouverture du tunnel, toute noire. J'allais y arriver quand j'ai été subitement englué dans une laque marron. Je n'y voyais plus rien. Un immense sourire marron s'est ouvert au milieu du nuage de glu. Une voix m'a crié aux oreilles : *Collodent, collodent* LOCTITE, *le ciment au cyanocrylate qui bouche instantanément toutes vos caries !*

J'ai battu des bras, ma main droite a fini par attraper un petit œuf lisse qui s'est débattu un moment en criant d'une voix geignarde :

– Lâche-moi! Lâche-moi! Tu n'as pas le droit! Je suis protégé par l'arrêté 34.568 B sur la publicité mobile dans les lieux publics...

Et autres conneries.

J'ai poussé au hasard des boutons à la surface de l'objet, il a cessé de se trémousser, il s'est tu, et la projection tridi s'est évanouie.

J'étais à cinquante centimètres du bord du quai, devant le museau pointu du Jaune à l'arrêt. Je me suis glissé sur l'étroite bordure, pas plus de trente centimètres, qui continue le quai à l'intérieur du tunnel. J'avançais en crabe, les deux mains plaquées sur le revêtement rugueux de la paroi. Le Jaune a démarré derrière moi. Je me suis arrêté, j'ai collé ma joue sur le mur. Tout a tremblé, un immeuble de deux cents étages m'est tombé sur le crâne et cent tonnes de gravats me sont rentrées dans les tympans. Je me sentais épinglé au mur avec la lumière jaune des fenêtres qui me courait dans le dos, un effet classique au cinéma que Chaplin avait trouvé dès *l'Opinion publique.*

J'ai repris mon avance une fois que la rame m'a eu dépassé. Le tunnel n'était pas tout à fait obscur, il y avait quelques photones verts sous la voûte, tous les deux cents mètres peut-être. Mais ils ne rayonnaient qu'une lueur glauque de film d'épouvante style Hammer. *10 heures 27,* me disait l'araignée tic-tac. Je ne lui demandais rien. L'heure, ça change tout le temps, alors qu'est-ce qu'on en a à foutre? Je pensais à Jos, à Jos, à Jos, claquemurée chez elle. Et si mes poursuivants avaient lâché? Je me suis retourné, j'ai vu les deux silhouettes en ombre chinoise remuer comme des amibes dans la perspective atrophiée du tunnel. C'étaient de vrais pros.

L'endroit devenait humide, gluant, mon pied a dû déraper deux ou trois fois sur le rebord. Mais seulement un pied, pas les deux. J'ai espéré un moment que les pieds des courseurs déraperaient aussi, mais quand je suis arrivé à un croisement, ils étaient toujours là, même s'ils ne me semblaient pas avoir gagné du terrain. De vrais pros.

J'ai repéré un sas dans la paroi. Les signes cabalistiques peints sur le couvercle de fer rouillé indiquaient qu'il s'agissait du chemin des égouts. J'ai commencé à descendre en tâtant prudemment du bout de mes texanes chaque barreau de l'échelle qui plongeait vers les enfers métropolitains. Lorsqu'il n'y a plus eu que ma tête à dépasser, j'ai voulu rabattre le sas sur moi. Mais il était trop lourd, mes doigts n'avaient aucune prise. Et le premier des traqueurs apparaissait à l'embranchement. J'ai gueulé :

– Vous m'aurez pas, sacs à merde! Vous faites perdre de l'argent à l'Etat. Vous serez même pas bons pour la Banque!

C'était d'un niveau moins que moyen, mais il fallait bien que je me défoule, pour faire baisser la trouille d'un cran. J'aurais aussi aimé entendre leur voix, à ces crevures. Mais personne ne m'a répondu.

Je me suis remis à descendre dare-dare, en guettant au-dessus de ma tête le cercle verdâtre du sas qui rétrécissait, qui rétrécissait, mais trop lentement à mon goût : je m'attendais à tout moment à voir s'y détacher une tête, et surtout un bras, qui me laisserait délicatement tomber sur l'occiput une grenade au phosphore ou un machin à billes.

Quand même, au bout de vingt kilomètres, ou alors c'était moins, j'ai senti mes texanes s'enfoncer dans un sol scrafouilleux. J'étais cette fois dans une obscurité totale. Bras en avant, en tâtant la bouillasse de la pointe de mes bottes, je suis bravement allé à la rencontre de l'obscurité. Je m'attendais à tout moment à tomber dans une fosse à merde, dans un piège vietnamien avec des pointes, dans n'importe quoi. Des gouttelettes de je ne sais pas quoi, et ça valait mieux, me ruisselaient sur la gueule, et des bruits bizarres résonnaient dans ce cloaque plein d'échos, des bruits d'eau qui coulait, des bruits de succion, des bruits de trucs mous frottant sur des trucs durs, et par là-dessus des petits couinements aigus de putes qui feignent l'orgasme. Le tout était d'un érotisme à faire se dresser un cryogéné de vingt ans, mais je n'avais pas le cœur à apprécier.

Les couinements, au moins, je savais ce que c'était : mes vieux copains les rats.

Quand j'ai entendu l'échelle de fer vibrer sous des corps en mouvement, quand j'ai vu, venant du puits, la lueur blanche d'une torche voltiger sur le sol, je n'ai plus hésité à reprendre mon exploration, surtout que les connards du haut, grâce à leur lumière, venaient de m'éclairer un morceau de décor : un vaste souterrain de section rectangulaire qui se perdait dans la nuit, et à trois mètres ou trois mètres cinquante sur ma gauche, un grand fleuve de boue qui coulait lentement, charriant des épaves. Les rats grouillaient mais, à ma surprise, ils se sont écartés quand j'ai commencé à m'avancer droit sur eux, au lieu de me sauter à la gorge pour me déchiqueter et me vider de mon sang. Parfois mes bottes heurtaient une masse vive et souple qui fuyait avec un cri aigu. Je voyais par terre des yeux qui brillaient, qui clignaient, des yeux toujours en mouvement, comme des scintillations électroniques qui auraient tracé un chemin labyrinthique devant moi, un de ces jeux idiots qu'on trouve dans les Espaces Ludiques.

Mais je n'étais pas en train de jouer. *10 h 36,* indiquait l'araignée. Est-ce que le temps passait à toute allure? Est-ce qu'il patinait dans la colle? J'avais l'impression que c'étaient les deux choses à la fois. Aucune des deux ne m'arrangeait. Je bénéficiais de la lueur de la torche, qui dansait loin dans mon dos et dont le rayon à bout de force venait parfois effleurer les masses rocheuses en surplomb et les poutrelles ou les canalisations effondrées qui commençaient à dresser une autre sorte de labyrinthe devant mes pas.

Je me disais que j'avais au moins un avantage : mes yeux s'étaient habitués à la pénombre, alors que pour mes pisteurs la luminosité de la torche, qui affaiblissait leur acuité nocturne, rendait forcément impénétrables les fonds obscurs. Il fallait en conséquence que je colle aux irrégularités de la paroi. Le friselis orange des yeux des rats m'y aidait. Mais les bestioles devenaient quand même de plus en plus familières. Elles commençaient à me grimper sur les jambes, je devais les en chasser du plat de la main. C'était désagréable, mais pas autant que sentir sous ma paume tous les monstres qui grouillaient sur la paroi et dans ses anfractuosités. Scolopendres, araignées, crapauds, et encore je n'évoque que les animaux répertoriés dans la zoologie classique.

Quand une chose volante a battu des ailes devant ma figure, je n'ai pu m'empêcher de lâcher un faible cri. Ça a suffi pour que la torche se plante dans mon dos et qu'une 44 miaule dans le corridor avant d'aller percuter un obstacle métallique qui a sonné sous le choc, puis a renvoyé le projectile qui a sifflé dans la nuit en revenant vers moi. Les ricochets font encore de plus sales blessures que les coups d'estoc, mais quand on en meurt franco, c'est pareil.

Tout de suite après le coup de 44, un éclair rubis est passé à deux mètres sur ma gauche pour aller s'écraser sur un panneau rouillé portant l'inscription BLOQUEZ VOTRE SÉCURITÉ, surchargée du commentaire manuscrit *Ça vaut mieux!*

J'avais déjà regagné la nuit et la torche m'avait perdu. J'ai entendu chuchoter :

– Merde! Où il est passé, ce con?

Le con était en train de ramper dans un boyau qu'il avait opportunément découvert dans la paroi – c'est-à-dire qu'en voulant s'y appuyer il avait gracieusement piqué du nez dans un tapis de vase qui avait à la fois amorti le choc et le bruit.

En rampant sur les mains et les genoux dans la gadoue innommable dont l'odeur se glissait pernicieusement à travers mes filtres UNIVOX – PETITS BATEAUX *tri-absorbants*-mon cul, je me disais que le con avait encore découvert deux détails supplémentaires sur ses traqueurs. *Premio,* l'un d'eux avait enfin ouvert sa gueule, ce qui voulait peut-être dire qu'il n'était pas si pro que ça. *Deuxio,* le second traqueur, qui jusque-là s'était tenu en retrait de son complice, avait décidé de lâcher sa purée, me renseignant du même orgasme sur ses batteries couillardes : un laser de poing, sans doute un I.T.T. 34, une arme de frimeur, en qui je n'ai jamais eu confiance et qui s'épuise vite, même si elle peut vous rôtir le dos.

Au bout de cinquante mètres, la canalisation où je

m'étais enfilé s'est élargie, passant du collecteur secondaire au collecteur principal. J'ai pu me redresser, lourd de merde, et accélérer le mouvement. Il était temps : à l'autre extrémité du cylindre où l'écho avait dû malgré tout cafter ma tangente, la torche irisait les bulles. Je profitais toujours indirectement de ces lointaines illuminations. Sans elles, il y a longtemps que je me serais pété la gueule pour de bon. J'aurais presque pu leur dire merci, aux nervis d'O'Neil...

Mais presque seulement. Ils me collaient toujours, et je savais bien qu'ils me colleraient jusqu'à ce qu'ils aient ma peau, ou moi la leur, encore que je ne voyais toujours pas très bien comment.

10 h 43, tictaquait l'araignée tic-tac. Elle me donnait aussi des indications sur ma pression sanguine, ma respiration, ma production d'adrénaline, mes battements de cœur (86), elle me disait en outre que mon cerveau chauffait tellement que si ça continuait mon liquide céphalo-rachidien se mettrait à bouillir et que de la fumée jaillirait par mes yeux et mes oreilles.

Je suis sorti du collecteur en même temps qu'une balle et une vingtaine de rats. *Que faisait Jos?* J'étais à nouveau sous une voûte immense et craquelée, avec des tas de conduits qui fuyaient avec un débit variable. J'avais retrouvé le grand fleuve de boue qui coulait entre ses berges de béton. Je voyais très bien le décor parce que, catastrophe, des rampes au sodium en activité se cramponnaient comme des morpions aux murs suintants. Je me suis débarrassé par un shuto à tuer un éléphant d'un rat qui était en train de mordre ma cuisse et j'ai piqué un cent mètres qui a fait du rab. Derrière moi, ça n'a pas tardé à courir aussi. Une seule paire de jambes. Encore un truc que je venais de saisir : le type au Magnum était toujours nettement en avant du type au laser, soit que ce dernier eût moins de souffle, soit qu'il fût le chef de la bande et ne tînt pas à se mouiller plus que nécessaire. Une vieille histoire me revenait. Une histoire de vieux bouquin que je n'avais évidemment pas lue, mais dont j'avais dû voir une adaptation tridi – l'histoire de ce type, Horace, qui se défait successivement de ses trois poursuivants, les frères Curiace, ou quelque chose comme ça, parce qu'ils ne courent pas à la même vitesse. Il y avait eu aussi un film de Cornell Wilde sur le même sujet, sauf que ça ne se passait pas dans l'Antiquité mais en Afrique, *The Naked Prey.*

Si je voulais m'en sortir, et je le voulais, je devais d'abord me faire le gus au 44. Je courais en zigzaguant entre les rats piaillant et la forêt noire des canalisations dressées ou tordues qui ne piaillaient pas, et lui courait derrière moi. Mais nous avions beau courir tous les deux, je n'arrivais pas à saisir le karma du futur heureux qui m'aurait débarrassé du traqueur. J'ai encore essuyé deux balles avec ma grande serviette à carreaux, et j'ai escaladé une passerelle penchée jetée au-dessus du fleuve de boue.

La passerelle était non seulement penchée, mais en plus elle branlait comme un taulard à son douzième mois de privation sensorielle. Les rats ne m'avaient pas suivi, pas fous, mais je devais avancer sur des bouts de ferraille traîtres qui ne raccordaient jamais, pire qu'un Godard, et se dérobaient une fois sur trois sous mes texanes enrobées de leur enduit gluant et dérapant. Il fallait que je me retienne des deux mains aux montants bringuebalants de la passerelle, lesquels étaient rendus glissants par les grappes de bestioles à la fois noires et brillantes qui y adhéraient, un croisement contre nature de sangsues et de limaces. Lorsque la passerelle a commencé à gigoter aussi fort qu'un pont de singe garni d'un bataillon de mammifères du même genre, j'ai compris que le premier Curiace tâtait de la traversée. Une 44 a réveillé des tas d'échos qui ne demandaient qu'à poursuivre peinards leur somme, et des blocs se sont écroulés de la voûte en plein sur la passerelle, quelque part devant moi. Je n'avais même pas entendu miauler la balle, c'est dingue ce que l'autre con pouvait balancer comme plomb pour que dalle, mais le pont a brutalement fléchi, et j'ai failli passer entre les longerons disjoints. J'avais une jambe dans le vide, une autre coincée entre deux barres, et je me retenais à un câble aussi nerveux qu'un serpent. La chute m'avait fait faire volte-face. Derrière moi, mais maintenant c'était devant, je voyais Curiace qui se pointait. Il était à moins de dix mètres. Il se marrait. Sous la nappe orange du sodium, son visage carré et sans signe particulier avait l'air d'être sculpté dans de la soupe à la courge bien épaisse. Je ne le connaissais pas, je ne l'avais jamais vu. Le canon de son Magnum était ouvert sur moi, un petit trou bien rond, bien noir.

J'ai réussi à dégager ma jambe coincée et à hisser la seconde au même niveau. Le serpent vibrait toujours entre mes mains. Le type n'était plus qu'à huit mètres, il se marrait toujours. Je me suis retourné. Le pont n'avait pas seulement fléchi, il avait carrément été coupé en deux sur une longueur de deux mètres par l'éboulement rocheux. J'ai encore regardé le type, il se marrait toujours, il était à cinq mètres. Le canon de son Magnum allait bientôt se marrer à son tour, mais j'avais dans l'idée que je ne l'entendrais pas rigoler longtemps.

– T'as fini de nous faire cavaler, pue-du-cul! a lancé la face de courge sans cesser de se marrer.

– *Adrénaline! Adrénaline!* gueulait l'araignée tic-tac.

C'était comme si quelqu'un dans ma tête disait: *A l'aide, Aline! A l'aide, Aline!* Mais Aline n'était pas là, et d'ailleurs je ne connais pas d'Aline.

Le type était à trois mètres, il s'est arrêté, je savais qu'il n'irait pas plus loin. J'entendais toujours *A l'aide, Aline!* J'ai pensé que j'étais devenu fou, mais face-de-courge a dû entendre aussi parce qu'il a brusquement cessé de me fixer pour regarder le fleuve de boue entre ses pieds. J'ai fait pareil. Sur le fleuve de boue, une espèce de barque large et plate remontait le courant, manœuvrée par une équipe d'une douzaine de fantômes tout gris qui ramaient. A la proue, un fantôme debout criait en cadence *A l'aide, Aline! A l'aide, Aline!* Ou plutôt, il criait :

– Hooooo! Hisse! Hoooo! Hisse!

Face-de-courge ne se marrait plus, il en était bouche bée, comme on dit probablement dans les bouquins. J'ai plongé ma main dans la poche de mon Superfecto, j'ai balancé l'œuf à la gueule du type qui ne se marrait plus. Il a disparu dans la laque marron, entre les lèvres de la grande bouche. *Collodent, collodent LOCTITE, le ciment au cyanocrylate qui bouche instantanément toutes vos caries!* bramait l'œuf qui avait retrouvé toute sa force de frappe. La passerelle dansait, le bras armé du Magnum est sorti de la purée au cyanocrylate, mais cette fois j'étais assez près pour l'alpaguer, le tordre, récupérer l'arme, sortir face-de-courge de la projection tridi et le faire basculer par-dessus la rambarde. Il a crié. J'ai failli le suivre, une section de barreaux pourris venait de céder sous le poids de son corps. Mais j'ai pu me raccrocher d'une main au câble serpentiforme qui m'a vilainement entaillé la paume. De l'autre main je tenais son 44, un colt Magnum Cobra à sept coups, équipé, comme je l'avais pensé, d'un œilleton correcteur de tir. Il y avait une dizaine de mètres, ou peut-être un peu moins, entre la passerelle et la surface du fleuve de boue. En tombant, le type n'a pas cessé de gueuler. Dans la barque, les rameurs fantômes ont cessé de ramer et le barreur fantôme a cessé de crier « HOOOO! HISSE! » Quand face-de-courge a touché le fleuve et que le fleuve s'est ouvert pour l'engloutir dans une floraison instantanée de bulles phosphorescentes, l'équipage a poussé avec ensemble un hurlement triomphaliste, et tous les marins m'ont applaudi en frappant mollement les unes contre les autres leurs grosses mains moulées dans la boue grise. *10 h 48 mn 16' 29" et ça continue de changer tout le temps,* a minaudé l'araignée tic-tac. Là où le type venait de faire son plongeon, la boue s'est à nouveau froissée et j'ai vu un dos huileux se soulever hors de la fange, rapide comme un éclair noir. Une rangée de dents jaunes incroyablement nombreuses et incroyablement triangulaires a ricané avant de mordre la boue et de s'y fondre. Une queue a battu brièvement la surface, puis le fleuve a repris son glissement larvaire. Mais dans la lumière orange, une tache marron aux rebords flous est apparue. L'équipage fantôme a poussé un nouveau hurlement prolongé, et les applaudissements ont redoublé. Venu de quelque part sur la berge dont je venais, mais nettement plus en aval, un trait rubis a fusé vers moi, m'a dépassé, s'est perdu dans la voûte. Je me suis aplati sur la passerelle qui tanguait toujours, ou alors elle roulait, ou elle faisait les deux à la fois. Une autre décharge laser est arrivée sur moi, mais elle s'est écrasée sur une poutrelle dans un crépitement d'étincelles rouges. Entre les montants, j'ai pu repérer mon second Curiace qui se glissait derrière une haie de conteneurs à ordures renversés. J'ai tiré. Je n'avais aucune chance de l'atteindre, mais je voulais l'arrêter dans sa progression avant qu'il soit trop près de moi : je ne pouvais plus traverser le fleuve, il fallait que je me démerde pour revenir sur la berge dont j'étais parti sans me faire cautériser la moelle. Derrière les cylindres rouillés, le mouvement s'est arrêté. Ça ne me suffisait pas. Il fallait que mon Curiace recule, qu'il se barre, qu'il calte, vite fait. Jos m'attendait, elle attendait un signe de moi, un signe de vie. J'ai commencé à ramper le long de la passerelle.

En dessous de moi, le fleuve de boue roulait paisiblement. Les dents de la mer, ou l'incroyable alligator, ou je ne sais quoi qui avait bouffé face-de-courge était allé digérer dans son cloaque, et la barque fantôme s'était perdue dans les profondeurs. Je rampais. Une autre décharge m'est passée au-dessus de la tête, mais j'ai eu l'impression qu'elle venait de plus loin. Le type avait peut-être reculé pour se choisir un meilleur poste de tir, ou alors il se barrait vraiment parce qu'il s'était rendu compte que la partie de chasse changeait d'angle – mais ça je n'y croyais pas trop. Mon Curiace était peut-être en communication avec son patron, qui lui disait au creux de l'oreille : *Vas-y mon gars, encore un effort avant la victoire finale, tu tiens le bon bout, tu vas l'avoir, ce minable.*

Son patron, c'était peut-être O'Neil, et le minable à avoir, c'était moi. Mais je ne me laisserais pas avoir, et j'enculerais O'Neil. Enfin, c'est ce que je me disais pendant que je rampais, en serrant les dents pour ne pas laisser à ma langue l'occasion de bondir hors de mon palais pour aller nourrir les créatures orduropha-ges tapies dans le fleuve.

Je n'étais plus qu'à cinq ou six mètres du bord. J'en ai profité pour ouvrir le colt. Le barillet contenait trois cartouches brûlées et quatre bonnes. C'était mieux que j'espérais. Face-de-courge avait rechargé peu avant de faire le grand saut. Mais il fallait quand même que j'économise. J'ai glissé le colt dans mon holster intégré. Mes mains étaient brûlantes. Mes deux paumes étaient en charpie, si ça se trouve ma ligne de chance et ma ligne de vie avaient déserté de conserve mon karma. Heureusement que je n'y crois pas, surtout quand ça m'arrange de ne pas y croire. *11 heures !* a claironné l'araignée.

Il y avait du mouvement du côté des conteneurs, j'ai vu une boule brillante dessiner un arc de cercle dans ma direction. J'ai fermé les yeux en pensant « ça y est ». Mais la grenade a manqué le pont, elle est tombée dans la boue où elle a explosé avec un bruit de pet foireux et des projections similaires.

Là-bas, la silhouette remuait des gambettes. Pas de doute, le type foutait son camp. Non seulement il était manche, mais en plus il jetait le gant. J'ai détaché les miens, de gants, de la boucle du Superfecto, et je les ai passés. Ça n'a pas fait du bien à mes paumes, mais au moins elles seraient protégées, désormais. J'aurais seulement dû y penser avant, mais avant, je n'avais pas tellement eu le temps de penser.

J'ai empoigné les câbles pendouilleurs, les gants sont en mailles de kevlar, et j'ai continué ma progression.

Ce n'est qu'après avoir pris pied sur la berge que j'ai réalisé pourquoi Curiace numéro 2 avait brusquement décroché. Ce n'était pas qu'il avait eu subitement peur de moi, c'est que les quais grouillaient de rats. Il y en avait tant, maintenant, que de loin j'avais confondu le bossellement de leurs dos noirs avec la surface du quai. Les rats qui m'avaient suivi jusqu'à la passerelle étaient allés chercher leurs parents et leurs proches.

En quelques secondes, j'en ai eu dix sur les jambes, que j'ai eu du mal à convaincre de me laisser souffler. J'ai pu grimper sur un conteneur. Il a oscillé sous mon poids, c'est sans doute ce mouvement qui m'a sauvé. La langue rubis m'a effleuré l'épaule avant de plonger dans le fleuve. J'avais quand même vu d'où le coup était parti : de l'entrée d'une grosse canalisation à sec ouverte dans la paroi, environ à cinquante mètres de moi, dans le milieu de la caverne. Je distinguais même nettement la silhouette de Curiace, accroupi à l'orée de la bouche. J'ai dégainé et j'ai répondu par une 44. La silhouette s'est fondue dans la canalisation. Il ne me restait plus que trois balles.

Il fallait que j'aie ce type, peut-être même que je le fasse cracher avant de lui fermer définitivement la gueule. C'était une certitude : je l'aurais, je l'aurais, je l'aurais. Pour Jos, je devais l'avoir. Les rats piaillaient tout autour du fût où je me cramponnais, mes mains et mes jambes me brûlaient. J'ai calmé ma respiration, j'ai fermé les yeux, j'ai visualisé intensément, pendant vingt secondes, le quai vidé de ses rats entre les conteneurs et l'entrée de la canalisation. Le bruit s'est mis à monter autour de moi, glapissements rauques et piaillements suraigus. J'ai ouvert les yeux, une meute de grands chiens maigres et gris surgis de l'enfer se précipitait sur les rats.

J'ai attendu que la mêlée soit bien engagée, mais ce n'était même pas une mêlée, plutôt un tourbillon baveux d'images sombres pointillé par les éclairs des yeux et les premiers éclaboussements de sang. J'ai couru à travers les soubresauts d'échines, j'ai sauté vers l'ouverture de la canalisation qui était à un mètre cinquante du sol, je m'y suis enfilé. A l'autre bout, je voyais une vague tache verdâtre. Aucune forme humaine ne s'y silhouettait, Curiace avait pris une bonne avance. Je savais bien qu'il me tendrait un piège quelque part, mais au moins, maintenant, c'est moi qui le coursais. Et puis je comptais sur mon pot, ou bien sur le regard compatissant des entités cosmiques, la preuve : les chiens.

Je suis passé encore par des salles et des cavernes, des canalisations à sec et des tunnels d'accès, éclairés ou non. Parfois j'entendais loin devant moi l'écho des pas précipités, ou alors des glissements furtifs. Je fatiguais. Il fallait terminer vite vite. Une poursuite, quand ça dure trop longtemps, ça emmerde tout le monde, pas vrai ?

C'est à l'intérieur d'un tunnel de section carrée, complètement obscur, que la chose m'a surpris.

J'avais d'abord entendu un bruit cartilagineux sur ma droite, un bruit de mâchoires sèches et molles qui se referment sur une bouillie ligneuse... J'avais pensé à une quelconque bête des ténèbres. Mais lorsque la chose m'a frôlé et qu'un appendice visqueux est passé sur ma figure, j'ai hurlé. Une puanteur que même les filtres ne pouvaient arrêter m'environnait, une main avec de longs doigts maigres s'est posée sur mon épaule.

J'ai tiré droit devant moi. A la lueur du coup, j'ai vu comme une ombre, un grand fantôme noueux dont les bras battaient. Une plainte a fusé, genre soupir du vent sous une vieille fenêtre. Il ne me restait que deux balles. Je l'avais loupé, ou seulement blessé. Connement, j'ai crié : « Qui est là ? »

La plainte s'est modulée en une espèce de langage chuintant genre cartoon. Mon inconscient a dû penser pour moi qu'il était temps que j'arrête d'avoir les jetons pour un fantôme, parce que j'ai fait deux pas en direction de la plainte, et ma main gauche s'est refermée sur un membre variqueux et humide. La plainte est montée vers l'aigu et le fantôme a cherché à se dégager, mais je tenais bon.

– Je sais pas si tu comprends ce que je dis, mon gars, mais tu vas me sortir d'ici... Le fantôme possédait-il encore des rudiments de langage humain? En tout cas, après bien des pas de rumba dans l'obscurité, nous avons débouché au centre d'un nœud de couloirs qu'un photone double mais borgne éclairait vicieusement, comme chez Mario Bava dans ses moments de déprime, avec des grands angles d'ombre qui louchaient vers les ouvertures des tunnels.

J'ai lâché mon guide, qui s'est aussitôt couvert les yeux de ses mains filandreuses. J'avais pensé juste en supposant que le bestiau devait être au moins en partie nyctalope. A part ça, il ressemblait à la créature des marais, en beaucoup plus fluet. Il était nu et gris, et des colonies de champignons montaient depuis ses pieds jusqu'à ses fesses. Il avait un sexe long et grêle, des mille-pattes et des cafards couraient dans toutes les crevasses de son tronc, une sorte de membrane, ou alors c'était seulement de la vase, lui faisait des embryons d'ailes sous les aisselles, il avait des stalactites sous le menton, trois fentes à la place de la bouche et des narines, des trous à la place des oreilles, et un crâne chauve tout boursouflé d'ulcérations. Il était répugnant mais sympathique, comme tous les monstres trop laids pour faire encore peur une fois qu'ils apparaissent en plein dans les projos.

Je ne savais pas s'il était né comme ça, et ici, ou si vingt ans dans les souterrains avaient suffi pour faire de lui ce mauvais Berni Wrightson puant, suintant et grouillant. Il était sous la lumière, il gémissait toujours, encore que plus sourdement, et ses mains aux doigts palmés et écartés devant ses yeux sombres noyés de sanies. Il me faisait pitié. Mais, pitié ou non, il fallait qu'il me rende encore un service.

Les six boyaux du nœud souterrain s'enfonçaient en étoile autour de moi vers d'obscures destinations. Un rat solitaire venait de sortir de l'un d'eux et se nettoyait le museau avec ses pattes de devant en me regardant par en dessous. Du tunnel ouest une grosse chauve-souris violette est sortie en zigzaguant et s'est enfoncée dans le tunnel sud-est, poursuivie par une autre chauve-souris, encore plus grosse et verte. Un serpent mou, blême et gras rampait non loin de mes pieds. Quelque part, des crapauds coassaient et des hyènes ricanaient. Ça vivait.

Mais, à l'autre bout d'un des tunnels, il y avait autre chose qui vivait : mon gros con de Curiace, qui m'attendait et avait piégé sa trappe. Quand j'ai vu la lueur de la torche miroiter et s'éteindre au fond du boyau nord, je me suis dit qu'il me prenait vraiment pour plus con que je suis. Mais je devais jouer le jeu. J'ai gueulé :

– D'accord! J'arrive...

Et j'ai poussé la créature des bas-fonds en direction du tunnel. Les bras toujours dressés, elle s'est ébranlée vers l'orifice sombre. Ma main aux doigts écartés avait laissé une empreinte profonde dans la mousse qui tapissait le creux entre ses omoplates. Je l'ai suivie à trois pas en arrière, décalé par rapport à l'axe du tunnel.

La chose a franchi le porche, et juste comme elle franchissait le porche sa tête s'est détachée de son cou. Je l'ai vue nettement basculer en arrière, faire un tour complet et se planter toute droite dans la boue sur le moignon de cou qui restait. Le corps a continué à avancer, en se tassant un peu plus à chaque pas. Le sang artériel pulsait vers le haut et retombait en pluie sur les épaules moussues. La tête plantée à un mètre devant mes pieds a cligné des yeux et m'a regardé. Ses yeux étaient verts, avec une pupille verticale, comme celle d'un chat. La bouche s'est ouverte. La tête a essayé de parler, mais la bouche n'a produit qu'un chuintement sec : il n'y avait plus de poumons pour envoyer de l'air dans son larynx. Les yeux ont eu une nuance de regret et la bouche s'est refermée. La tête était morte. A cinq ou six mètres dans le tunnel, le corps a basculé définitivement.

Je me suis plaqué contre la paroi, juste contre l'angle du tunnel. J'ai tout de suite repéré la bobineuse magnétique grosse comme la moitié d'un ongle qui était fixée à la paroi. Je l'ai détachée, et j'ai appuyé sur la touche de rembobinage. L'autre capsule est tombée du mur d'en face pour venir s'appliquer sur la bobineuse. Le fil était si mince, quelque chose comme un centième de millimètre de diamètre, qu'il était totalement invisible. C'était un câble Nerva, comme celui de mon grappin, mais beaucoup plus étroit de section. Cette minceur alliée à sa résistance était capable de beaux miracles, par exemple couper une tête aussi facilement que du beurre. Si je n'avais pas fait avancer monsieur mousse, c'est la mienne, de tête, qui serait maintenant plantée sur le sol.

Mais dans ce cas, je n'aurais pas eu à me poser d'autres questions.

J'ai foncé dans le tunnel. Trois giclées de laser me sont passées à des distances variables de la poitrine et du ventre. L'autre s'énervait à son tour. Je suis sorti du tunnel dans une sorte de grand puits. Le milieu du puits était occupé par la cage d'un monte-charge. Le monte-charge a démarré au moment même où je surgissais du tunnel. Dans la cabine grillagée éclairée par une ampoule jaune, une grosse silhouette a tendu le bras. Un trait de feu rose est venu s'écraser sur le mur à gauche de ma tête. Il n'y a fait qu'une petite tache marron aux bords craquelés : la batterie du laser s'épuisait.

J'ai couru jusqu'au monte-charge. Il grimpait lentement, il n'était encore qu'à cinq ou six mètres du sol. Une échelle métallique montait le long de la cage. J'ai commencé l'escalade, sans écouter l'araignée tic-tac qui sentait venir la syncope. Ce que je risquais surtout, c'est que l'autre me balance une seconde grenade. Je grimpais, barreau après barreau. Mes paumes cuisaient à l'intérieur de mes gants. Je grimpais. La cabine ahanait, les poulies et les roues grinçaient effroyablement. La cabine n'allait guère plus vite que moi, mais il y avait quand même déjà une dizaine de mètres qui nous séparaient. J'étais peut-être à quinze mètres du fond du puits, dont la hauteur totale pouvait faire dans les quarante mètres. Le salopard allait m'échapper. Je suis arrivé sur une étroite plate-forme entre deux volées de barreaux. J'étais environ à mi-hauteur du puits. La cage n'allait pas tarder à atteindre le sommet, probablement un local d'entretien tout près de la surface. Une lumière brumeuse tombait de l'ouverture carrée vers laquelle la cabine se propulsait. J'y voyais un peu mieux. J'ai sorti le colt que j'avais remisé dans mon holster pendant que je grimpais, j'ai repéré une cible potable et j'ai tiré. J'avais une chance sur trois ou quatre de tomber sur la boîte contenant un commutateur indispensable. J'y suis précisément tombé : la boîte a éclaté sous l'impact, la plate-forme s'est arrêtée avec un long gémissement de protestation. Dans la cabine, une voix a crié :

– Tu vas me payer tout ça avec les intérêts, crevure !

C'était la première fois que j'entendais la voix du second Curiace. Je l'ai reconnue tout de suite. Mais je n'ai pas été vraiment surpris. J'aurais même dû mémoriser la silhouette bien avant.

Un trait de laser est venu vers moi. Il a troué mon Superfecto mais n'a pas perforé ma carapace. Son engin s'épuisait vraiment.

J'ai repris ma grimpette. L'échelle grinçait sinistrement sous mon poids. J'avais l'impression, chaque fois que j'empoignais un barreau, qu'il allait céder sous ma traction et que je tomberais trente mètres plus bas, avec moins de grâce qu'une feuille morte. J'ai fait la connerie de regarder entre mes pieds. Il m'a semblé que j'étais à mille mètres, sur une construction en allumettes dont la base tanguait. Au pied de la cage, quelques chiens maigres et gris, du genre de ceux qui avaient assailli les rats, étaient assis et me regardaient en tirant des langues grandes comme ça. J'ai fermé les yeux, je les ai rouverts, j'ai repris l'escalade.

Je n'étais plus qu'à cinq mètres de la plate-forme immobilisée. J'ai vu une grosse jambe apparaître sous le plateau, puis une autre, puis un corps massif se glisser entre les montants croisillonnés de la cage. Curiace venait à ma rencontre, pour faire ça à la loyale, comme au cinoche, les yeux dans les yeux.

J'ai abandonné l'échelle latéralement. La face interne de la cage comportait une série de linteaux horizontaux sur lesquels il était possible de prendre pied. C'est ce que j'ai fait, en me retenant aux croisillons. De l'autre côté de la cage, Curiace descendait lentement vers moi. J'entendais son souffle, rauque et précipité. Il en imposait encore, le bonhomme, mais la grande forme d'antan l'avait quitté. Je me suis accroupi sur un linteau. Le gouffre intérieur de la cage m'appelait. Tout en bas, des trucs pointus s'étiraient vers moi. Je savais que si je pensais trop fortement *je vais tomber,* je tomberais. Mais avec cette structure en allumettes qui oscillait de plus en plus fort, c'était difficile de penser à autre chose, et l'araignée avait beau m'arroser le bulbe rachidien d'ondes lénifiantes, une partie de mon cerveau était déjà en train de tomber, comme une gueuse de plomb qui m'aurait entraîné à sa suite.

De l'autre côté de la cage, mon adversaire allait arriver à ma hauteur. J'ai respiré un bon coup, et j'ai fait les deux trucs auxquels j'avais pensé. Le second truc était de tourner le barillet du colt de plusieurs crans, pour éloigner du percuteur la chambre où se trouvait ma dernière balle. J'espérais que le gros Curiace ne se serait aperçu de rien. Dans la pénombre, et grâce à la prudence éléphantesque avec laquelle il se déplaçait sur les linteaux, c'était peu probable.

Je me suis relevé, j'ai fait deux pas jusqu'à l'échelle où je me suis retenu de la main droite. Et j'ai braqué de la main gauche la sombre silhouette de Curiace. Il était à moins de trois mètres de moi, j'ai vu qu'il me braquait lui aussi avec le boîtier de son laser à la con.

Nous avons tiré en même temps. Le faible rayon rose pâle a fait des étincelles sur ma carapace sans me faire le moindre mal. Le percuteur du colt a frappé une amorce déjà brûlée. Nous avons crié : « Chiottes ! » en même temps. J'ai réarmé et j'ai appuyé encore une fois sur la détente. Le traqueur s'est mis à rire. Il a balancé son boîtier inutile dans le puits, et il a recommencé à avancer vers moi, en glissant ses pieds à la surface bosselée du linteau qui n'avait pas plus d'une quinzaine de centimètres de largeur. Il m'a lancé :

– Plus de foutre, hein ! Mais t'en auras plus besoin. Tu as fini de faire le mariole. Je t'avais bien prévenu...

Je n'ai rien répondu. Ma main droite était serrée sur le montant de l'échelle, ma main gauche était serrée sur la crosse du colt. Mon seul souci était de ne pas faire le plongeon avant lui. Il n'était plus qu'à deux mètres de moi. Il ricanait encore, conscient de sa force. Et puis d'un seul coup il a cessé de ricaner. Sa grosse figure bouffie n'a même pas eu le temps de se modeler en une expression de surprise. Son corps a fait un arc de cercle parfait et il est tombé droit dans la cage, la tête la première. Ses deux pieds, tranchés net à la hauteur des chevilles par le câble Nerva que j'avais tendu entre un des montants de la cage et une barre qui dépassait vers l'intérieur, étaient restés à plat sur le linteau, avec un peu de sang qui pissait par-dessus le bord des godasses.

J'aurais pu dire : *Tel est pris qui croyait prendre,* mais je l'ai seulement pensé. Au fond du puits, le corps s'est écrasé avec un gros WHOUF... Il n'avait pas poussé un seul cri pendant toute sa chute. Chapeau. *Midi, l'heure de la pause casse-croûte !* a gueulé au fond de ma tête l'araignée tic-tac. J'ai regardé vers le bas, les chiens s'approchaient en grondant de la masse empalée sur les longerons.

J'ai fermé les yeux. Avant que je bouge à nouveau et que je reprenne l'escalade vers l'air libre, il fallait que je me tape un sérieux exercice de décontraction.

Mais avant, j'ai quand même prononcé à voix haute :

– Salut, Alec.

Dans le temps, il m'avait manifesté beaucoup d'amitié. Ça valait bien une oraison funèbre. Celle-là était un peu courte, mais sincèrement, je n'avais rien trouvé d'autre.

23

Jos est couchée en arc de cercle exactement au milieu de son espapt vide.

Elle est couchée en arc de cercle, sur le flanc droit, les genoux pliés remontés vers l'estomac, les bras arrondis vers ses jambes. Ses yeux sont grand ouverts. Dans la lumière très blanche et très crue qui tombe du plafond blanc de l'espapt et arrose le quadrilatère blanc et entièrement nu, le bleu de ses yeux a viré au gris transparent. Dans le gris transparent de son iris gauche, la tache paraît presque noire, on dirait qu'elle s'est agrandie, elle flotte comme un atoll maléfique contre la pupille immobile.

Sa bouche est légèrement entrouverte, entre ses lèvres roses les incisives qui se chevauchent brillent faiblement. Son visage est paisible, absent. Nulle frayeur ne s'y dessine, il semble seulement que Jos se repose, il semble seulement qu'elle est un peu lasse et qu'elle s'est laissée tomber sur la moquette blanche, mais qu'elle va se relever bientôt.

Seulement elle ne se relèvera pas. Elle n'a pas de blessure apparente. Mais elle est morte. Jos est morte. Elle a eu droit à une mort propre, une mort pas douloureuse, une mort qu'elle n'a même pas vu venir, une piqûre, et hop.

Jos est morte.

Je l'ai trouvée là, comme ça, dans cette position, en entrant dans son espapt. La porte était ouverte, j'ai tout de suite compris, avant même de voir le corps.

J'étais revenu aux CENT ROSES en cybertaxi, après être remonté du puits où j'avais laissé Alec Gourilevicz. J'avais fait passer le cyber par la transaxiale 12, pour aller le plus vite possible. Personne ne m'avait tiré dessus, personne n'avait cherché à m'intercepter. Je ne comprenais pas pourquoi. Mais j'avais eu beau aller vite, le plus vite possible, je n'étais quand même pas allé assez vite.

Jos était morte, un autre furet l'avait eue. O'Neil m'avait menti sur toute la ligne. Jos était morte, malgré mes recommandations elle avait ouvert sa porte, ou alors celui qui l'avait eue l'avait forcée, aucune fermeture électronique ne résiste quand on possède le code approprié.

L'espapt de Jos était entièrement vide sous la lumière blanche. Sans doute avait-elle décidé de changer une fois de plus l'aménagement intérieur. Mais elle n'en avait pas eu le temps.

Elle était couchée en arc de cercle, sur le flanc droit, les genoux remontés vers l'estomac, les bras alanguis vers ses jambes, dans un mouvement natatoire. Son visage était reposé, absent, mais ses yeux n'étaient plus bleus, ils étaient gris, gris et fixes sous la marée blanche du plafond. Et dans son iris gauche la tache grise était devenue presque noire, avec des bords déchiquetés, comme un cancer en pleine métastase.

Entre ses lèvres charnues et roses, entrouvertes, je voyais briller ses incisives irrégulières. Ses mèches folles et blondes se mêlaient aux poils frisés de la moquette blanche. Elle était pieds nus, elle était vêtue de sa veste serrée et de son pantalon ample, bleu foncé. Sous la veste elle portait un ras-le-cou saumon. La chaîne en or était à moitié cachée sous le ras-le-cou.

Près de sa main gauche, le petit briquet en forme d'éléphant était tombé, il était presque entièrement dissimulé dans les poils de la moquette. Autour de la première phalange de la même main, le serpent Ourobouros se mordait la queue.

Jos n'avait pas de blessure visible. Au moins elle était morte proprement, peut-être sans s'apercevoir qu'elle mourait, qu'on la tuait. Celui qui avait fait le travail s'était servi de pan-strychno, ou d'une cardiotoxine encore plus rapide, injectée par piqûre directe, ou par projection d'une balle en glace de méthane, ou d'une microfléchette.

Mais ça n'avait pas d'importance. Jos était morte. Elle était morte, et morte, elle ressemblait de manière plus frappante que jamais à Jean Seberg. Jean Seberg avait été retrouvée morte dans sa voiture. C'était en 1981, je crois. Ou peut-être en 1980, je ne sais plus. Elle était morte d'une overdose de quelque chose. On avait aussi suspecté la C.I.A., à cause de ses sympathies pour les mouvements extrémistes noirs et arabes de l'époque. Allez savoir. Elle était morte seule, après avoir sans doute beaucoup traîné dans les rues. On l'avait retrouvée dans le coffre de sa voiture et on avait dit... Je ne sais plus ce qu'on avait dit.

Marilyn aussi avait été retrouvée morte. C'était le matin du 6 août 1962, dans son hacienda de Los Angeles. Elle s'était suicidée aux barbituriques, alors qu'elle tournait un film avec Cukor, *Something's Got To Give,* « Quelque chose va arriver ». Et cette chose horrible était arrivée : elle était morte, à 36 ans, elle s'était suicidée, seule, seule, après avoir sans doute passé la nuit à téléphoner, à téléphoner à des gens qui n'étaient pas là, ou qui ne pouvaient rien pour elle, ou qui ne voulaient rien faire pour elle.

Mais il était possible aussi qu'elle ait été exécutée par la C.I.A., à cause de sa liaison avec Kennedy, et des secrets d'Etat qu'il lui glissait sur l'oreiller, pour ne pas être seul avec ses conneries de secrets d'Etat. Mais qu'est-ce que ça peut bien faire? Marilyn

Monroe est morte, et Jean Seberg est morte, et Jos est morte.

Jos est morte seule. On meurt toujours seul. Quand on n'est pas seul, on ne meurt pas. Si j'avais été avec Jos, ce matin, si j'étais resté avec Jos au lieu de courir au rendez-vous de Philip O'Neil et me faire piéger par Alec Gourilevicz et son sbire, Jos ne serait peut-être pas morte. Ou alors je serais mort avec elle, et ça nous aurait fait une belle jambe à tous les deux.

Mais non, j'avais voulu jouer au plus malin, et Jos était morte. Et puis je n'avais joué à rien, au fond. J'avais suivi mon conditionnement de furet, mes réflexes de furet. Je m'en étais sorti, mais pas Jos. Jos ne pouvait pas s'en sortir. On n'échappe pas à son furet. Jamais. On n'échappe pas à un furet, à moins d'être furet soi-même. Mais pour combien de temps?

Je m'étais agenouillé près de Jos, Jos dont le corps souple et plein dessinait un demi-cercle bleu sombre sur la moquette, Jos qui fixait le plafond de ses yeux que le bleu de la vie avait désertés, Jos qui ne m'appellerait plus au visiphone, Jos qui ne viendrait plus le soir taper à ma porte, Jos qui...

J'étais agenouillé près de Jos, et je ne savais pas quoi faire. Mais peut-être qu'il n'y avait plus rien à faire? Peut-être qu'il n'y avait jamais rien eu à faire. Le karma de Jos s'était aligné sur sa mort, depuis qu'elle avait passé cette visite dans une cabine POLYMYCIN, depuis que Mac Steranko était venu foutre son nez dans ma vie. Ces deux événements la conduisaient à la mort, et moi je ne pouvais rien y faire, puisque j'étais à la base d'un de ces deux événements.

Cinq ans auparavant, Jos avait eu un cancer du col de l'utérus. A l'époque elle avait dix-neuf ans. Son cancer avait été soigné correctement et elle avait guéri. Je ne la connaissais évidemment pas, à ce moment-là, mais elle m'avait raconté. On lui avait latérisé l'utérus, et bien sûr elle n'aurait jamais pu avoir d'enfant. Elle m'en avait parlé plusieurs fois. Elle en parlait toujours légèrement, mais je savais bien que ça la travaillait, à voir comme elle s'absentait après m'en avoir parlé.

Mais je ne pouvais rien faire pour ça. Même son métier, je ne pouvais rien faire. Je lui disais : faire le boulot que tu fais, en ayant eu un cancer de l'utérus! Et elle me répondait : mais qu'est-ce que tu veux que je fasse d'autre? Aller pointer? Elle avait raison. Elle n'avait pas le choix. Moi non plus, je n'avais pas le choix. Et je n'avais pas envie, je n'ai toujours pas envie d'aller pointer, de tourner cloduc.

On ne choisit jamais. Ni sa vie, ni sa mort. Ni sa mort? Mais moi je pouvais encore choisir quelque chose. J'étais agenouillé près du corps en arc de cercle de Jos, je me suis penché un peu plus, l'odeur de son corps, l'odeur de sa peau, l'odeur de son parfum, et l'odeur du tabac chinois a pénétré dans mes narines. J'ai respiré plusieurs fois cette odeur composite, son odeur, son odeur encore vivante après qu'elle fut morte. Jos sent bon. J'ai toujours aimé son odeur. Une fois, au début, je lui avais dit : Tu sens bon. Qu'est-ce que c'est, ton parfum? Du camphre? Elle avait ri, elle avait ri! Elle m'avait dit : Du camphre! Pour un compliment, c'est un compliment. Tu sais ce que c'est, le camphre? Idiot! Mon parfum, c'est de la cannelle...

Jos se parfume à la cannelle, un parfum des îles, où elle n'est jamais allée, où elle n'ira plus. Je me souvenais bien de cette séquence, et de son rire, de son rire.

Je me suis penché encore un peu plus, et j'ai effleuré son front de mes lèvres. Sa peau était encore tiède. Après j'ai ramassé le briquet, je l'ai mis dans une de mes poches, et je me suis relevé. Jos était une virgule bleu sombre dans la lumière blanche. Je l'ai regardée encore un moment, mais ce n'était plus la Jos étendue, morte, morte, que je voyais, c'était Jos telle qu'elle m'était apparue pour la dernière fois vivante, Jos devant la porte de son espapt, les jambes jointes, les bras croisés sous sa poitrine avec son petit panier d'osier contre son flanc, Jos vêtue de sa robe rose moulante, la Jos vivante de notre dernière sortie, au zoo, l'avant-veille, il y a mille ans.

Il y a eu un bruit derrière moi, je me suis retourné, une grande femme noire était là, qui a eu un mouvement de recul et a jeté ses bras devant elle, paumes en avant. Sa bouche soulignée de garance s'est ouverte, ses yeux étaient pleins de peur. Je me suis aperçu que le colt dont le barillet ne contenait plus qu'une cartouche était toujours au bout de ma main crispée, et que j'en braquais le canon sur l'estomac de la grande fille noire. J'ai laissé retomber mon bras le long de mon corps. J'ai dit quelque chose comme :

– Ne craignez rien. Je suis un ami de Jos. Je viens d'arriver. Je l'ai trouvée comme ça.

J'ai dit quelque chose dans ce genre. Ou autre chose. Mais quelle importance? La fille noire me fixait, la bouche toujours ouverte, les bras toujours à demi levés. Elle ne me croyait probablement pas. Je devais avoir une drôle d'allure. Je devais être couvert de boue et de vase séchée, mon pantalon était déchiré, mon Superfecto était troué et roussi à plusieurs endroits, et par-dessous on devait voir la carapace brillante de l'insecte des mauvais jours. Et ma tête... je ne savais pas quelle tête j'avais, mais je doutais que ce fût ma tête habituelle.

Cette fille... Jos m'avait parlé d'elle, une ou deux fois. Quel était son nom? Il fallait que je m'en souvienne. J'ai cherché. Je m'en suis souvenu : Accrassiah, oui, Accrassiah, c'était une amie de Jos, elle venait des Antilles, et elle faisait le même métier que Jos.

Je lui ai dit :

– Il ne faut pas avoir peur. Jos est morte, mais ce n'est pas moi qui l'ai tuée. C'est... c'est le Contrôle, tu comprends. Elle a été tirée au sort, aujourd'hui. Je n'ai rien pu faire. Et il faut que je m'en aille, maintenant. Tu t'appelles Accrassiah, n'est-ce pas? Et tu es antillaise? Tu vois, Jos m'a parlé de toi...

Maintenant, Accrassiah portait alternativement ses yeux sur moi et sur un point du sol derrière moi. C'était une grande fille, aussi grande que moi, très belle, avec un visage triangulaire et des pommettes mongoloïdes, des grands yeux sombres soulignés de vert et de rose, un nez fin et droit, des lèvres évidemment charnues que soulignait son rouge, et des dents parfaitement blanches et parfaitement régulières. Son crâne ovale était poli, et teint ou tatoué de spires blanches et bleu sombre formant un dessin rituel que je n'ai pas cherché à détailler. Elle était vêtue d'une sorte de robe, ou plutôt d'une sorte de *chiton* à la grecque, noué à la taille par des ceintures ou des rubans blancs et bleu sombre, comme la décoration de son crâne. Sous le *chiton,* elle devait être nue. Elle avait des hanches larges, mais une poitrine plutôt petite, bien que très ronde et très ferme. La pointe de ses seins faisait deux reliefs aigus sous le tissu du *chiton*, qui était d'un marron café, à peine plus clair que sa peau. Elle avait de longues jambes minces et était pieds nus.

Bien sûr, j'ai noté cela en un clin d'œil, sans la regarder vraiment. Quelle importance. Je lui ai encore dit :

– Il faut que tu t'occupes d'elle. Je m'en vais. Il faut que tu t'occupes d'elle. Surtout pas la Banque. Fais ce que tu veux du corps, mais surtout pas la Banque. Je payerai...

Je lui ai fait un vague signe avec ma main qui tenait le revolver et je suis parti. Je suis sorti de l'espapt sans me retourner, je suis passé tout près d'Accrassiah qui a eu un mouvement de recul quand je l'ai frôlée. Elle sentait le vétiver. J'étais sûr qu'elle s'occuperait bien de Jos.

J'ai pris l'ascenseur du couloir et je suis descendu de sept étages, ensuite j'ai pris la rampe mobile en direction de mon espapt.

La rampe mobile traverse le grand hall qui est au centre des CENT ROSES, là où il y a des boutiques, des *brique-fast,* des restaurants, des bistrots, un Espace Ludique, des cabines tridi. Assis devant le long comptoir en forme de serpent de l'autobar, il y avait quelqu'un que j'ai reconnu. Quelqu'un que j'avais rencontré plusieurs fois au Stand ou dans des stages. Un furet. Le furet qui venait de faire le boulot à ma place aux CENT ROSES.

J'ai pris appui sur la glissière de la rambarde, j'ai sauté à l'extérieur de la rampe et j'ai marché vers le furet.

24

J'ai contourné le bar en forme de serpent et je suis allé m'asseoir juste en face du furet, sur la banquette molle qui sinue de chaque côté du bar.

Il ne m'avait même pas vu. Il sirotait tête baissée une mixture jaune avec des bulles qu'il absorbait avec un tube de carton, ses cheveux blonds longs et raides cachant à moitié sa petite figure chafouine. J'ai fait :

– Salut, Mariaka.

Elle a levé la tête et a semblé mettre plusieurs secondes pour me reconnaître. C'était peut-être le cas : je ne fais rien pour fréquenter les autres furets. Mariaka Elkabache fait partie des seize ou dix-sept pour cent de Contrôleurs du sexe féminin. Elle est grande et osseuse et n'a jamais rien fait pour s'arranger, ni le corps, ni la gueule. Là, elle était vêtue curieusement d'un pantalon mexicain rouge vif serré en haut et évasé en bas, d'un gilet de même couleur et d'une chemise blanche à manches bouffantes. J'avais vu qu'elle portait des bottes pointues à hauts talons. Un chapeau plat, noir avec des rubans rouges, était posé à côté d'elle sur le dos bleu-noir du serpent. Elle avait une ceinture cartouchière bouclée sur le ventre, avec double holster. Dans les holsters, il y avait deux gros Mauser AK 20 qui n'avaient rien de mexicain. Elle portait aussi une sacoche de taille, où devaient se trouver des armes moins voyantes. Comme...

J'ai respiré un bon coup et je lui ai demandé si elle ne voyait pas d'inconvénient à ce que je prenne un godet en sa compagnie.

Elle a eu l'air vaguement surpris, mais elle m'a répondu que non, elle n'y voyait pas d'inconvénient. Elle devait se demander ce qui me rendait subitement si sociable. Elle pensait peut-être, la conne, que je n'avais rien à faire de l'après-midi et que j'allais lui proposer une partie de cul. Elle était déjà bourrée aux trois quarts. Elle ne savait pas que sous le corps du serpent, dans ma main droite, je tenais le Magnum braqué sur son ventre, et que dans quelques secondes elle allait prendre la dernière 44 juste au-dessous du nombril.

De la main gauche, j'ai pianoté sur les touches devant moi, et presque aussitôt un verre plein d'un horrible liquide bleu vif puant la chimie est sorti du dos du serpent. Je n'ai même pas fait semblant de le prendre. Mariaka Elkabache me reluquait maintenant avec plus d'attention derrière le voile filandreux que l'alcool tendait sur ses yeux gris-beige.

– T'as une drôle de dégaine, dis donc! Où est-ce que tu es allé fourrer tes bijoux de famille? Tu reviens de l'entraînement, ou tu t'es fait coincer par des asos qui t'ont dérouillé?

J'avais déjà oublié le résultat de mon séjour dans les égouts. En plus je devais puer, mais ça n'avait pas l'air de la gêner, ou alors elle se disait vraiment qu'elle avait une chance de se faire conduire au page, et comme ça devait lui arriver une fois tous les dix ans, elle ne mouftait pas. J'ai murmuré que c'était précisément ce qui m'était arrivé, je m'étais fait cogner par deux connards qui à l'heure qu'il était prenaient leur petit quatre-heures chez les anges. Je n'étais pas si éloigné que ça de la vérité.

Mon index s'est recourbé sur la queue de détente. Elle m'a dit :

– Mais qu'est-ce que tu fous ici?

Je lui ai répondu que c'était là que j'habitais.

Elle a eu une moue approbatrice. Un peu de liquide jaune coulait sur son menton osseux. Elle a levé la tête, a regardé le décor du hall et les gens qui buvaient ou qui passaient, et les couples qui se pelotaient, et les pubs tridi qui se chamaillaient en se disputant leurs victimes. Elle a dit que c'était pas mal du tout et que j'étais un gars verni. Elle, elle créchait...

Je n'écoutais plus. Mon index pressait lentement la queue de détente. Le bout du canon du Magnum ne devait pas être à plus de vingt centimètres de son ventre. La balle calibre 44 frapperait juste au-dessus de la boucle de sa ceinture cartouchière, ferait un trou net et rond dans le tissu de son pantalon rouge, un autre trou net et rond dans l'épiderme blême de son ventre maigre, continuerait son chemin en tournoyant à travers le péritoine, réduirait en bouillie plusieurs centimètres carrés du côlon transverse, couperait en deux l'artère iliaque juste avant qu'elle se divise en deux troncs, et terminerait sa course dans la première lombaire qu'elle réduirait en pulpe.

– ... n'étais même pas de service aujourd'hui, disait maintenant Mariaka. Et puis O'Neil m'a appelée pour me dire qu'il y avait un boulot de remplacement ici. Tu parles d'un panard! J'avais prévu une journée tranquille. Je voulais aller dans un Temps Libre et danser l'awak. Je m'étais sapée pour. Et tu vois, on n'a jamais la paix... C'est vraiment un boulot à la con, des fois... Et quand je dis des fois, je me comprends. Il y a vraiment des jours où je voudrais tout plaquer. Comme aujourd'hui, tiens!...

Est-ce qu'elle n'allait pas finir par se taire? Est-ce qu'elle n'allait pas finir par la boucler? Elle avait commandé un autre verre de liquide jaune et gazeux, entre chaque phrase elle en aspirait une gorgée avec un grand *flurp.* Ses yeux gris-beige se noyaient en même temps qu'elle. Une des mèches de ses cheveux filasses trempait dans son verre, elle ne s'en apercevait même pas.

Mon index tremblait sur la queue de détente arrêtée par la butée de sécurité. Ma main tremblait. Il fallait qu'elle se taise. Il fallait que je la fasse taire. La 44 la projetterait en arrière, la ferait gicler de sa banquette, et elle basculerait sur le dos au milieu de la moquette jaune safran de l'autobar. Ses yeux s'ouvriraient tout grand, d'étonnement. Elle se demanderait pendant une seconde quel tremblement de terre l'avait fichue au sol. Et puis elle ferait une grimace quand elle commencerait à sentir la petite douleur de la piqûre d'épingle au milieu de son ventre. Elle grimacerait plus fort quand la piqûre d'épingle enflerait, enflerait, lui ferait l'effet d'une barre de fer rougie la traversant de part en part. Alors elle baisserait les yeux sur son ventre, et par le petit trou net et rond au milieu de son pantalon rouge, elle verrait son sang artériel rouge pulser par longues saccades. Sa bouche s'ouvrirait en grand, et elle commencerait à hurler de douleur et de terreur. Tout ça ne durerait pas plus de trois ou quatre secondes. Et elle ne mettrait pas plus de trois ou quatre minutes pour crever.

Sous le boyau ovale de l'autobar, ma main tremblait sur la crosse du Magnum. Elle continuait à parler.

– ... aujourd'hui c'était particulièrement craignosse. Ça t'arrive pas, à toi, d'arriver sur un gibier, et te dire merde! celui-là, je lui laisse sa chance, je le laisse filer, ni vu ni connu? Moi, j'ai l'impression que ça m'arrive de plus en plus souvent. Surtout... surtout quand c'est une nénette. Ma dernière, tout à l'heure... Merde! J'ai pas envie d'en parler...

Elle n'aurait pas l'occasion d'en parler. Elle était déjà morte, déjà morte. L'explosion de la poudre à l'intérieur de la cartouche avait fait un bruit étourdissant, ma main tremblait toujours, ma main tremblait toujours, crispée sur la queue de détente, Mariaka Elkabache se tordait sur la moquette safran comme un chat qu'une bagnole a fauché, lui cassant les reins, Mariaka... Mariaka parlait, parlait.

– ... et je me dis qu'est-ce que tu peux faire d'autre, hein, ma vieille? Je me marre. Je pourrais même pas faire pute, avec ma gueule et mes talents. Alors j'y vais au pluto, comme Mossad sur les champs pétrolifères du Golfe. Cette petite, elle aurait pu être ma fille, si j'en avais eu une. Elle aurait pu être ma fille... Au moins, je l'ai faite en douceur. Mais tu sais... tu sais...

Mariaka parlait, elle avait rentré sa tête dans ses épaules, et ses épaules tressautaient. Ma parole, elle pleurait. Elle pleurait, la ruine. Elle était paf, complètement paf, et elle pleurait. Ma main ne sentait même plus la crosse du 44, tellement je la serrais fort. En face de moi, Mariaka Elkabache pleurait. Un furet pleurait, rempli d'alcool jusqu'aux trous de nez.

J'ai ramené mon bras sur mes cuisses. Il était sérieusement ankylosé. Je me suis massé le poignet de la main gauche, et j'ai passé le revolver sous ma ceinture, derrière mon dos.

Mariaka ne s'était aperçue de rien, elle sirotait et elle pleurait.

Je me suis levé, j'ai tendu la main comme pour lui tapoter l'épaule, mais mon geste n'est pas allé jusqu'au bout de mes intentions. J'ai dit à Mariaka que je me tirais.

Je crois qu'elle ne m'a même pas entendu.

25

Ma porte s'est ouverte quand je lui ai chanté l'idiote petite ritournelle du roi Richard.

J'ai balancé mon Superfecto en loques sur la moquette. Un Kasawaki est sorti de son trou pour venir le renifler, mais c'était une trop grosse proie pour lui. Je suis allé direct à mon placard à armes. J'ai sorti la Kalachnikov, quatre chargeurs, et le lance-flammes BLACK & DECKER. Je me suis mis tout ça sur le dos, par-dessus la carapace cabossée.

Je n'avais pas le temps de prendre une douche, ni rien. Il fallait que j'encule O'Neil. J'ai bouclé ma ceinture cartouchière autour de ma taille et j'ai glissé dans l'étui mon Sauer & Sohn qui traînait sur le lit. J'ai ramassé le Bowie et je l'ai enfilé dans ma botte droite qu'un autre Kasawaki était en train de lécher pour tâcher d'enlever la boue. J'ai pris aussi ma sacoche à grenades, que j'ai fixée sur le devant de ma carapace par les attaches magnétiques.

Jules grésillait comme une mouche à merde, abandonné sur le lit.

– Et moi, alors? Et moi alors? On me laisse choir?

Je ne lui ai rien répondu.

Il est 17 heures, tu n'as rien mangé depuis 21 heures! chuchotait l'araignée tic-tac. *Il est urgent que tu absorbes un minimum de 3500 calories...*

Je n'ai pas répondu non plus, j'ai juste bu un peu d'eau-qui-pue au robinet, et je suis sorti. J'ai pris l'ascenseur, et pour être tranquille j'ai bloqué sa mémoire avec mon shunteur Itashi, une bricole qui rend des services.

L'ascenseur se traînait. Il y a quarante-trois étages jusqu'au sous-sol correspondant aux voies express et au garage abritant les quelques véhicules grande vitesse que possèdent encore la dizaine de privilégiés de la R.I. Je me demandais toujours quand les flics ou d'autres nervis d'O'Neil se décideraient à me coincer, et comment. Ce manque de réaction à la mort de Gourilevicz et de l'autre connard était invraisemblable. Mon empreinte devait toujours se balader sur l'écran qui me pistait. Mais au moins, ça faisait un bon moment que je ne sentais plus mon *pou.* Le stress du *pou,* ça va ça vient, probable.

J'ai cessé de me poser des questions quand je suis

arrivé au sous-sol et que la porte de l'ascenseur s'est ouverte.

J'ai cessé parce que j'avais la réponse : en face de l'ascenseur, deux flics me braquaient avec des engins à fléchettes. De sous un des casques noirs et sphériques, une grosse voix bourdonnante a fait :

– Levez les mains et déposez vos armes...

Je me suis jeté à terre en roulant sur le côté, j'ai dégainé mon 44 et j'ai tiré six fois, trois balles sur le flic de droite, trois sur le flic de gauche. Une giclée de fléchettes mortelles ou seulement paralysantes a percuté le mur derrière moi, mais j'avais mis mes six balles au but.

J'ai encore fait deux tours complets sur le sol, mon barda me gênait aux entournures et faisait un boucan désagréable, je suis passé sous le ventre d'une bagnole en stationnement en sortant une incendiaire de ma sacoche. A dix mètres, un I.B.M. faisait pivoter vers moi sa tourelle mixte. J'ai jeté la grenade vers la portière avant de l'I.B.M. La portière était ouverte, la grenade a atterri aux pieds du troisième flic resté au volant. Elle a explosé juste comme les armes de la tourelle commençaient à cracher. La cabine de l'I.B.M. est devenue un soleil orange et palpitant, la bagnole a été sciée par le travers par les mitrailleuses, et les lasers ont foutu le feu à ce qui restait.

Mais je n'étais déjà plus dessous. J'ai couru vers une turbo qui était en train de démarrer à l'autre bout du garage. L'incendie me chauffait le cul, je voyais devant moi mon ombre gesticulante se détacher sur le sol rouge. La turbo allait virer pour gagner la rampe de sortie. C'était une Varga brésilienne SATANIK, bleu turquoise avec les dents de requins peintes sur le devant, comme les bons vieux Curtiss *Warhawk* de la Seconde Guerre mondiale.

J'ai lâché une courte rafale de Kalachnikov devant son museau. Le conducteur a pilé. En cinq secondes, j'étais accroché à sa portière gauche, qu'il a obligeamment ouverte pour me laisser monter à sa place. Il a dû dire quelque chose, mais je n'ai pas écouté, ni répondu. J'ai bouclé le harnais de sécurité sur ma poitrine et j'ai fait siffler le turbo à double injection. La SATANIK a bondi en avant. Dans le rétro, je voyais le bonhomme, un petit gros en vert, écarter les bras dans le papillonnement de l'incendie.

La rampe m'a jeté sur la voie express 65. Une *Tsung* noire qui venait en sens inverse en débordant un peu trop s'est brutalement déportée vers sa droite. Je l'avais déjà croisée quand j'ai entendu l'explosion.

La 65 est longtemps souterraine. Et bien sûr il n'y a pas beaucoup de circulation parce que les véhicules à grande vitesse ne courent pas les routes, de nos jours. J'ai pu maintenir le compteur à 220/230 presque tout le temps. Quand la voie a continué à l'air libre après le carrefour Marcel-Dassault, j'ai vite repéré l'hélico qui plafonnait bas. C'était un petit Renault 34 d'intervention. Il m'a survolé un moment pendant que je fonçais au milieu de la radiale 147, puis il a commencé à piquer. Son renifleur avait dû accrocher le code voco de la Varga, parce qu'une voix est brutalement sortie du tableau de bord, qui disait : « Premier avertissement au véhicule 456 785 34 VRD 075 ! Le conducteur doit... »

Je n'aurai jamais su ce que devait faire le conducteur. Je venais de faire taire le voco d'un coup de crosse bien placé. Une minute plus tard, la route a fumé devant moi sous l'impact d'une longue rafale de 16. C'était sans doute le deuxième avertissement, pour moi en tout cas. Mais pour le chauffeur du camion solaire qui a pris plein de 16 perdus dans sa cabine, c'était le bon. Le camion a zigzagué devant moi, a quitté la radiale pour aller emboutir la roulante d'un marchand de merguez, et tout s'est mis à flamber.

J'arrivais à un nouveau carrefour. J'ai commencé par serrer à gauche, et au dernier moment j'ai obliqué à droite, en passant sous le tablier d'un pont. L'hélico a hésité, le pilote a voulu trop tard passer au-dessus du pont et a encastré son engin sur la tranche du tablier.

Les débris sont tombés sur la route, en plein sur une Kremlin 17 qui roulait derrière moi.

J'ai roulé tranquille un bon moment, le moulin rugissait, la route était droite, j'ai pu atteindre le 260 pendant plusieurs kilomètres, et puis j'ai enfin vu l'ensemble de blocs carrés et gris du ministère de la Population naître à l'horizon et se précipiter sur moi, au centre des lignes de fuite en V qui giclaient continuellement vers mon arrière. J'ai pensé : O'Neil, je vais t'enculer, et j'ai viré sec au moment où un intercepteur long, bas, noir et racé arrivait sur moi par une dérivation sur ma droite.

J'avais viré sur la gauche, à un endroit où il n'y a pas de route sur la gauche. La SATANIK a ronflé en escaladant le remblai à 40°, et elle a tenu le coup jusqu'en haut. Dans le canyon de la route, l'intercepteur s'est planté dans quelque chose avec un bruit réconfortant de blindage froissé.

J'ai roulé à travers le terre-plein herbeux qui entoure le ministère. Ça cahotait un peu mais la SATANIK continuait à bien se comporter. Je voyais des piétons innocents tricoter pour s'écarter de ma ligne de course, et j'ai pulvérisé au passage plusieurs énormes audivis de propagande dont les couples de centenaires en parfait état de santé radieuse s'évaporaient à mesure en fumée.

Sur le parvis de l'entrée principale du ministère, auquel on accède par un monumental escalier d'une cinquantaine de marches, encore plus impressionnant que celui d'Odessa, je voyais des uniformes noirs s'aligner. J'ai commencé à virer sur la droite, et j'ai abordé sagement, dans un petit 140, la piste qui fait le tour des bâtiments pour s'enfiler par-derrière dans le cul des parkings souterrains. Un I.B.M. qui attendait au pied de l'escalier a démarré. Il roulait perpendiculairement à moi, dans le but évident de m'interdire l'accès au tunnel du parking.

Au dernier moment j'ai quitté la piste et, sur un double dérapage, j'ai entamé la grimpette des escaliers.

Je pensais : O'Neil, je vais t'enculer. La SATANIK sautait sur les marches, mais elle tenait toujours bon et mon harnais de sécurité tenait bon aussi. J'étais à peu près à mi-chemin quand les flics alignés en haut des marches sont sortis de leur torpeur et ont commencé à tirer. Je me suis enfoncé sous le tableau de bord, je voyais les traits de feu des lasers encadrer les déflecteurs et, par-dessus le ronflement aigu du turbo, j'entendais le crépitement sec des fusils d'assaut. Des balles ont commencé à toucher la bagnole et à perforer le coffre. Mais l'intérêt d'une turbo, c'est qu'évidemment son moulin est à l'arrière. On sautait toujours sur les marches, la turbo et moi, quand le pare-brise a pris sa giclée dans le buffet. J'ai fermé les yeux en recevant la pluie des grêlons sécurit sur la gueule, et quand je les ai rouverts, j'étais en haut des marches. La carrosserie sonnait comme un carillon de Noël, elle était percée comme une cible 3-D, je voyais des morceaux de flics en mouvement à travers les trous qu'ils faisaient à la bagnole. J'ai senti deux ou trois projectiles rebondir sur ma carapace, mais elle aussi tenait toujours bon et je n'avais toujours pas l'impression d'avoir pris autre chose que des éclats de verre ou de carrosserie sur les bras et la figure. Quand je suis passé au milieu des flics j'ai arrosé tout ce qui se trouvait à ma gauche avec la Kalachnikov que je tenais à bout de bras à travers le déflecteur brisé, et tout ce qui se trouvait à ma droite avec le lance-flammes que je tenais de l'autre main. Je ne tenais pas le volant. Quand je suis passé à travers les portes vitrées donnant accès au hall, ma moyenne était tombée à un tout petit 90 minus, et j'entendais le flash-flash-flash que faisaient les quatre pneus crevés. J'ai viré à gauche vers les ascenseurs en tournant le volant avec mes dents. Les Varga ont une direction extra-sensible. J'ai pilé devant les ascenseurs, j'ai boulé hors de la bagnole sans cesser d'arroser autour de moi des silhouettes indistinctes qui prenaient feu ou se pliaient en deux, au petit bonheur la chance. La SATANIK a explosé.

J'étais derrière un pilier, j'ai seulement vu passer les éclats de carrosserie rougis qui sont allés valdinguer sur le dallage, les murs, les cabines automat, les escalators, les bulles des hôtesses, les panneaux, les audivis et les humains qui cavalaient encore autour de moi. J'ai profité de la barrière de feu pour pénétrer dans un ascenseur. Je l'ai programmé pour le vingt-septième étage et j'ai shunté sa mémoire avec mon boîtier Itashi. C'est au vingt-septième étage que se trouve l'antre d'O'Neil. J'allais enculer O'Neil. Je me suis débarrassé du lance-flammes qui était pratiquement vide, j'ai changé le chargeur de la Kalachnikov, et j'ai regarni le barillet du Sauer & Sohn. Quand j'ai eu fait tout ça, l'ascenseur s'est arrêté, j'étais à l'étage d'O'Neil, que j'allais enculer.

Je suis sorti de l'ascenseur. La porte de la cabine mitoyenne coulissait. J'ai lancé une frag par l'ouverture, j'ai couru droit devant moi dans le couloir blanc. J'ai entendu le crépitement des billes de plastique sur les parois de la cage d'ascenseur, et le bruit feutré et écœurant d'autres billes entrant dans de la chair. Des portes se sont ouvertes à mon passage, des têtes se sont montrées pour aussitôt s'éclipser. Le couloir faisait un angle sur la gauche. Après, au fond, il y avait les appartements qu'O'Neil ne quitte jamais. Je me suis laissé glisser au sol en prenant le coude du couloir. En même temps je pressais la détente de la Kalach, cadence tir ultra-rapide. Les quarante-huit balles ont été éjectées en trois secondes. Les deux types qui se trouvaient devant la porte de chez O'Neil ont été agités pendant trois secondes de mouvements stroboscopiques, puis ils ont glissé lentement à terre, devant la porte d'O'Neil. Ils étaient entièrement rouges et gluants des couilles aux cheveux. J'en ai quand même reconnu un, celui aux tifs blancs et à la prothèse oculaire. Ils tenaient tous les deux un gros colt Supermagnum. Ils n'avaient pas tiré un seul coup. *18 h 53,* a chuchoté abruptement l'araignée tic-tac. Et, avec un bel à-propos, elle a ajouté : *Encule-le.* Je lui ai promis que j'allais le faire. J'étais devant la porte d'O'Neil, j'ai enjambé les deux corps visqueux, j'ai sorti une soufflante pour faire sauter la porte blindée. Juste avant d'appliquer la soufflante sur le battant, j'ai poussé avec le plat de la main, un réflexe, pour voir. La porte s'est doucement ouverte devant moi. Je suis entré dans la pièce. A l'autre bout de la pièce, O'Neil m'attendait, assis derrière son bureau de réception. Il souriait vaguement, les coudes sur le dessus du bureau entièrement vide, les mains jointes devant son menton. Son expression était ironique et agacée, il tapotait sans cesse les bouts de ses doigts les uns contre les autres.

J'ai laissé tomber la Kalach et la soufflante, j'ai sorti le 44 de son étui et je me suis avancé vers O'Neil.

Je lui ai dit :

– O'Neil, je vais t'enculer.

26

Il a passé sa langue sur ses grosses lèvres, il a hoché la tête, il a haussé les épaules.

Il m'a dit :

– Vous avez pas fait du joli-joli, hein... Et en plus vous n'êtes même pas poli.

Je lui ai répondu :

– Pas de baratin, O'Neil. Je vais vous enculer...

Il a dit :

– Vous avez de la suite dans les idées, mon vieux...

J'ai repris :

– Je vais vous enculer, O'Neil. Avec neuf balles calibre 44 dans le trou du cul. Mais avant vous allez causer. Et sans me promener. Et sans m'endormir.

Il m'a dit :

– Vous êtes pas beau à voir, mon vieux, mais vous

n'avez pas l'air facile à endormir... J'ai suivi votre petite balade sans en perdre une miette, vous savez. Vous étiez presque constamment filmé. Vous connaissez le nombre de véhicules civils et de police que vous avez bousillés? Vous savez combien de vies humaines vous avez effacées? Vous voyez un peu la merde que vous avez semée et le fric que vous allez coûter à l'Etat?

Il se penchait en avant sur la surface vernie de son bureau vide. Sa voix était plus Jean Tissier que jamais. Il ressemblait plus que jamais à un gros matou castré qu'on empêche de dormir en le titillant avec une baguette. Il était à gerber l'intégralité de son intérieur. Je lui ai dit :

– Changez pas de sujet, O'Neil. Votre fric, vous pouvez vous le foutre au cul. Je vous avais demandé de surseoir à l'effacement d'un... de quelqu'un. Vous m'aviez promis. Vous m'avez mené en barque. Vous avez envoyé un autre furet faire le travail à ma place. Et vous m'avez envoyé deux sbires au cul... Ça vous a pas réussi, et pas non plus à eux. (Il a eu un mouvement enchaîné des mains, du menton, des épaules, comme pour me faire comprendre que le sort de ses sbires le laissait de glace; il était très convaincant dans le genre sobre.) Mais vous m'avez assez fait perdre de temps. Si vous voulez gagner trois minutes de votre vie pourrie, causez!

– Oh la la!... si vous saviez comme vous pouvez me casser les pieds, à la fin! Mais qu'est-ce que vous voulez savoir, bon Dieu?

Il commençait vraiment à en faire plus que trop. Mais je me sentais empli d'une patience d'ange. Je lui ai dit :

– La dérivation entre les POLYMYCIN et *Atropos*... Le trucage des statistiques santé... Tout le merdier.

Il a passé sa main grasse et blanche dans ses faux cheveux noirs, il a lissé en arrière ses trois mèches argentées. Sa grosse langue baveuse a sinué sur ses lèvres comme un serpent obèse qui vient faire du body-body à un biftèque véreux.

– Vous faites pas plus con que vous ne l'êtes pas, mon vieux... Poser les bonnes questions, c'est déjà y répondre. On ne vous a pas appris ça, à l'école? Bien sûr, il y a une dérivation entre les POLYMYCIN et *Atropos.* Et alors? Tous ces types, toutes ces femmes qui vont crever de leur cancer, de leur intoxication alimentaire, de leur leucémie, de leur polybacillose dans les six mois, dans les deux ans, vous croyez que ça ferait bien, dans les statistiques santé? Tandis que maintenant... *Atropos* crache leur nom et hop! Liquidés, et on baigne...

J'ai raffermi ma prise sur le 44. Je m'endormais debout. C'était mauvais. Il fallait que je liquide cette vieille peau avant de piquer du nez. Je sentais le roussi, mes mains, mes bras, ma figure commençaient à me faire un mal de chien. Quelque chose me coulait sur l'œil gauche, du sang, probable. Il fallait vite que j'encule O'Neil, pour Jos, pour Jos.

– Ça a commencé comment, cette merde? C'est vous, qui avez eu l'idée?

– Ça a commencé vous étiez pas né, et moi non plus, mon pauvre ami! Vous croyez peut-être que les gouvernements jouissent d'avouer que leurs citoyens sont mal protégés? Vous avez entendu parler de la catastrophe nucléaire d'Oural, en 1958? Il y a eu plusieurs milliers de morts. Vous croyez qu'un seul Russe en a entendu parler? Et Seveso, Italie, 1977, ça vous dit quelque chose? Quelques autres milliers de personnes qui ont bouffé de la dioxine et qui ont crevé de leur cancer du foie dix ou vingt ans après... Les journaux en ont parlé pendant six mois et ensuite, motus. Et Three Mile Island, Etats-Unis, 1980? Mais je pourrais continuer longtemps en remontant jusqu'à aujourd'hui...

» On parle pas de ces trucs, mon vieux. On n'en parle pas! Alors bon, chez nous, le vrai départ, ça a été la soupe de krill MARÉE BLEUE, l'aliment d'Etat pour toutes les bourses, distribué par les centres de nutrition. Vous vous souvenez? Sûrement pas, c'était il y a vingt ans. Le grand matraquage sur l'Océan source de toute vie... Manque de bol, la soupe au krill contenait un méchant virus. Les consommateurs ont commencé à tomber comme des mouches. Alors bon... c'est là que j'ai décidé, en accord avec notre cher ministre – ah oui! ç'était pas le même qu'aujourd'hui, hein!... C'est là que j'ai décidé de faire faire des heures supplémentaires aux Contrôleurs et de liquider quelques dizaines de milliers de personnes intoxiquées, avant qu'elles crèvent de leur hépatite. Bien sûr c'était encore de l'amateurisme. On ne touchait pas encore à la légalité du tirage au sort. L'établissement du Contrôle Egalitaire était encore trop récent, et les commissions trop pointilleuses... Mais un accident par-ci, un attentat par-là... Vous voyez? Les statistiques étaient sauves. Par la suite, on a creusé l'idée et...

– Dégueulasses! Vous êtes tous de beaux dégueulasses!

– Hein? Quoi? Dites, soyez poli, mon vieux... Vous faites la fine bouche, quand vous effacez vos dix gibiers par séance? Je dois vous rappeler sur quoi repose la stabilité de l'Etat? Sur la notion de sécurité des citoyens. Sé-cu-ri-té. Mais vous avez compris, bien sûr... Notre cher Mirosliv Ervan vous a ouvert les yeux, n'est-ce pas?

– Vous savez tout, pas vrai, O'Neil? J'ai tout le temps été pisté, écouté, surveillé! Mac Steranko avait raison : vous m'avez foutu un mouchard dans mon espapt...

O'Neil a eu un geste de ses mains molles et blanches et a soulevé ses épais sourcils noirs. Ça voulait dire : précaution élémentaire, mon cher Watson.

J'ai ricané.

– Alors votre combine à la Dracula, c'est rien d'autre que ça. On repère les malades grâce aux visites obligatoires dans les cabines, et on les efface avant qu'ils crèvent de leur belle mort... Contrôle Egalitaire mon cul! Et en avant pour les statistiques triomphalistes! C'est vraiment à gerber...

– Mais qu'est-ce qui vous prend, mon vieux? Revenez un peu sur terre, hein! Vous avez jamais entendu dire que la société occidentale traverse la plus grave crise de son histoire? Que la planète traverse la plus grave crise de son histoire? Surpopulation, famine, épuisement des ressources, ça vous dit rien? Encore heureux qu'on soit pas transformés en atomes... Alors il faut choisir. On nourrit les gens à peu près bien, on les distrait, on les loge. Le reste... Il faut pas chercher la petite bête. Les énergies douces, les industries non polluantes, hein! Ça coûte, mon vieux, ça coûte! Alors s'il y a un peu trop de nitrates dans l'eau, un peu trop de bioxyde de soufre dans l'atmosphère, un peu trop de radiations partout... Qu'est-ce que vous voulez qu'on y fasse? On laisse les bons citoyens croire qu'ils ont toutes les chances de leur côté de mourir vieux et en bonne santé. Et on liquide sous le manteau ceux qui font pencher les statistiques du mauvais côté. C'est simple comme bonjour. Il suffisait d'y penser. La sentimentalité n'a rien à faire là-dedans. La justice non plus. La justice! Vous me faites rire, mon vieux... Réfléchissez : Qu'est-ce que ça peut bien faire si cinq cent mille personnes chaque année meurent flinguées au lieu de crever un ou deux ans plus tard de leur cancer ou d'une bonne multibacillose? Nous sommes d'accord? Bien! Alors écoutez-moi encore cinq minutes et posez cet outil. Vous êtes en pleine illégalité, mon vieux...

Je l'étais... Mais je n'ai pas posé mon outil. Je l'ai levé, j'ai ajusté O'Neil entre les deux yeux. Toutes ses phrases se brouillaient dans ma tête. J'avais sommeil, sommeil... Je l'ai visé entre les deux yeux. Il me regardait, vaguement souriant, vaguement agacé, vaguement interloqué. Qu'est-ce que ça pouvait me foutre, ses histoires? Qu'est-ce que j'en avais à foutre, de cinq cent mille clampins crevés comme ci ou crevés comme ça? Je voyais seulement Jos, Jos virgule bleu sombre sur la moquette blanche de sa chambre. Le liquide poisseux qui me coulait du front avait entièrement obstrué mon œil gauche. Je n'avais pas besoin de le fermer pour viser. J'avais réglé le Sauer & Sohn en double action. J'ai appuyé sur la détente, une fois, deux fois, trois fois, quatre fois, cinq fois, six fois, sept fois, huit fois, neuf fois. Les neuf balles ont traversé O'Neil, du front au diaphragme, chacune à cinq centimètres en dessous de la précédente.

Mon barillet était vide, la forte odeur de cordite m'a fait tousser. O'Neil me regardait toujours, vaguement souriant, vaguement agacé, vaguement interloqué.

C'est à ce moment que j'ai reçu un coup de bidule derrière la nuque. La décharge alpha m'a électrisé de la tête au pied, j'ai senti mon corps s'arquer, une douleur intolérable a parcouru chaque cellule de mon corps.

Après, tout a été noir et je ne me suis même pas vu tomber.

27

– Alors, on se réveille?

Je ne me réveillais pas, j'étais en plein cauchemar. La gueule chafouine d'O'Neil flottait au-dessus de ma tête, comme un ballon rouge brique, tout mou, qui se baladait contre un ciel blanc-bleu en se déformant constamment.

J'ai fermé les yeux. Je les ai rouverts. Mon œil gauche me faisait mal et j'avais l'impression qu'il ne s'ouvrait pas complètement. J'ai essayé de me redresser, pour que la gueule d'O'Neil cesse de me surplomber. Je n'avais pas envie que sa gueule tombe sur la mienne.

J'ai respiré un bon coup, j'ai pris appui sur mes coudes et j'ai fait porter tous mes efforts sur mes reins.

En même temps que je me redressais, une gerbe d'étincelles brûlante a remonté ma colonne vertébrale en partant du coccyx, pour venir exploser sous mon crâne comme un feu d'artifice multicolore dont les fusées ont rejailli par mes oreilles, mes yeux, ma bouche, mes trous de nez.

Ça a tourné encore un bon moment. J'avais mal partout. Les bidules neuro sont une sacrée saloperie, même à faible amplitude. Mais le monde a fini par cesser de tourner. Il faut bien que ça arrive un jour. Et la sale gueule de matou trop bien nourri qui ricanait devant ma pauvre gueule brûlante a cessé de tourner du même coup.

Je me suis assis sur la table où j'avais été allongé. J'avais tout l'air d'être dans une infirmerie. Ces messieurs étaient bien bons. J'ai regardé mes mains, mes bras. L'ensemble était presque entièrement recouvert de glu cicatrisante. Mes membres ressemblaient à des branches d'arbre dont l'écorce est atteinte de dégénérescence, ou alors aux pattes d'un vieux reptile en pleine mue. J'ai porté mes mains à ma figure. Ça collait. Je devais aussi avoir la gueule pleine de glu. En baissant les yeux, j'ai vu que j'en avais également sur la poitrine. Ils m'avaient repeint des pieds à la tête, ou presque. Ils étaient plus que bons.

Un type en vert pâle, avec une toque de même couleur sur le crâne, m'a dit que je n'avais que des blessures superficielles, causées en majorité par des éclats de verre qui s'étaient incrustés dans mon cuir. Il avait fallu m'extraire une cinquantaine de ces éclats. Je souffrais en outre de quelques brûlures de simple premier degré, j'avais une estafilade de douze centimètres entre le cuir chevelu et la paupière gauche, et les paumes de mes mains étaient en charpie, mais ça je le savais. La glu se détacherait d'elle-même dans deux jours, et il faudrait que je laisse la cicatrisation suivre son cours.

J'ai remercié le médecin pour ses explications rassurantes. Il m'a fait un signe de tête, et il a quitté l'infirmerie, suivi par une aide-soignante à gros derrière dont je n'avais même pas remarqué la figure.

Dans la pièce, il y avait deux autres types en combi noire. Eux sont restés. Ils avaient les mains sur les hanches, et tous deux portaient au côté droit un holster garni d'un Supermagnum. S'il leur avait pris la fantaisie de dégainer, j'aurais pu parier qu'ils ne m'auraient pas raté. L'un était immense et blond, avec une banane, et des épaules de lutteur. Il portait une matraque neuro au poignet. C'est lui qui m'avait sonné. L'autre était le furet ressemblant à James Coburn que j'avais repéré au Temps Libre où j'avais rencontré Mirosliv Ervan. Je lui ai lancé un clin d'œil, qu'il m'a rendu.

Le troisième personnage qui restait dans la petite pièce blanche était Philip O'Neil. O'Neil, on ne le voit en général qu'en plan américain, sur un écran ou assis derrière son bureau. Les rares fois où on le voit debout, ça fait toujours un choc. Parce qu'en réalité, O'Neil ne se tient pas debout. Le corps de Philip O'Neil s'arrête un peu au-dessous de son nombril. O'Neil n'a pas de bas-ventre, il n'a ni couilles ni bite, il n'a pas de jambes. La moitié inférieure d'O'Neil a été emportée par une explosion, au cours d'un attentat, quelque chose comme trente ans dans le passé.

O'Neil n'a pas de trou du cul. Même si j'avais eu dans l'idée de l'enculer véritablement, et c'est une idée que de toute façon je n'aurais pas eue, ça aurait été impossible.

La moitié supérieure d'O'Neil est montée sur un tripode bionique General Electric. Avec son buste qui sort du gros cylindre brillant et boudiné qui lui enserre la taille, il fait penser à un répugnant insecte mou qui aurait le look 1925, en train de se hisser hors de sa carapace métallique au cours d'une mue particulièrement difficile. Quand le tripode se met en mouvement, avec une souplesse et une agilité remarquables, ça fait *ta-ca-clac, ta-ca-clac, ta-ca-clac* sur le sol. On ne pense plus du tout à un chat, quand on voit O'Neil sur sa prothèse. On pense à un de ces Martiens de *l'Invasion de la Terre*, le film que George Lucas a produit en 1991.

– Bon, on peut parler, oui...? a fait O'Neil.

Il était à un mètre de moi. J'aurais pu lui sauter à la gorge et lui serrer le cou avec mes mains couvertes de glu. Mais je ne l'ai pas fait. J'aurais été neutralisé par les deux furets avant de pouvoir l'étrangler complètement.

O'Neil m'avait bien eu. Une fois de plus il m'avait eu jusqu'à la moelle. J'avais voulu l'enculer, il m'avait baisé comme un débutant. J'avais vidé mes neuf balles sur lui, sans me rendre compte que je tirais sur un hologramme. Je devais être bien fatigué, à ce moment-là. Et je l'étais toujours. L'araignée tic-tac devait l'être aussi, ou alors elle avait été sérieusement touchée par la décharge alpha, parce qu'elle ne me donnait plus l'heure, elle faisait seulement *pouët-pouët!* à l'intérieur de mon crâne, et ça s'ajoutait à la tétanie fourmillante qui me raidissait encore le système nerveux. Je n'étais pas vraiment bien.

J'ai dû quand même tenter un sourire qui a étiré la glu aux deux coins de ma bouche. J'ai fait :

– Je vous écoute, monsieur O'Neil...

J'avais appuyé sur le *monsieur*. Comme humour au second degré, ça ne pissait pas loin. Comme marque de mépris au troisième, non plus. Mais j'étais fatigué, fatigué.

– Voilà. Je vous propose un truc. On efface tout. Ce que je vous ai raconté tout à l'heure, et que vous saviez déjà en partie, ça sort pas de votre bouche. Les autres... heu... personnes gênantes, Mac Steranko, Mirosliv Ervan et votre... heu... amie, ne sont plus dans la course. On n'en parle plus, hein?

Je n'ai pas pipé mot. J'étais avec Jos. J'étais avec Jos.

– Vous... vous m'avez impressionné. Sincèrement! D'accord, ce matin, j'ai voulu vous faire taire vous aussi. Je m'étais dit... boh! Tout le monde peut se tromper, hein? Quand j'ai su que vous aviez effacé Krantz et Gourilevicz, j'ai pensé que vous étiez un bon élément, après tout. Oui : un sacré bon élément, mon vieux. Le meilleur. Le meilleur... Effacer Krantz et Gourilevicz sans armes, il fallait. Et j'ai eu une autre idée. Vous êtes quand même un Contrôleur, hein? Vous n'avez eu jusqu'à présent que de bons états de service... Pas une bavure, pas un manquement à la discipline, à la discrétion... J'ai dit à notre cher ministre, qui suivait bien entendu l'affaire : ce gars-là, on se le garde. Et même... mais attendez!

O'Neil a passé sa grosse langue sur ses grosses lèvres. J'attendais. Je ne pouvais rien faire d'autre. Il a continué.

– Quand le mouchard placé chez vous nous a montré que vous sortiez avec votre artillerie, on a compris que vous alliez faire une connerie... Alors forcément il était préférable d'envoyer la police vous cueillir. Seulement vous avez cru bon de liquider aussi la patrouille. Remarquez... ça prouve bien que vous êtes le meilleur, hein! Mais à partir de là je ne pouvais plus rien faire... seulement passer la main au Ministère Pol. Résultat... Mais bon, passons. Quant à votre tentative de meurtre sur ma personne, je ferme les yeux aussi. J'ai l'habitude... Il a eu un rire plus Jean Tissier que celui du vrai en désignant du menton sa carcasse prothétique perchée sur le tripode. Les deux furets qui ne me quittaient pas des yeux ont osé une grimace servile. Il voulait en venir où, au juste? Je n'allais pas tarder à le savoir et je m'en torchais avec délices. Non : avec indifférence. Mais ça m'avançait à quoi? Et Jos, ça l'avançait à quoi?

– Pendant que vous étiez... inconscient, j'ai pu arranger les choses avec le Ministère Pol. Oui, nous avons fermé les yeux sur beaucoup de choses... beaucoup de choses, mon vieux! Parce qu'attention! Et là je ne rigole plus! Pour vous, ça pouvait être le procès grandiose suivi de la chambre! Ou l'envoi comme volontaire sur Vénus! Ou l'effacement discret ici!...

Mais je vous propose autre chose... Le Contrôle possède sa propre police. Son service de sécurité, si vous voulez. Rien d'officiel, hein! Seulement un petit groupe de furets, les plus loyaux, les plus efficaces, qui ont pour charge de mettre de l'huile là où ça grince, si vous comprenez ce que je veux dire. Krantz et Gourilevicz en faisaient naturellement partie. Calvino...

(Il a désigné de son gros pouce le type ressemblant à James Coburn, qui a souri.)

– ... et Gilson...

(Il a désigné du même pouce le géant blond au bidule, dont la face est restée aussi neutre que si elle avait été de cire.)

– ... en font partie aussi. Je vous offre de les rejoindre. Cet... honneur s'accompagnera naturellement d'une rallonge financière. Qu'est-ce que vous en dites?

J'étais fatigué. J'avais envie de rentrer chez moi. J'ai dit à O'Neil que je l'enculais. J'avais dû parler trop bas, parce qu'il m'a fait :

– Plaît-il?

J'ai répété, plus fort :

– O'Neil, je vous encule.

Il a levé les bras. Son estomac protubérant, qui tendait sa chemise bleu pâle, a failli en jaillir hors du caisson bionique.

– C'est une obsession, on dirait... Vous avez des problèmes sexuels, vous, hein? Si j'en crois votre dossier, vous n'êtes pas très actif, de ce côté-là... Mais ça ne me regarde pas. Je préfère oublier vos grossièretés. Je préfère considérer que vous êtes choqué par tout ce qui vous est arrivé. Reposez-vous, mon vieux. Rentrez chez vous et reposez-vous. Soignez-vous, dormez. Considérez-vous comme en congé exceptionnel. Prenez une semaine, quinze jours, le temps qu'il vous faudra pour vous remettre. Et quand ça ira, appelez-moi. Calvino... raccompagnez-le en bas, mettez-le dans un cyber, tenez-le par la main jusque chez lui s'il le faut, mais qu'on me débarrasse le plancher de cet obsédé.

Calvino s'est avancé vers moi. Je lui ai fait un geste pour lui montrer que ça irait bien comme ça, et je me suis mis debout. O'Neil avait reculé jusqu'à l'autre bout de la pièce, *ta-ca-clac, ta-ca-clac, ta-ca-clac*, pour se mettre à l'abri de la carrure du blond au bidule.

J'ai secoué les épaules et j'ai plié les jambes. Ça irait. Ça irait. On m'avait extrait de ma carapace et on m'avait enlevé ma chemise, mais quelqu'un avait eu la gentillesse de me passer sur le dos une tunique en toile blanche qui protégeait ma poitrine engluée. Calvino m'a désigné la porte. J'y suis allé, il me collait aux talons. Avant que je passe le seuil, la voix languissante de Philip O'Neil s'est à nouveau fait entendre.

– Vous êtes un élément de valeur, mon vieux. Vous êtes le meilleur. Je vous veux. Je vous aurai. J'ai besoin de types comme vous. Vous n'avez pas le choix...

Sans me retourner, j'ai lancé :

– O'Neil, je vous...

Il a dit :

– Je sais, je sais...

Mais j'avais déjà passé la porte. Calvino marchait maintenant à côté de moi. Il souriait, et son sourire faisait des tas de plis imbriqués de chaque côté de sa bouche. Il était plutôt sympathique – au cas où la sympathie m'aurait touché. On a pris l'ascenseur. Calvino m'a dit :

– Je crois que tu déconnes... C'est vrai que t'as pas le choix. Et puis qu'est-ce que ça change? Sans compter que t'as sérieusement tranché dans la masse. Krantz, Gouri, Falkenberg, Larbi...

L'ascenseur descendait. Je lui ai demandé :

– Qui c'est, Falkenberg et Larbi?

Il m'a dit :

– Ceux que tu as réduits en passoire devant la porte...

J'ai vaguement hoché la tête. Ces deux-là, je les avais complètement oubliés. On était arrivés au rez-de-chaussée. On a pris un couloir, qui débouchait dans le grand hall. Tout était impec, on avait enlevé la carcasse de la SATANIK, les corps, les débris, on avait remplacé les cabines automat esquintées, on avait reverni les murs. La seule chose signalant encore mon passage hâtif était le gros manipulateur Unimation *Puma*-5000 qui s'affairait à replacer les panneaux vitrés que j'avais pulvérisés.

En haut des marches, il n'y avait pas le moindre flic brandissant le glaive de la justice, ou celui de la vengeance. O'Neil n'avait peut-être plus de jambes, mais il avait le bras long.

Des citoyens paisibles montaient et descendaient les escaliers, le soir était doux, le ciel bleu foncé avec des coulées roses vers l'ouest. Il ne s'était rien passé, rien du tout. En bas des escaliers, un cybertaxi RENAULT-11 tout jaune attendait dans les lueurs du soir. Il était pour moi.

– Tu veux que je te fasse un bout de chemin? m'a demandé Calvino.

– C'est pour le boulot? je lui ai fait.

Il a secoué négativement la tête en souriant.

– Alors merci, non.

Il a encore souri.

– Tu as l'air sérieusement en pétard... C'est à cause de cette fille?

J'ai dû lui lancer un drôle de regard. Il n'a pas insisté. Je lui en ai su gré. Il m'a seulement fait un clin d'œil, que je lui ai à nouveau rendu.

Un peu plus d'une heure après, j'étais chez moi.

28

J'étais chez moi, mais je ne me sentais pas chez moi. Je n'étais pas chez moi. Quelque part dans mon espapt, il y avait un mouchard. Dans un angle du mur, ou sous un des appareils électroniques, ou n'importe où, un plombier avait foutu un œil et une oreille. J'allais coller mon nez à la baie, O'Neil pouvait me voir. J'allais chier, O'Neil me regardait chier. Je me grattais les couilles, O'Neil entendait *crrrr... crrr... crrr...* et se marrait.

Quand Steranko était venu me raconter sa fable, O'Neil était à côté de nous. Quand...

Quand Jos venait me voir, quand elle s'asseyait par terre, ou sur mon lit, ou quand elle se promenait de long en large dans l'espapt en fumant ses saloperies de TCHANG, O'Neil la regardait, O'Neil l'écoutait parler, O'Neil la voyait sourire, et voyait son sourire s'absenter quand Jos s'absentait.

O'Neil savait tout sûr Jos. O'Neil savait forcément que Jos ne savait rien, ne soupçonnait rien. O'Neil savait que je n'avais jamais rien dit à Jos, jamais. O'Neil avait quand même fait tuer Jos. O'Neil, cet enculé, cette crevure, ce...

J'ai pressé mes tempes avec le bout de mes doigts. J'avais subitement très mal à la tête. L'ensemble de mon espapt était curieusement flou. J'ai titubé jusqu'au tapis de relaxation, je m'y suis laissé tomber à genoux, je me suis allongé sur le dos, j'ai fait quelques exercices respiratoires. Ensuite j'ai passé au shiatsu, en m'occupant d'abord de mon *Tai Yo*, pour faire cesser mes maux de tête et mes vertiges. Puis je me suis occupé du *Ten Den* pour me revivifier. Je n'arrivais pas à être concentré à cent pour cent. Mais j'ai réussi à me remettre sur pied. Il aurait peut-être aussi fallu que je mange, mais je n'avais pas faim. Je sentais toujours les yeux d'O'Neil sur moi. Sur moi et sur Jos.

J'ai dit :

– Tu m'écoutes, O'Neil? Tu me mates? Je t'encule...

Je suis allé chercher Jules, qui bourdonnait faiblement. Je l'ai pris dans ma main. Il m'avait tant servi, depuis des années. Qui sait, il pourrait peut-être m'aider encore. Je lui ai dit :

– Jules, je ne sais pas à quand ça remonte, mais des plombiers ont foutu un œil et une oreille quelque part, ici. C'est un coup d'O'Neil. Tu ne saurais pas où ça se trouve, ces machins?

Jules a transformé son bourdonnement en sifflement. Il a fini par cracher d'un ton lamentable :

– Mais je n'en sais rien, moi... je n'en sais rien! On ne me dit jamais rien. Je me demande bien à quoi je sers... Je ne suis qu'un pauvre vieux, ouais, un pauvre vieux...

J'avais dû le laisser activé trop longtemps. Ses batteries s'épuisaient. Il n'avait plus du tout la voix de Jules Berry, même quand il est pété, mais carrément celle de Michel Simon. Il ne me servirait à rien. Je l'ai laissé tomber, j'ai shooté dedans avant qu'il ne touche terre, il est allé rebondir sur le mur avant de s'enfouir dans la moquette, où il a continué à grogner.

– Y'a plus de respect pour rien, nom de Dieu! Plus de respect pour rien! Ni pour personne... Moi, un vieux pote, qui ai été de tous tes coups... Voilà comment on me traite, nom de Dieu!

Et autres conneries.

J'ai regardé un moment avec suspicion (Hitchcock, 1941) le bracelet de la puce à mon poignet. Mais non. Je ne peux pas le quitter, et je n'imaginais pas les plombiers venant le farcir pendant que je dormais... Mon placard à armes, maintenant entièrement vide, ne présentait rien de suspect non plus. J'ai tenté ma chance auprès du guincheur de la porte.

– Et toi, puisque tu laisses rentrer n'importe qui, tu pourrais pas me dire où sont allés poser leur crotte les plombiers que tu as fait entrer?

– Les plombiers? Quels plombiers, patron? Je n'ai pas fait rentrer de plombier, moi, patron...

Elle avait subitement pris une grosse voix de serviteur nègre, comme on en entend dans les films d'avant 1960.

– Tu te fous de ma gueule? je lui ai répliqué.

Elle a pleurniché :

– Je n'oserais pas, moi, pauvre porte, patron... Mais vous savez bien que je n'ai aucune mémoire!

Elle avait raison : la porte ne possède pas de banque mémoire, elle ne pouvait se souvenir de rien. Par acquit de conscience, j'ai reniflé le guincheur sur toutes ses faces, mais il m'a paru propre de toute manipulation. Alors je suis allé ouvrir la réserve à outils, sous la tablette du terminal. Elle n'avait pas été visitée. J'en ai retiré tout ce que je possède, pas grand-chose, une multipince, un tournevis à pile, un emboîteur, un marteau, quelques autres trucs. J'ai déposé le tout sur mon lit. L'objet le plus précieux était un microviseur OPTICA. Je me le suis ajusté sur le front et j'ai commencé à inspecter les points les plus éloignés de l'espapt, le haut des murs, les angles du plafond, en réglant à mesure la molette de visée.

Le microcosme s'est précipité vers moi. J'ai suivi en longs travellings latéraux la jonction des panneaux, avec leurs failles géologiques, leurs imperceptibles prairies de moisissure, les brèches causées par la chute de quelque météore de poussière. Le plafond m'a présenté sa plaine infinie de fibroverre, sur laquelle une larve, ou plusieurs, avaient tracé un cheminement de concrétions argileuses séchées. En transparence, je voyais les fils incandescents noyés dans la masse, comme des câbles déposés à l'envers à l'intérieur d'une banquise. L'écran était une autre plaine, verticale celle-là, percée de puits coniques à l'intérieur desquels brillaient les têtes de la multistéréo. J'ai sondé le papier plastifié de mes deux posters, où j'ai pu repérer facilement, sur les revers du veston de Bogey, les fondrières de sang séché de Mac Steranko. Je n'ai rien décelé. J'ai repoussé le microviseur en haut de mon front. Je suis allé boire un coup de flotte-qui-pue. L'œil et l'oreille étaient peut-être dissimulés quelque part dans le coin cuisine. Je suis allé chercher la multipince et le tournevis, et j'ai commencé à dévisser le capot du crachoir. La voix graillonneuse du coin cuisine s'est élevée.

– Je fais partie de l'aménagement intégré de l'espapt. Vous n'avez pas le droit d'apporter des modifications à mon mécanisme. Je fais partie de l'aménagement intégré de l'espapt, vous n'avez pas le droit...

Le voco piailleur était dissimulé au fond du crachoir. Je suis allé le cueillir avec la mâchoire de serpent de la multipince, je l'ai arraché comme une amygdale et je l'ai écrasé d'un coup de talon. Sur l'écran, la liste des spécialités du jour avait commencé à défiler à toute blinde, comme saisie de l'urgence d'avoir à me proposer des mets succulents qui auraient mis fin à mon travail de salubrité personnel. *Entrecôte marchand de vin – Onglet aux échalotes – Poulet à la vénusienne – Dinde farcie au boudin – Longe braisée façon Monsieur Charles – Biftèque de baleine sauce algues bleues et krill vert – Lézards des sables en cocotte – Noix de kangourou aux ignames – Palette de...*

L'écran a fulguré et s'est tu quand je l'ai arraché du mur. Derrière, il y avait un fouillis de câbles épais comme des cheveux, que j'ai inspectés un à un avec le microviseur. Je n'ai rien trouvé. Du crachoir qui n'était plus qu'une ouverture béante plongeant vers la fosse à bouffe de la R.I., un gargouillement est venu, suivi par une projection de matière flasque et marron qui m'a manqué de peu. La matière est venue s'étaler sur la moquette. Ça puait le poisson pourri. C'était le dernier glaviot du crachoir.

Après, je me suis attaqué au coin toilette. Une

inspection minutieuse du microviseur n'avait rien donné. J'ai commencé par dévisser le pommeau de la douche. Ça a suffi pour que la douche se mette à gueuler avec la voix geignarde de Peter Lorre :

– Eh bien alors! Moi aussi, je fais partie de l'aménagement intégré de l'espapt! Je vous signale en outre qu'avec la pose, je coûte 2765 euros, T.V.A. et taxe d'habitation comprises...

J'étais en train de sortir le tuyau de son logement. Des éclats de plâtre venaient percuter ma figure et s'enfonçaient dans la glu, parce qu'il fallait que je tape avec le marteau pour faire sauter les rivets. La voix de Peter Lorre accélérait son débit :

– Mais que faites-vous? Que faites-vous? Ne vous ai-je pas rendu jusqu'à présent tous les services que vous pouviez attendre de moi? Ne vous ai-je pas avec ponctualité débarrassé de votre couche de crasse urbaine quotidienne? Remarquez bien que je n'en tire aucune fierté : je suis faite pour ça... Mais considérez la perte irréparable que vous allez subir par suite d'un geste hâtif que, j'en suis certaine, vous regretterez sitôt accompli...

Et autres conneries. La douche avait toujours été particulièrement bavarde. Elle me disait :

– Mon eau n'a peut-être pas toujours la pureté chimique et microbienne désirée, mais est-ce ma faute? Je suis approvisionnée par le réseau commun à tout le périmètre résidentiel sud-ouest. Je fais ce que je peux. Mes filtres ne sont-ils...

Les appendices rétractiles de l'emboîteur ont détaché le bloc mémoire de la douche. *Pouët pouët!* a fait l'araignée tic-tac dans ma tête. Elle était toujours naze. Et je n'avais toujours pas trouvé d'œil ni d'oreille. J'ai démonté entièrement le cylindre à ions négatifs, le four à homéojournaux, le nettoyeur, le recycleur. Les pièces métalloplastiques se répandaient à mesure dans la chambre. L'armada complète des Multimate Kasawaki était sortie des terriers et tournait autour des débris. Il y en avait beaucoup trop pour eux. Ils poussaient des gémissements à fendre une âme moyenne, mais pas la mienne. Il fallait que je trouve le système mouchardier installé par les plombiers d'O'Neil. Il le fallait.

J'ai soufflé un peu, j'ai dit à haute voix : « O'Neil, je vous encule! » et je me suis remis au boulot. J'ai sorti toutes les cassettes de mes étagères pour les empiler sur le lit. Mais ni sur les montants des étagères ni derrière ne se trouvait quelque chose ressemblant à un œil ou une oreille, le microviseur en faisait foi. Je me suis alors attaqué à mon computeur digital et à tous ses accessoires. Ça me faisait mal. Ça me faisait mal, mais j'y allais. Peut-être pas gaiement, mais j'y allais. Je désossais le computeur, je déposais sur la tablette tous les neuristors, tous les câbles, tous les tubes, tous les cristaux, toutes les mémoires. Je me disais à mesure : c'est la rate d'O'Neil, c'est le ventricule gauche d'O'Neil, c'est le sternum d'O'Neil, c'est la couille droite d'O'Neil.

Mais O'Neil n'a pas de couille droite. Ni gauche. Quand je l'ai eu entièrement désossé et réduit en chair à saucisse, je n'avais toujours pas trouvé d'œil ni d'oreille. La glu commençait à m'étirer la peau sur la figure et sur les bras. Sous la glu, ça me démangeait. Mais je n'avais pas fini. J'ai réglé l'emboîteur, qui a arraché d'un seul coup de son socle le bloc du terminal P.T.Télémat. Un grelot aigre a retenti dans l'espapt. Une voix aux accents strictement fonctionnels s'est élevée :

– Il ne s'agit plus maintenant des aménagements propres à la Résidence et relevant du Syndicat de l'habitat fonctionnariel, mais d'un matériel appartenant à l'Etat, sous tutelle du ministère de la Communication. Ceci est une infraction punie par la loi. Je vous somme de mettre fin immédiatement aux déprédations dont je suis l'objet, sinon je me verrai dans l'obligation de...

J'ai coupé le câble du voco et la voix s'est tue. Mais quand j'ai eu fini de démonter le terminal, je n'avais encore rien trouvé. Mon espapt ressemblait à une échoppe de ferrailleur ayant servi de champ de bataille à deux bandes rivales de bunz. Qu'est-ce que je n'avais pas inspecté? La moquette! L'œil et l'oreille étaient peut-être dissimulés dans la moquette, ou sous la moquette. Je me suis agenouillé à l'angle de la pièce situé à gauche de la porte, et j'ai commencé à décoller la moquette de la dalle de fibro sur laquelle elle est fixée. C'était un travail long et difficile, pour lequel l'emboîteur ne m'aidait que modérément. J'y laissais mes ongles les uns après les autres et les Kasawaki me gênaient en tournant autour de moi. Chaque fois que je parvenais à arracher un bout de moquette, je la réduisais en petits morceaux de la taille d'un timbre-poste d'antan avec le sécateur de la multipince.

J'ai mis au moins un siècle à arracher la moquette de l'ensemble de l'espapt. Il n'y avait pas de mouchard dans la moquette, ni sur la dalle de fibro.

Il était bien quelque part... Il était bien quelque part, pourtant, ce morpion. Mais il restait quoi? J'ai fait un nouveau tour d'horizon. Il ne restait que l'aquarium de Moby Dick. Pas là, quand même. Et pourquoi pas? Les plombiers sont des pros avisés. C'est là qu'ils avaient collé leur saloperie. Là, dans l'aquarium de Moby Dick : la planque idéale, l'endroit dont ils étaient sûrs qu'il ne recevrait pas ma visite. Non? Eh bien j'allais me gêner. Ha! ha! j'allais me gêner! Moby Dick tournait lentement, lentement dans son eau verte. Moby Dick n'était plus rouge, il était partout rose fané, il avait perdu la moitié de ses écailles, même son œil noir avait pâli. J'ai frappé de l'index la paroi de l'aquarium. J'ai fait *tske-tske-tske*, mais il n'a pas réagi davantage que d'ordinaire. Pauvre Moby. Pauvre Moby. Le mouchard était peut-être dans le système de purification d'eau, ou dans le distributeur de nourriture, ou, qui sait? – dans le bateau pirate en plastique, ou même à l'intérieur du minuscule scaphandrier.

Je ne pouvais pas inspecter tout ça en détail. J'étais plus que crevé. J'étais en décomposition avancée.

Shiatsu ou pas, je ne tiendrais pas debout longtemps encore. J'ai fait :

– Salut, Moby!

Et j'ai défoncé la paroi de l'aquarium d'un grand coup de multipince. Le verre s'est brisé, un jaillissement d'eau verte m'a arrosé les jambes en cataracte. Toute l'eau s'est déversée sur la dalle nue, Moby Dick s'est tortillé longtemps, longtemps sur le sol, sa queue battant inutilement l'air, ses nageoires pareilles à de longs cils de femme ramant inutilement sur le fibro. Quand il a eu fini de bouger, j'ai minutieusement inspecté les appareillages à sec de l'aquarium avec le microviseur réglé au grossissement maxi, mais je n'ai rien repéré pouvant ressembler à un œil ou à une oreille.

J'ai lancé la multipince sur la baie vitrée, mais elle a rebondi sans même fêler le verre.

Pouët pouët! a fait l'araignée tic-tac dans ma tête.

– Quel désastre... quel désastre... a mugi une grosse voix sourde qui a décru comme une dynamo disjonctée, avant de s'éteindre dans un sanglot.

C'était la voix de l'espapt, relayée par le guincheur de la porte qui, de sa situation élevée, devait avoir une vision désolante des ravages que j'avais effectués.

Je ne pouvais plus rien faire. J'avais cherché partout, je n'avais rien trouvé, et je ne pouvais plus rien faire. J'étais debout au milieu de la pièce dévastée, et la pièce recommençait à tourner doucement autour de moi. De l'autre côté de la baie, le ciel était mauve. Le jour se levait. Il y avait quarante-huit heures que je n'avais pas dormi.

J'ai dit à la baie d'inverser sa polarité, et la nuit s'est faite sur l'extérieur. J'ai débarrassé le lit de toutes les cassettes dont j'ai fait une montagne à côté de moi, et je me suis assis sur le lit. J'ai quitté ma tunique, mes texanes, mon pantalon, mon slip. Je me suis allongé sur le lit. J'ai demandé au plafond de s'éteindre. Le plafond ne s'est pas éteint. Tant pis. J'ai fermé les yeux sous la lumière laiteuse du plafond. Mon corps était parcouru d'élancements, de fourmillements, de petites douleurs électriques qui me traversaient aux endroits les plus imprévus, comme des particules infra-atomiques baladeuses. Je ne parvenais pas à m'endormir. Mes doigts battaient la charge sur le drap. J'ai remonté mon bras droit sur ma poitrine, je me suis gratté la glu qui me couvrait la poitrine, et ma main est descendue le long de mon estomac et de mon bas-ventre.

J'ai posé la paume de ma main sur mon sexe, sur mon petit instrument, mon petit machin qui reposait dans son nid de broussaille. Mon petit instrument a frémi, j'ai senti qu'il bougeait sous ma paume, qu'il gonflait sous ma paume. Je l'ai pris entre mon pouce et mon index. Il a encore grossi, il s'est redressé, il se penchait en arrière en se redressant. Bientôt il a été tout raide, tout gros, il a fallu que je referme ma main entière dessus pour bien le tenir. C'était comme si j'avais tenu un morceau de bois, lisse, et tiède, et souple, qui aurait été enraciné sur mon ventre, avec des racines qui se prolongeaient jusqu'à mes reins. J'ai commencé à faire mouvoir mon poignet d'avant en arrière, d'avant en arrière, d'avant en arrière, doucement, doucement, contre mon ventre. Les racines dans mes reins se tendaient et se rétractaient, on aurait dit qu'elles voulaient s'échapper de mon ventre, ou remonter à l'intérieur de mon sexe. J'ai cessé de le faire aller et venir contre mon ventre, j'ai juste appuyé le bout de mon index à la base de mon gland, et j'ai remué la peau, avec le bout de mon index, sur quelques millimètres. C'est la partie la plus sensible, là, à l'endroit où la peau du prépuce s'attache à la base du gland par une mince languette de peau triangulaire. Vous le saviez, mesdames? Vous le savez, maintenant. Je me suis tendu des talons aux épaules, j'ai senti une explosion de chaleur au centre de mon ventre, qui a désagrégé les racines fourmillantes. C'est parti en quatre ou cinq giclées contre mon estomac. Quatre ou cinq giclées, et c'était déjà fini, le plaisir était déjà passé. C'est si court, si rapide, et on en fait une telle histoire, une telle histoire! Le sperme est à la température du corps, je ne le sentais même pas sur ma peau. J'étais vidé, mon petit instrument s'est racorni en plusieurs saccades entre mes doigts. J'ai fini par le lâcher, il est retombé en avant, tout petit, ratatiné, misérable, dans son nid de poils. Le liquide a refroidi sur mon ventre, ça faisait une petite flaque fluide où j'ai un moment fait tremper mes doigts. J'ai porté mes doigts à ma bouche, je me suis léché. C'est un peu salé, un peu fade, avec des relents chlorés, ce n'est pas désagréable, ni le goût ni l'odeur. Ça a encore refroidi, une rigole glacée est descendue contre ma hanche, une autre entre mes cuisses. Je me suis essuyé avec un coin du drap. J'étais mal, j'étais bien, je ne savais pas.

J'ai rouvert les yeux quelques secondes. Le plafond me regardait. J'ai dit :

– O'Neil, je t'encule.

Ensuite je me suis très vite endormi.

29

J'ai dû dormir vingt-quatre heures. Je ne sais pas : l'araignée tic-tac ne tictaquait plus, elle faisait juste *pouët pouët* dans ma tête. Quand je me suis réveillé, elle a fait *pouët pouët*, joyeusement. Je me suis levé, j'ai fait le jour à la fenêtre, la lumière était celle d'un matin pâle, le matin d'un jour où il ne fera ni beau ni mauvais. L'espapt ressemblait à un champ de bataille après le passage d'un Killdozer. La grande tache laissée par l'eau de l'aquarium formait encore une auréole humide sur le sol de fibro. Les Kasawaki erraient toujours lamentablement dans les débris. Je ne me souvenais pas d'avoir fait un tel chambard, pour rien. Fugitivement, ça m'a rappelé l'Afrique, et des souvenirs épars, désagréables.

Je me suis dit : je vais appeler Jos.

J'avais oublié. Ou alors j'avais fait semblant d'oublier, une seconde ou deux. Je ne sais pas. Mais c'est vrai, j'aurais pu l'appeler. Le visi aurait sonné longtemps, et puis il se serait éclairé sur un brouillard vert, et l'image de Jos se serait dessinée à sa surface, un tableau pointilliste, un million de points lancés à travers l'espace, capturés par le tube, et réassemblés sur l'écran ovale en forme du visage de Jos, un visage ensommeillé et boudeur, des lèvres gonflées, des yeux dont le bleu n'aurait été encore qu'imparfaitement coloré, des cheveux en épis...

Ç'aurait pu être comme ça, oui.

Mais je n'ai pas appelé Jos. J'avais démonté mon visi, et Jos n'était plus là. Jos n'était plus là. Il fallait que je m'habitue : Jos n'est plus là. Il fallait que je m'habitue.

J'ai ramassé le cadavre de Moby Dick et je suis allé le fourrer dans le gouffre du recycleur. Jos n'est plus là. Je suis allé regarder ma gueule dans le miroir qui ne grossissait plus et ne s'éclairait plus de l'intérieur. Ma gueule n'était pas comme d'habitude. Elle était couverte de glu marron et translucide, sous la glu on voyait les traces roses des blessures en voie de cicatrisation, et entre les balafres, sur mes joues et mon menton, la barbe qui poussait. Jos n'est plus là. J'ai bricolé comme j'ai pu le tuyau de la douche et j'ai raccordé la pomme au bout du tuyau. J'ai pu faire venir l'eau par pompage manuel, mais elle était froide et puait encore plus que d'ordinaire. Je me suis douché longtemps, j'ai réussi à faire partir toute la glu en me frottant avec mon gant de crin. Jos n'est plus là. Il n'était pas question de commander un petit déjeuner au crachoir. Je commençais pourtant à avoir faim. Je me suis habillé avec n'importe quoi, une combi noire qui a collé à ma peau à vif, et je suis sorti.

Jos n'est plus là.

Je suis sorti, je ne pouvais pas rester dans cet espapt qui ressemblait à Dresde le 14 février 1945 au matin. Je ne sais pas vraiment où je suis allé, ce jour-là. Ni le jour suivant, d'ailleurs. J'ai erré. Je n'avais nulle part où aller. Mais je ne pouvais pas non plus rester sur place, ni rester en place. Alors j'ai erré, d'une R.I. à l'autre, d'un Temps Libre à l'autre. J'ai erré à travers les terrains vagues qui enserrent les R.I. et les Temps Libres, là où la savane pousse sauvagement entre les voies de circulation, où des carnassiers bizarres laissent dans l'herbe des traces sinueuses, où naissent des favelas miniatures faites avec des bidons et des emballages, des carcasses de bagnoles et des fragments de bulles rapiécés, et dont les habitants loqueteux vous regardent passer avec des yeux durs en refermant leurs poings sur le manche de leur couteau ou la hampe de leur arc.

A intervalles irréguliers je mangeais quelque chose, n'importe quoi, n'importe où. Je tournais en rond, et une ombre marchait avec moi, me collait à la tête et au corps. Je ne m'habituais pas. Est-ce qu'on s'habitue?

J'ai pensé une ou deux fois à appeler cette fille, Accrassiah, pour lui demander... Mais lui demander quoi? Elle s'était sûrement bien occupée de Jos, sûrement. Le reste n'avait aucune importance. J'allais d'un coin à l'autre du monde, et le monde était pareil où que j'y pose mes pieds. L'ombre était là, qui me bouchait le regard.

Une fois, aux abords des quartiers ouvriers je crois, j'ai donné des coups de pied et des coups de poing contre une cabine POLYMYCIN. Ce sont de beaux édicules lisses, aux arêtes arrondies, tout laqués de blanc, avec le sigle de la Santé peint sur les flancs : deux silhouettes stylisées se tenant par la main, au milieu des anneaux verts du serpent d'Esculape. J'ai donné des coups de poing et des coups de pied sur la paroi. Une fille blonde qui passait sa visite est apparue derrière la porte à glissière. J'ai crié :

– Tirez-vous de là! C'est une arnaque! C'est dirigé sur *Atropos*! Vous allez passer au Contrôle!...

Et autres conneries.

Des travailleurs à gueule de travailleurs, maussades et soupçonneux, s'approchaient de moi. Plus loin, je voyais deux vigiles de l'usine la plus proche, en tenue jaune citron, déambuler dans la direction de l'attroupement dont j'étais le centre, en balançant leur bidule.

Je me suis tiré. Je devenais dingue. Il fallait que je fasse quelque chose avant qu'on m'enferme, qu'on m'abatte, qu'on lâche les chiens. Mais faire quoi? Enculer O'Neil, c'était hors de question. Je pouvais faire comme au ciné, bien sûr. Comme Redford dans *les Hommes du Président* ou *les Trois Jours du Condor* : aller cafter aux journaux. Ce n'était peut-être pas une idée aussi débile qu'elle en avait l'air. Le soir, dans les décombres de mon espapt, j'y ai réfléchi. Si O'Neil avait mis sur sa liste Steranko et les autres, c'était bien pour qu'ils ne parlent pas, qu'ils ne dévoilent pas sa combine minable. C'était donc ce qu'il craignait. Alors pourquoi ne pas essayer? Les journaux... mais quels journaux? Et qu'est-ce que ça voulait dire, les journaux? On n'était plus dans la deuxième moitié du siècle passé, où la presse écrite représentait encore une force... Enfin, c'était dans les films, qu'on prétendait que la presse représentait une force. Je ne sais même pas si c'était vrai, dans les faits. J'avais simplement vu cinquante films où le journaliste courageux dénonçait le complot au risque de sa vie.

Aujourd'hui, les journaux ne représentent plus rien. Ce ne sont que des kilos et des kilomètres de papier, tellement recyclé qu'il est presque noir, qui sont directement imprimés à domicile, dans le four, et que personne ne lit, ou seulement pour les petites annonces. L'information, c'est sur les écrans qu'elle passe. Et les écrans, c'est l'Etat, c'est O'Neil.

Si je voulais manger le morceau, il fallait que je passe par un journal. Mais lequel? Il y avait cinquante titres rien que sur la capitale. Il fallait que ce soit un journal d'opposition. Seulement l'opposition n'existait plus. Un journal satirique, alors? Il y en avait bien un. Parfois j'en regardais les dessins. Il s'appelait *le Canard.* C'était une feuille qui avait été créée au moins cent cinquante ans auparavant. Elle tenait encore le coup. Mais qu'est-ce qu'elle valait? Ça ne me coûtait rien d'essayer. Je me trompais.

Le lendemain matin, j'ai visiphoné au *Canard* depuis une cabine des CENT ROSES. Un type qui ressemblait à Groucho Marx m'a écouté en fumant un marqueur. Il a eu l'air intéressé. Il m'a dit de passer.

J'ai pris le Jaune et je suis passé aux locaux du journal, qui se trouvent bien entendu dans les quartiers intellos. On a commencé par me faire attendre, et puis un type qui n'était pas celui que j'avais eu au visi m'a fait entrer dans un petit bureau tout vert. Les locaux du journal étaient tristes et silencieux. Ça ne ressemblait pas à ce que j'avais pu voir dans *Bas les masques*, de Richard Brooks. Mais bien sûr, les journaux ne sont plus imprimés sur linotypes. On n'y retrouve pas l'animation fébrile des films de jadis. Les locaux des journaux sont des bureaux comme les autres, avec des types assis dans des petites pièces silencieuses, devant l'écran de leur correcteur de texte. Celui qui m'a reçu ressemblait à Harpo (Marx). Mais ses yeux bleus ne pétillaient pas quand il m'a dit, sans se servir d'un cornet, qu'on lui avait transmis mes offres de renseignements, que c'était un gage de confiance que je me sois adressé au *Canard*, et qu'il appréciait, mais que parler du Contrôle Egalitaire était un sujet trop grave et trop tabou pour que... je comprenais, n'est-ce pas?

J'avais déjà compris avant même qu'il commence à m'envelopper. Je lui ai dit de ne pas se fatiguer, et je suis parti. Je n'avais même pas envie de me demander si la feuille de chou faisait son autocensure, ou si O'Neil était intervenu entre le moment où j'avais appelé et celui où j'avais été reçu. Qu'est-ce que ça pouvait bien foutre? Une fois de plus, j'avais été baisé.

Je n'ai compris à quelle profondeur que lorsque je suis retourné chez moi, et que j'ai glogloté devant ma porte : *Mon cœur est à Lion et je vais chantant ma peine...*

Ma peine, je commençais seulement à entrevoir comment elle allait être grosse. Parce que la porte ne m'a pas répondu, et ne s'est pas ouverte. J'ai chanté encore une fois, mais Sésame a fait celle qui n'entendait pas. Pour me punir d'avoir voulu cafter aux journaux, O'Neil avait fait changer mon code. Je ne pouvais plus entrer chez moi. J'étais baisé, baisé, baisé. Ça m'apprendrait à jouer au héros. Je ne pouvais plus entrer chez moi. Il y avait bien un système d'ouverture manuelle, mais comme un con j'avais laissé la clé à l'intérieur. Plus personne ne se sert d'une clé. Quant à essayer de défoncer la porte...

Sous mon aisselle, mon *pou* s'est mis à me sucer vicieusement le sang. Ça faisait longtemps que je l'avais oublié, celui-là. Mais il ne m'avait jamais quitté. Il restait à l'affût dans ma viande, et quand O'Neil ne pouvait ni me voir ni m'entendre, au moins il savait où j'allais.

Précisément, où est-ce que je pouvais aller? Je ne me voyais pas rester devant ma porte, en attendant le miracle des grandes ouvertures. La nuit tomberait sous peu. Je pouvais toujours trouver un hôtel, et réfléchir. Mais réfléchir, depuis quelque temps, ça ne me menait pas loin, ça avait plutôt tendance à me faire faire marche arrière.

Je suis descendu à la station du Jaune au sous-sol de la R.I., je suis allé au Centre OLYMPIA, *l'Hôtel des dieux où l'on est servi comme des dieux.* A la réception, j'ai été accueilli comme un dieu jusqu'au moment où j'ai dû enfiler ma carte C.N.M. dans la fente suceuse. Une petite lumière rouge s'est allumée, puis des lettres de même couleur sont apparues, qui disaient sans contestation possible : **Compte non approvisionné.**

Le réceptionniste, bon chic bon genre, m'a fait un geste de regret. J'ai gagné une cabine visi dans le hall de l'OLYMPIA, et pour un nickel, j'ai obtenu la communication avec mon agence de la CHAÎNE NATIONALE MULTICRÉDIT, qui fait transiter ma fortune personnelle vers toutes les bouches qui l'engloutissent. Un hologramme d'une exquise politesse a bien voulu répondre à ma légitime question : mon compte venait d'être bloqué sur ordre exprès du ministère des Finances, en attente d'étude d'une irrégularité me concernant.

J'ai dit à l'hologramme de saluer tout le monde chez lui, je suis sorti de la cabine, de l'hôtel, et je suis allé regarder les étoiles s'allumer faiblement dans la nuit brouillasseuse. Le spectacle ne m'a pas reconforté. J'avais voulu enculer O'Neil, c'est lui qui m'enculait. Pas brutalement, pas avec du plomb chaud, mais doucement, doucement, et à répétition. Du grand art, quasiment le Kâma sûtra.

Je voyais son sourire de chat du Sheshire flotter sur sa gueule recuite. Qu'est-ce qu'il m'avait dit? Il m'avait dit : *Je vous veux, je vous aurai*, ou quelque chose dans ce goût-là. Il ne m'avait pas encore. Mais je sentais sa patte de velours écarter ses griffes capotées au-dessus de ma nuque. J'ai frissonné. Une petite bruine s'est mise à tomber, noyant les rares étoiles naufragées. Dans notre société policée, un type qui n'a ni logement ni compte crédité n'est peut-être pas un homme mort, mais il se trouve debout, en équilibre, sur la marche juste au-dessus de la tombe. Ou de la Banque d'Organes.

J'ai résisté à la tentation de me dire : Qu'est-ce que je peux faire? Ou peut-être bien que je me le suis dit quand même. De toute façon ça ne changeait rien, je n'avais pas de réponse. Si j'avais eu un ami... Mais je ne connaissais personne, personne, juste quelques furets. Il y avait cette fille, Accrassiah. Accrassiah?

J'étais naze, ou quoi? Pour qu'elle soit effacée, comme Jos?

La bruine menaçait de se transformer en pluie. J'ai couru jusqu'à l'entrée du Jaune, je me suis installé sur une banquette d'un quai. Je virais déjà cloduc. J'ai fouillé mes poches, j'avais encore deux tickets de Jaune à cinq nickels l'un, quarante-sept nickels en pièces détachées, et un rectangle de vingt euros. Avec ça, je ne pouvais même pas me payer en liquide un hôtel de dixième zone pour la nuit.

J'ai remis ce gigantesque paquet de blé dans la poche intérieure de ma combi. Un gros type vêtu d'une pneuma orange entièrement dégonflée m'avait regardé faire avec attention. Maintenant il se rapprochait de moi en glissant son gros derrière sur la banquette. Son odeur se rapprochait en même temps. J'ai préféré me lever avant d'avoir à me colbaquer avec les deux, et je suis allé consulter un terminal à deux euros, un peu plus loin sur le quai. J'ai fini par trouver l'adresse d'un centre d'hébergement à la nuit pour chômeurs assistés. Je n'étais pas vraiment chômeur, et encore moins assisté, mais je pouvais bien tenter ma chance. J'ai repéré le parcours sur le plan du Jaune et je suis monté dans la rame adéquate. Le centre *Indira-Gandhi* créchait rue la même bonne femme. C'était dans la ceinture ouest, la nécrozone, les quartiers pauvres. Je connaissais. Sauf que d'habitude, je n'y vais pas pour dormir au milieu de mes frères de misère.

J'ai fini par trouver le centre après avoir pas mal tourné dans des ruelles sombres, en évitant un grand nombre de mains tendues vers moi, dont quelques-unes étaient prolongées par des instruments pointus et tranchants. Il pleuvait toujours, je ruisselais, ça sentait la pauvreté, la misère crasse, qui mérite bien son nom, et je n'avais pas pris mes filtres.

Il y avait la queue devant *Indira-Gandhi*, qui n'était rien d'autre qu'une grosse bulle vert sombre en forme de citrouille. Il devait être plus de minuit, le carrosse s'était déjà transformé, salut, Walt Disney. Je me suis mis en bout de queue. Elle comptait bien une cinquantaine de clodards des deux sexes. Ça avançait lentement, avec des bousculades, des coups de gueule, des coups de poing. A mi-chemin de la porte, il y avait autant de monde dans mon dos que devant moi. Je m'efforçais de ne penser à rien de spécial, et j'y arrivais assez bien. Le *pou* ne me dévorait plus que du bout des mandibules, et l'ombre aux yeux bleus s'était faite discrète. Est-ce que par hasard ce serait vrai, qu'on s'habitue? Je n'y croyais pas absolument. Quand ça a été mon tour de passer l'entrée derrière laquelle s'empilaient des formes humaines soudées par une forte odeur de gerbe et de pisse, un kapo épais coiffé d'une casquette rigide de shupo, serré dans une combiprotec verte comme la bulle, et tenant à la main l'éternel bidule, m'a arrêté du plat de son autre battoir.

– Carte! il m'a fait.

Il devait avoir l'œil, car j'avais bien remarqué qu'il ne demandait rien à ceux qui m'avaient précédé dans l'antre. Ou alors c'était à cause de mes sapes, pas encore assez cradingues. J'ai dit avec assurance que je l'avais laissée chez ma grand-mère en revenant de lui porter son petit panier avec la galette au beurre, mais il n'a pas eu l'air d'apprécier ma culture cartoon. Pour éviter la décharge alpha que son œil porcin me promettait si j'insistais, j'ai décarré. Je n'étais pas à l'aise dans mes petits souliers. Je ne me voyais pas passer la nuit à la belle en pleine nécrozone. Il pleuvait toujours, je m'imbibais, je commençais à tousser.

– Si c'est qu'tu veux entrer, y'aurait p'têt'ben un moyen... a fait une voix derrière moi.

C'était un clodard anonyme qui avait dans la nuit une gueule de clodard anonyme. Mais ça me suffisait.

– Combien? j'ai demandé.

– Ho!... combien, combien... C'est à voir. Combien que t'aurais, sur toi, mon camarade?

Je n'allais pas me laisser prendre à un piège aussi grossier. J'ai fait mine de me fouiller, j'ai ramené quelques pièces que j'ai comptées dans le creux de ma main.

– Il me reste juste vingt-sept nicks, camarade...

Pour le clodard, ce n'était pas beaucoup. On a un peu discuté le bout de gras, il a fini par ramasser mes vingt-sept nickels, m'a fait faire le tour de la bulle et m'a fait entrer par une découpure qui se trouvait sur l'autre face, gardée par un patibulaire. J'ai remercié, je me suis infiltré sous la bulle, au milieu de mes frères de misère. Il y avait des matelas partout sur le sol, qu'il fallait enjamber pour se déplacer. La plupart étaient déjà occupés, par des qui roupillaient ou des qui pas encore, par des esseulés ou des couples pédaleux, hétéros ou gouinesques en pleine action, ou qui n'avaient pas encore commencé, ou qui s'étaient déjà finis, ou alors c'étaient seulement des compagnons d'infortune, ou ils étaient trop fatigués pour. Il y avait aussi les inévitables fourgueurs de came pas fiable, à faire crever un cheval dans les cinq secondes ou à ne pas donner la plus petite secousse à un nouveau-né, et quelques mineurs qui essayaient de se trouver des clients pour une pipe à dix nickels.

L'ensemble ne sentait pas la rose, mais au moins, ici, il ne pleuvait pas. Je me suis dirigé vers un endroit où la verticalité des présents suggérait qu'on y donnait à grailler. Au passage, j'ai écrasé des poitrines creuses et des ventres mous qui lâchaient des pets. Je récoltais des injures, je m'excusais chaque fois. Dans le maigre éclairage bleu-vert des lumignons au gaz, on n'y voyait pas trop.

J'ai pu m'infiltrer dans la cohue, et récolter une assiettée de brouet noirâtre qui sentait l'égout, accompagnée d'un gobelet de bière qui sentait pareil. J'ai essayé le solide et le liquide, mais je n'ai pas pu aller plus loin qu'une cuillerée du premier et une gorgée du second. C'était pire que l'air que ça avait et l'odeur que ça dégageait. Ça m'est remonté dans la gorge, j'ai failli gerber.

– C'est quoi? j'ai demandé à la bonne âme qui servait.

Il m'a répondu qu'il n'en savait rien, et tout compte fait je préférais ne pas savoir. Mais au moins, ça m'avait coupé l'appétit. Je suis allé pisser dans un seau à pisse, et après une recherche aventureuse pleine d'aléas et d'imprévus pittoresques, j'ai pu trouver un matelas libre. Je m'y suis allongé en chassant le plus gros des bestioles pleines de pattes qui couraient dessus. Le coin était plutôt sombre, il n'y avait aucune lampe à gaz dans les proches environs. Une blonde maigrichonne à plat ventre sur un matelas voisin du mien m'a fait un clin d'œil. Sa robe était remontée jusqu'à la taille, ses fesses maigrichonnes s'abaissaient et se relevaient. Son bras gauche était plié dans son dos, sa main s'activait dans la raie de ses fesses. Son autre bras, le droit, remuait sous son ventre. Je lui ai fait un clin d'œil en retour et je me suis tourné sur le côté, le nez pas loin d'une autre paire de fesses, nettement plus volumineuses, et celles-là culottées, heureusement.

Peut-être que je pourrais dormir un peu. Ou peut-être pas. J'ai fermé les yeux. Dans le noir, j'ai souri à Jos. Jos m'a souri. Je lui ai dit : *Tu es belle*. Est-ce que je lui avais dit une seule fois, une seule, qu'elle était belle? Encore une question à laquelle je préférais ne pas répondre. Jos a avancé le bras, elle m'a touché la poitrine, elle m'a caressé la poitrine. C'était doux. J'ai relevé le bras, ma main s'est posée sur la main qui me caressait la poitrine. La main a eu un mouvement de recul. Mes doigts se sont refermés sur un gros poignet velu. J'ai ouvert les yeux. Je m'étais endormi. Deux types étaient agenouillés de chaque côté de moi, ils avaient ouvert ma combi jusqu'à la taille, ils étaient en train de me faire les poches.

– Hé! Vous gênez pas! j'ai crié.

C'était un peu faible. J'ai à peine vu un bras se lever,

j'ai pris une beigne terrible entre la joue et la tempe. J'ai essayé de me redresser, le deuxième type m'a agrippé par les jambes, je suis retombé en arrière. Je me suis tordu, j'ai pu dégager une jambe, j'ai envoyé un méchant coup de talon dans la gueule du type qui me tenait. Il a crié, mais le coup n'avait pas été aussi méchant que j'aurais cru : les deux mecs m'avaient piqué mes bottes. Le premier type a recommencé à me beigner. Je me suis tordu en arrière, j'ai pu lui coincer le bras, il a hurlé. J'ai accentué ma prise, ça a craqué quelque part dans son bras, il a hurlé encore plus fort. Mais le deuxième type m'est tombé sur la poitrine et m'a envoyé un sale coup de crâne sous le menton. J'en ai vu des étincelles, exactement comme dans les bédés. J'ai essayé de me dégager. J'ai repoussé le type, j'ai pu me mettre sur un genou, je me suis redressé, je me suis relevé. Le type fonçait sur moi, tête baissée. Son crâne était couvert par une calotte métallique, une prothèse, ou un simple casque, je ne sais pas. J'ai pu parer sa charge et j'ai envoyé valdinguer tête-de-fer sur les matelas derrière moi. Ça commençait à râler et à bouger, mais personne n'intervenait. Tête-de-fer s'est relevé, il a à nouveau joué les rhinocéros. J'aurais pu l'éviter encore, mais bras-cassé m'a cogné derrière l'oreille avec un bâton, ou c'était peut-être une barre de fer. J'ai encore vu des étincelles, je me suis dit que c'était la fracture parce que j'avais entendu craquer des os derrière mon oreille. Au même moment je prenais le crâne de fer dans l'estomac. Il m'a semblé que le crâne passait à travers mon corps et me ressortait des reins en emmenant la moitié de ma bidoche. Je suis tombé. J'ai reçu encore des coups de barre et des coups de tête, je ne sais pas combien. Je n'ai pas compté, et à partir de la douzaine je n'étais même plus là pour le faire.

Je suis revenu par petits morceaux séparés. J'étais des morceaux séparés. J'étais des miettes. Un morceau de moi reprenait conscience dans la douleur, puis il sombrait, et un autre morceau émergeait, tout aussi douloureux. La douleur campait dans ma tête, dans ma nuque, dans ma poitrine et mon ventre. Il y avait à la fois une vaste marée de douleur lourde, sourde, profonde, qui stagnait dans mes intérieurs, et une multitude de points mobiles de douleurs grinçantes et piquantes qui couraient à la surface de ma peau. Le mélange des deux était comme la rencontre de la glace et de la lave dans un film-catastrophe.

Je devais gémir tout haut, peut-être pleurer, et je me suis gerbé dessus. Mais à partir d'un moment, je ne suis plus retombé dans le noir, et même j'ai pu rassembler mes miettes, ou plutôt elles se sont rassemblées toutes seules, comme des grandes. J'ai commencé par m'asseoir. Tout tournait, mais maintenant j'avais l'habitude. Je me suis tâté, j'étais à moitié gluant de sang qui coulait encore et à moitié encroûté de sang séché. Mon estomac se contractait régulièrement, j'avais un goût salé dans la bouche. Mais je n'avais rien de cassé. Je devais seulement être fêlé partout. J'ai réussi à me mettre debout. *Pouët pouët!* a lancé joyeusement l'araignée tic-tac.

L'intérieur de la bulle s'était déjà à moitié vidé de sa densité humaine. Je n'ai même pas pensé une seconde à rechercher mes agresseurs. Par l'ouverture de la bulle, la clarté grise d'une aube pluvieuse avançait ses pattes molles. Je me suis traîné vers ce cercle de clarté. Le shupo se baladait entre les matelas, bidule en main. Il criait :

– C'est l'heure, c'est l'heure! Videz, videz!

Je n'avais pas l'intention de me faire prier. Chaque pas remuait dans ma chair ou sur ma chair la lave ou les icebergs. Parfois une silhouette lasse me frôlait, me touchait, et je criais de douleur. Je haïssais tous ces débris ambulants. Je les haïssais. Je ne voulais pas qu'ils me touchent. Je ne voulais plus les voir, je voulais oublier leur existence, les envoyer au diable, les rendre au néant d'où ils n'auraient jamais dû sortir.

Quand je travaille dans les quartiers pauvres, je

n'aime déjà pas les pauvres. Aujourd'hui, je n'y travaillais pas. J'y vivais. J'y avais vécu une nuit. C'était plus que suffisant pour me faire haïr les pauvres le restant de ma vie. Salauds de pauvres. Crevures de pauvres. J'aurais voulu une liste. Une liste que Jules m'aurait détaillée nom après nom. La liste de tous les pauvres de cette bulle de merde. J'aurais voulu avoir mon 44 en main, et effacer les uns après les autres tous les pauvres qui avaient dormi dans la bulle.

– Aïe!

Un pauvre m'avait heurté la nuque avec une planche. Etincelles, tournis. J'ai porté la main à ma nuque et j'ai regardé le bout de mes doigts. Ça recommençait à saigner. Je suis sorti. J'ai reçu la pluie en plein sur la gueule, en plein partout. C'était une pluie raide, pesante, verticale. Une pluie impitoyable, une pluie sans espoir qui puait le chlore et le monoxyde de carbone. Je me suis rabattu contre une des tranches de la citrouille. Des pauvres passaient, sans me regarder. En face, dans la rue noyée, l'enseigne rouge d'un *buve-in* PEPSI clignotait. J'avais soif. Je me suis fouillé. Mes agresseurs m'avaient non seulement piqué mon billet de vingt euros, mais aussi mes derniers nickels et mon dernier ticket de Jaune. Qu'est-ce que je croyais?

Je me suis décollé de la bulle, j'ai commencé à marcher dans la ruelle Indira-Gandhi. Je courbais la tête, je voyais mes pieds nus écraser les flaques d'eau, je voyais les rigoles d'eau boueuse me passer entre les orteils, je piétinais des mégots, des cotons détrempés, des emballages de médicament, des fragments de journaux merdeux, des crottes de rat, des tessons de verre, des étangs délayés de dégueulis, des dents cariées, des slips jetables tachés de sang, tout un puzzle de plastique, de vinyle, de kevlar – le limon du monde.

Je suis passé devant une surface de verre réfléchissante. J'ai regardé ma gueule. Non seulement je n'avais pas la même que d'habitude, mais je n'avais plus de gueule du tout.

J'ai dû rester un moment debout sous la pluie, immobile, et puis j'ai repris ma marche, et puis je me suis adossé à une cabine visi. A partir de là, à partir de ce moment, de ce matin sous la pluie, une tout autre histoire aurait pu commencer. L'histoire d'un furet lourdé pour son honnêteté, et qui va préparer sa vengeance, comme Jean Valjean. Un furet qui passe dans la clandestinité, qui se réfugie, se fond dans la nécrozone, où les flics ne le retrouveront jamais. Il contacte un médic fugitif, il se fait extraire son *pou*, il en réchappe, il devient invisible. Il commence par faire des petits casses, il réunit autour de lui une bande, qui devient de semaine en semaine plus nombreuse. Au départ ce sont des truands. Mais peu à peu, grâce à l'ancien furet, la conscience gagne la bande. Ce ne sont plus des truands, mais des hors-la-loi. La nécrozone devient la forêt de Sherwood, le furet est Robin des Bois, Tarzan, Zorro. Tremblez, messieurs les grands! L'ère d'*Atropos* va se clore par un bain de sang révolutionnaire...

Ç'aurait été une belle histoire, sûr. Une histoire comme au cinoche, une histoire avec une morale, une histoire qui se termine bien. Mais la vie, ce n'est pas du cinoche. La vie, c'est la vie. Et la vie, pour moi, ce n'est rien d'autre que ma vie. Je n'en ai qu'une. L'aventure est loin. La jeunesse aussi. J'avais envie d'être chez moi, au sec, de regarder un film d'aventures et de jeunesse, un film avec une morale, et qui se termine bien. J'avais envie de boire chaud et de bouffer bon. J'avais envie de ne plus avoir mal partout.

C'était aussi simple.

Qu'est-ce qu'il m'avait dit, déjà, O'Neil? Un type en pneuma passait devant moi sur le trottoir. J'ai tendu la main, je lui ai dit :

– Tu peux pas me filer un nickel, camarade?

Le type est passé sans me regarder. Alors j'ai demandé à un autre type, qui a ricané, et à une fille, qui a haussé les épaules, et à un vieux, qui m'a souri tristement. Je m'enhardissais. Je me mettais en travers de la route des gens qui passaient. Je disais :

– Je voudrais un nickel. Juste un nickel. C'est pour un appel d'urgence, quelqu'un qui doit me dépanner...

Mais les passants s'écartaient, ils m'évitaient. Je gueulais :

– Allez, quoi! Un nickel, merde! Bande de crevures, ça vous fermera pas le trou du cul!

J'ai demandé à cinquante personnes, à cent. Quand j'en ai eu vraiment marre, j'ai alpagué un type que j'avais choisi petit, maigre et vieux. Je lui ai dit :

– Toi, tu vas me le filer, ce nickel!

J'ai fouillé ses poches, j'en ai retiré quelques pièces. J'ai pris le nickel, j'ai remis les autres pièces dans sa poche. Il n'avait rien dit, rien fait. Je devais avoir une gueule terrible, et puis il était petit, maigre, et vieux.

– Merci, camarade, j'ai fait.

Qu'est-ce qu'il m'avait dit, O'Neil? Il m'avait dit : *Je vous veux. Je vous aurai.*

Tu vois, O'Neil, ça n'a pas été très difficile.

J'ai serré le nickel dans mon poing, je suis entré dans la cabine visi, et j'ai appelé O'Neil.

30

J'ai sorti mon 44 du placard à armes.

Il était là, à sa place, dans l'étui fixe intégré à la face intérieure de la porte du placard. Mon 44.

J'ai refermé mon pouce, mon majeur, mon annulaire et mon auriculaire autour de la crosse en bois noir, j'ai passé mon index dans le pontet et j'ai doucement posé le bout de ma dernière phalange sur la queue de détente. J'ai appuyé, la queue de détente a reculé d'un demi-centimètre, jusqu'à la butée de la première sécurité.

J'ai refermé le placard, le canon nickelé du 44 brillait dans la lumière douce et rosée que m'envoyait le plafond.

Il fallait que je le démonte, que je le nettoie, que je l'ausculte, que je le remonte.

Dans l'après-midi, j'avais vu deux films : *A matter of Life and Death*, de Michael Powell, qui reste rigolo, et *Tchapaïev*, de Sergueï et Gueorguy Vassiliev, une stalinerie de 1934 qui l'était beaucoup moins, rigolote. Il faudra que je shunte une partie de mes listes préférentielles. Il arrive un moment où il faut choisir.

Un peu plus tard, Accrassiah était venue. Elle est restée deux heures, ou quelque chose comme ça. Et puis elle est repartie. Accrassiah est un peu froide, mais elle est douce et silencieuse. Elle est silencieuse. J'aime ça. Elle vient parfois, et comme elle est douce et silencieuse, ses visites ne me gênent pas. Ses visites me font plaisir. Je ne parle pas beaucoup moi non plus. Nous n'évoquons jamais...

Oui, Accrassiah a pris l'habitude de venir, de rester un moment, une heure ou deux, et puis elle repart. Je ne voudrais pas qu'elle reste plus longtemps, et elle l'a bien compris.

Accrassiah est très belle, très belle.

Je suis revenu m'asseoir sur le bord de mon lit. Mon lit est recouvert d'une couverture en lama, beige clair. Pour y démonter mon 44, j'ai ouvert sur la couverture plusieurs pages de journaux tout juste sortis du four. Il n'y a jamais rien d'intéressant, dans les journaux. Les nouvelles des guerres extérieures en première page, les statistiques sur la santé au milieu, et à la fin les pages culturelles et les petites annonces avec les demandes des échangistes, et des ultra-gouines, et des amateurs de Snuff Sex, qui trouvent toujours.

Non, il n'y a rien d'intéressant, dans les journaux. Que des conneries. Que des conneries.

Je me sens bien, dans mon espapt. Il est exactement comme avant, exactement. On dirait qu'il n'a jamais changé : on a tout remis en place, exactement comme avant. Quand j'y suis revenu, quand j'ai pu à nouveau y entrer, avec la porte qui répondait à nouveau à ma petite chanson, j'ai tout retrouvé comme avant, le coin cuisine, le coin toilette avec sa cabine à ions négatifs, et sa douche, et le grand miroir ovale, l'écran géant avec mon computeur digital, et le terminal, et le four à homéojournaux, et le lit, et mon placard à armement avec toutes mes armes, toutes, en parfait état.

Oui, tout est exactement comme avant. Et comme avant, il y a probablement un œil et une oreille planqués quelque part, deux grenailles métalliques bourrées de relais microscopiques, qui me surveillent.

Mais qu'est-ce que ça peut faire? Je n'ai plus rien à cacher. Je n'ai que mon boulot à faire, et je le ferai. Qu'est-ce que je pourrais faire d'autre? Rien. Je ne pourrais rien faire d'autre, je le sais bien, et O'Neil le savait bien. Je ne peux rien faire d'autre. Seulement continuer. Je fais maintenant partie de la Section spéciale du Contrôle des Contrôleurs, les furets des furets. Si quelqu'un déconne, c'est à moi qu'il aura affaire, désormais.

Pour le reste, ce sera comme avant. Et ça recommence demain. Cet après-midi, pour la première fois depuis onze jours, depuis que j'ai appelé O'Neil et que j'ai réintégré ma piaule, le ministère m'a appelé pour me signaler que je serais de service demain.

Demain matin, j'aurai une liste de citoyens à contrôler, tirés au sort démocratiquement par *Atropos.* Qu'est-ce que ça peut bien faire? O'Neil a raison : *Qu'est-ce que ça peut bien faire si 500 000 personnes chaque année meurent flinguées au lieu de crever un ou deux ans plus tard de leur cancer ou d'une bonne multibacillose?*

Il a raison, O'Neil : ça n'a aucune importance, aucune.

J'ai entièrement démonté le 44. Toutes les pièces

sont disposées les unes à côté des autres sur les feuilles de journaux.

Je me suis levé, j'ai marché jusqu'à la fenêtre. Là-bas, de l'autre côté du verre, la nuit palpite, avec dans le ciel ses galaxies d'étoiles et, en dessous, grouillant dans les trous des termitières géantes, les galaxies de lumières humaines.

Je me détourne de la fenêtre, je m'arrête un moment devant l'aquarium de Moby Dick. Même l'aquarium, je l'ai retrouvé. Même Moby Dick, je l'ai retrouvé. Bien sûr ce n'est pas le même. Mais qu'est-ce que ça peut faire? Tous les poissons combattants du Siam se ressemblent, et celui-là ça n'en fait qu'un de plus, une bête à sang froid, stupide et lente, avec son gros œil noir qui n'a pas plus d'expression que celui de Gregory Peck, une bête à sang froid qui rame avec ses grandes nageoires transparentes, qui rame, qui rame, butant de son museau le verre de l'aquarium, reculant, butant, reculant, butant, sans rien comprendre, sans rien comprendre.

Je fais *tske-tske-tske* et je frappe de l'index la paroi de l'aquarium, mais Moby Dick ne comprend rien, il ne doit pas même être conscient de ma présence, il finit par faire volte-face pour aller tourner autour du bateau pirate échoué.

Je reviens vers le lit, je capte au passage mon reflet dans le miroir ovale grossissant, mais je ne trouve rien d'anormal à ce reflet, mon visage a son apparence habituelle, les plaies se sont parfaitement cicatrisées. Et à l'intérieur de mon crâne, l'araignée tic-tac ne fait plus *pouët pouët!*, elle a recommencé à me donner l'heure et les indications biorythmiques de mon corps.

Je me rassieds sur le lit. Il y a quand même une chose qui a changé, dans ma chambre. Je n'ai pas remis au mur les portraits de Bogey et de Buster Keaton, j'en avais marre, j'en avais les glandes de les trouver toujours là en face de moi, à mon coucher, à mon lever, l'un avec son regard dur et sournois, l'autre avec sa face lunaire et vide.

A la place, j'ai mis un unique portrait de Jean Seberg. C'est un très grand portrait, 1,90m sur 1,20m. Il m'a coûté la peau des ongles; il a fallu que je le fasse tirer spécialement pour moi. C'est une photo de *Lilith*, le film que Robert Rossen a tourné en 1964, son dernier.

C'est une très belle photo, pâle, grise mais lumineuse. Jean lève les yeux au ciel, son regard est pur, un peu absent. Ses cheveux blonds volettent en mèches folles autour de son visage aux pommettes bien marquées. Sa bouche est légèrement entrouverte, on dirait qu'elle va dire quelque chose, et probablement allait-elle dire quelque chose au moment où le cliché a été pris, là-bas, en Californie, il y a cent ans.

C'est une très belle photo. Je la regarde souvent.

Toutes les pièces du Sauer&Sohn sont étalées sur les feuilles de journaux. Chacune a sa personnalité propre. Sur le papier du journal, on dirait des mollusques caparaçonnés, des arthropodes vicieux, des insectes chitineux en sommeil : le barillet comme une coquille d'escargot, la queue de détente comme un ver arqué, le chien comme une mante religieuse dressée, la tigelle d'axe, les goupilles, les vis, les écrous, le ressort de gâchette : des débris provenant d'une mue, le pontet : une chenille arpenteuse, le canon : la coque tronquée d'un nautile, les deux plaques de crosse, deux gros scarabées antagonistes...

Montée ou démontée, une arme est toujours belle, dans son ensemble comme dans ses composantes. Une arme a quelque chose d'essentiel. Une arme est un outil essentiel, un objet dont l'essence a précédé l'existence, comme on dit dans les bouquins, puisqu'une main, c'est déjà une arme.

Une arme est aussi belle qu'une main, comme une main une arme ne possède rien qui ne soit essentiel, utile, efficace.

Je vais nettoyer toutes les pièces du 44, bien qu'elles n'en aient nul besoin. Après je le remonterai aussi vite que je peux.

Je ne me suis pas encore décidé à aller voir...

Je ne me suis pas encore décidé à aller voir Jos, qui dort dans son bain d'hydrogène liquide, au funérarium SAINT-GOBAIN FRAMATOME.

C'est une idée d'Accrassiah. C'est ce qu'elle a fait, finalement : choisir pour Jos le sommeil de glace, le caisson cryogénique.

A part le poison qui l'avait tuée, Jos n'avait rien, bien sûr : son cancer de l'utérus n'était pas revenu, et ses cigarettes ne lui avaient pas encore collé un cancer du poumon. Elle n'avait rien, O'Neil l'avait fait effacer froidement, pour le service. Je l'avais toujours su.

Cette absence de maladie pathologique avait été le grand argument d'Accrassiah, pour la cryogénie. Elle m'avait dit qu'il n'était peut-être pas trop tard, et dans l'avenir, qui sait...

Mais je n'y crois pas. Je n'y crois pas.

La cryogénie, c'est un vieux rêve impossible. C'est une vieille escroquerie. Mais depuis cent ans, elle trouve toujours des gogos. La preuve : je paye. Et je payerai jusqu'à ce que je crève ou que...

Mais non, je n'y crois pas.

N'empêche, pour pouvoir payer, la rallonge versée par le Ministère au titre de mes nouvelles fonctions n'est pas de trop. Un caisson cryogénique, ça coûte la peau du ventre. Un jour, peut-être, je me déciderai. J'irai voir Jos dans son caisson, son cercueil de glace. Jos, Belle au bois dormant. Mais peut-être aussi que je n'irai jamais. Je ne sais pas. Je ne sais pas.

Pour le moment, l'araignée tic-tac me chuchote qu'il est tard et qu'il faut que je pense à aller me coucher.

Ç'est ça. C'est ce que je vais faire : aller me coucher. Je vais remonter mon 44 en chronométrant, et puis je me coucherai.

Il faut que je sois en forme.

Demain : boulot.

Achevé d'imprimer sur les presses de l'imprimerie Brodard et Taupin
7, Bd Romain-Rolland, Montrouge. Usine de La Flèche,
le 5 octobre 1983
1196-5 Dépôt Légal octobre 1983. ISBN : 2 - 277 - 21549 - X
Imprimé en France

1549
★★★

Editions J'ai Lu
31, rue de Tournon, 75006 Paris
diffusion France et étranger : Flammarion